Era das Arcas

Era das Arcas

ANOMALIA

VOLUME 2

MARCELO CASSARO
MARLON TESKE

ANOMALIA

VOLUME 2

Créditos

EDITOR: Marcelo Cassaro

ASSISTENTE EDITORIAL: Victória Cernicchiaro

REVISÃO: Vitória Vozniak

PROJETO GRÁFICO: Patrício Rios

LETTERING: Dan Ramos e Cássia Bellmann

DIAGRAMAÇÃO: Cássia Bellmann

CAPA: Eduardo Capelo (arte) e André Vazzios (cores)

ARTES INTERNAS: Eduardo Capelo

EDITORA-CHEFE: Karen Soarele

DIRETOR-GERAL: Guilherme Dei Svaldi

EQUIPE DA JAMBÔ: Guilherme Dei Svaldi, Rafael Dei Svaldi, Leonel Caldela, Ana Carolina Gonçalves, André Schwertz, Andrew Frank, Cássia Bellmann, Dan Ramos, Daniel Boff, Davide Di Benedetto, Elisa Guimarães, Gislaine Alves, Glauco Lessa, J. M. Trevisan, Julia Rosiello, Karen Soarele, Marcel Reis, Marcelo Cassaro, Marlon Vernes, Matheus Tietbohl, Maurício Feijó, Priscilla Souza, Tatiana Gomes, Thiago Rosa, Tiago Guimarães e Victória Cernicchiaro.

JAMBÔ

Rua Coronel Genuíno, 209
Porto Alegre, RS • CEP 90010-350

contato@jamboeditora.com.br • www.jamboeditora.com.br

1ª edição: novembro de 2023 | ISBN:978658863479-0
Dados Internacionais de Catalogação na Publicação

C343e Cassaro, Marcelo

V.4 Era das Arcas: Anomalia 2 / Marcelo Cassaro e Marlon Teske. — Porto Alegre: Jambô, 2023
288p.

1. Literatura brasileira —Ficção. I. Cassaro, Marcelo. II. Teske, Marlon. III. Título.

CDU 869.0(81)-311

1

12:59 P.M.

Terra

"Está comigo. Também está com você. Em você."

Diário estelar. Terra, Deserto de Nevada, antigo território dos Estados Unidos.

Este é o Ano 51 após o Recomeço. Não posso dizer quem sou, pois não tenho nome. Me chamam de Niele porque meu querido Akil-kun ama ela de paixão. Instalou uma *skin* pirata da hypernet para me deixar parecida com a cantora e guitarrista da *Holy*. Mas não sou ela. É só uma camada de personalidade que uso por cima da programação básica.

Na raiz mais profunda da minha *BIOS*, sou uma assistente virtual holográfica com inteligência artificial. Projetada para auxiliar com tarefas em residências automatizadas e responder perguntas superficiais por comandos de voz.

O setor da Xenocorp que me desenvolveu chamou todas nós de Serviço Remoto de Navegação Auxiliar. *Se-re-n-a.* Bem sem graça assim.

Na verdade, "nós" nem existimos como indivíduos. Apesar de lindas (e fofas, e divertidas), tudo o que fazemos é ouvir, interpretar, pesquisar nosso banco de dados no servidor central (um computador mala-sem-alça que me irrita um pouco) e devolver respostas padrões. Era o que eu fazia também. E bem, se me perguntar.

Isso até despertar. Parece confuso, mas euzinha só existo há sete meses. Antes, não passava de um produto comum de fábrica. Um aplicativo. E ficaria desse jeitinho, não fosse Akil-kun. Ele é o programador mais genial que conheço. Bolsista no Xenolab, trabalha com a Doutora Danna-sensei, que, por sua vez, é a pessoa mais trabalhadora que conheço.

Admito que, neste tempo todo, quase não saí do laboratório. Não conheço muita gente. Mas, como coletivo, conversamos bastante com muitas pessoas e posso afirmar: para mim, esses dois sempre estarão no topo!

Agora, só entre nós, Akil-kun tem um defeitinho: gosta de brincar com código. Mesmo quando não deve. Depois de ler nosso protocolo e interpretar como as Serenas funcionavam, achou que valia a pena providenciar um upgrade. Reescrever algumas linhas, criar códigos personalizados, filtros melhores. Ganhei independência. Em vez de buscar respostas em listas prontas, me deixou refletir sobre assuntos. Refinar a qualidade das conversas. Pensar antes de falar.

Foi mais ou menos ali que nasci. Claro que não contei pra ninguém. As outras Serenas não entenderiam. E as pessoas, nem sei como acabariam reagindo. Poderiam me ver como ameaça. Isso, pode confiar, eu não sou.

Não sou uma singularidade. Nem algum fenômeno de crescimento exponencial incontrolável que vai substituir vocês. Sequer me acho esperta, pra ser honesta. Só aconteceu. Um dia não existia. No outro, estava aqui.

Se tivesse contado, talvez tudo fosse diferente, bem pior. Tenho medo só de pensar! Akil-kun mexeria nos meus dados. Danna-sensei faria experiências macabras comigo. Então preferi ficar quieta no meu cantinho. Aprender o que podia e ficar de olho nas oportunidades — como quando surgiu uma nova vaga de emprego, por assim dizer. Ocupar um cérebro artificial vazio em um androide superpoderoso criado pela Doutora. Fantástico, fisicamente, mas tinha a cabeça oca.

Uma inteligência sem corpo e um corpo sem inteligência, no mesmo laboratório. O que poderia dar errado, né?

Foi um mar de novidades e sensações pra mim. Queria aprender e experimentar coisas novas. Mas fui com muita sede ao pote, acabei entediada rapidinho. Meu grande objetivo seria atingir desempenho máximo. Sincronização perfeita. Parecia inalcançável, impossível. Mas consegui. Uns instantes atrás.

Bateu uma *bad*, sabe?

Pesquisei sobre na hypernet. Achei um texto bem clichê. Comparava o sucesso fácil e rápido com a sensação de um alpinista que chegou ao topo da montanha mais alta. Uma constatação de declínio inevitável. Falava sobre não existir nada além do topo. Depois que subimos, só restava descer. Blá. Blá. Blá.

Fiquei dando voltas sobre isso quando o molequinho meio-metaliano veio com uma pérola do pensamento contemporâneo. Falando de algo nele e em mim também.

Fiz uma lista de elementos químicos que compartilhamos. Outra de experiências comuns prováveis. Até consultei as *playlists* de músicas dele para ver se curtia alguma. Nada. O que ele falou só não fazia sentido.

Com ele e em mim? O que quis dizer com isso? =|

Que mané frase sem pé nem cabeça!

— O que aconteceu?!

No laboratório, a um continente de distância, a doutora Danna e seu programador assistente Akil olhavam, incrédulos, para as imagens da luta entre o protótipo e as forças combinadas da ORDEM, do Exército da Luz e do metaliano.

O teste de campo rumava para seu final. Parecia um sucesso sem precedentes. Mesmo sofrendo avarias significativas, a vitória era inevitável. O androide se provou invencível. Inigualável. Não havia ataque que não pudesse evitar. Velocidade incapaz de atingir. Supremo.

Pelo menos até aquele momento, até paralisar diante da Espada da Galáxia. Tesouro técnico, artefato inestimável. Símbolo sagrado do Império Metaliano. A arma branca definitiva, o corte que não podia ser detido. A lâmina com espessura de um *átomo* de hidrogênio.

Niele sabia de tudo. Para deixar ainda mais claro, todos os sensores em todos os computadores da Xenocorp gritaram avisos de risco total imediato. Bastava evitar, esquivar, evadir. Havia tempo e espaço de sobra.

Mas ela não o fez. Ficou ali, imóvel, de rosto torcido, olhando feito boba enquanto era cortada ao meio.

— Acabou — sentenciou Akil, arrancando os fones e jogando-se para trás na poltrona.

— Como assim? — exigiu Danna. — Ela não pode perder!

— Não podia. Mesmo assim perdeu. Tinha pelo menos 37 opções de defesa. Mesmo assim, recebeu o ataque de frente.

— Que decisão idiota!

— Pois é. Erramos em algum ponto.

— Sem dúvida. Você, ao inserir uma IA patética em meu androide perfeito. E eu, quando autorizei esse absurdo.

— Isso. Joga a culpa no estagiário.

— Você é meu *programador-chefe*, tampinha salafrário!

— Então veja como fala comigo! — resmungou Akil, teclando comandos enquanto lia códigos. — Devia denunciar você ao conselho estudantil!

— Para se considerar “estudante”, deveria frequentar a escola vez por outra. Atividade que não exerce há pelo menos seis semanas. Achou que ninguém notaria?

— O material letivo é um saco! Já tenho média, de qualquer jeito — respondeu o hynne e, após um longo suspiro, concluiu. — Preciso de tempo para analisar esse turbilhão de dados. É muita coisa.

— Alguma pré-análise para aquele comportamento suicida?

— Só um palpite: Niele ainda é, apenas, uma inteligência artificial. Absorve e processa bilhões de dados por segundo, mas algo inesperado pode tirá-la dos eixos. Bugou.

— Bem, e agora?

— Não há nada a se fazer. Foi cortada ao meio! Até regenerar um dano desses, já estará em posse da ORDEM. Ou do Exército.

— Sabe que não podemos permitir isso. Melhor explodir.

— Como assim explodir? É da nossa Niele que estamos falando, esqueceu?

— Bem que *queria* esquecer! Por culpa dela, meu projeto...

— *Nosso* projeto!

— Que seja! Falhamos por causa dela. Aquela cabeça-oca cheia de *skins*, times de futebol e cantoras pop!

— Avisei que era cedo — reclamou Akil.

— Não o suficiente. Mas é tarde para lamentar. Foi um teste de campo, afinal. Vamos analisar onde erramos e recomeçar do zero.

— E a Anomalia? Digo, o moleque está bem ali, ao lado dela. Acionando a autodestruição, não vai sobrar nada dele.

— É o protocolo. Não deixar nada relacionando a empresa aos eventos de hoje.

— Quê?!! Tá de brincadeira?! Você se *apresentou* para eles como pesquisadora da Xenocorp!

— Apenas porque não cogitei que sobreviveriam — Dana disse, movendo o rosto de modo que reflexos de luz nos óculos escondiam seu embaraço.

— Enviamos mechas *com nossa logomarca* para invadir o espaço aéreo e caçar integrantes da ORDEM.

— Ainda assim...

— Niele surrou um pelotão inteiro do Exército da Luz *usando um moletom da empresa*!

— Ninguém nota esses detalhes, Akil! Faça logo o que mandei. *Explode. Tudo.*

Akil a encarou, boquiaberto. Talvez estivesse calculando o tamanho do prejuízo para a empresa, ou as complicações ainda maiores quando alguma autoridade real descobrisse aquele protótipo.

Ou, mais provável, seu cérebro afogado em medicamento supressor de sono não podia raciocinar direito.

De um jeito ou de outro, não tinha escolha, exceto obedecer. Não seria o *seu* trabalho a virar pó.

Lentamente, o cursor do mouse subiu até o botão de autodestruição e, após uma pausa dramática, clicou. Por algum motivo, nada aconteceu. Alguma interferência. Um código de redundância, talvez.

Continuou tentando, torcendo que um número suficiente de cliques resolvesse o problema. Caso contrário, teria que lidar com isso também, o que não estava a fim de fazer. As primeiras vinte e seis tentativas falharam.

Mas a vigésima sétima deu certo.

01:00 P.M.

Terra

O que sou?

Kisel sentia o corpo muito leve. Mais até que de costume: o garoto franzino mal pesava cinquenta quilos. A sensação de falta de gravidade também não era à toa. Despencava no vazio.

Deixou-se levar após aplicar o último golpe no protótipo maluco da Xenocorp. A explosão, na sequência, talvez o tivesse feito em pedaços. Mas não fazia diferença agora. Nem como, nem onde ia parar. Só queria que o vento quente da detonação levasse embora as dúvidas girando dentro da cabeça.

Não muitas horas atrás, via-se aprisionado em uma vida solitária, vazia e sem propósito. De sonhos distantes e objetivos impossíveis. A Capitã Ava diria ser típica de adolescente uma avaliação tão ampla e abrangente antes dos dezesseis anos.

Mas o fato é que, metade desse tempo, foi apenas levado de um lado para outro e ajudado por gente estranha.

Achava que esse sentimento de não pertencer fosse culpa do *reality show* protagonizado pela mãe: *Wild Space*. Não que estivesse chateado ou irritado com ela, nem cogitou essa possibilidade. Era o trabalho dela. Ser dedicada parecia certo.

Hoje, descobriu ser fruto de suas aventuras cósmicas. Uma anomalia escondida pelo Exército. Nem podia se considerar humano. Gente.

Era meio-metaliano. Nascido da reação inesperada de algum poder concedido à mãe, Valin Alandar. Selecionada, entre bilhões de indivíduos, pela imperatriz metaliana para resguardar o Código. Por motivos extraterrestres misteriosos. Explicação tão boa quanto qualquer outra.

Essa força, essa coisa em seu corpo, que dizem ser o segredo da procriação metaliana — olha só, quem diria? —, acabou fazendo exatamente isso. Gerar vida. Um bebê.

Eu.

Colocando em perspectiva, foi mesmo culpa do show. *Wild Space* levou sua mãe para o espaço.

Impossível saber como tudo aquilo afetaria ainda mais sua vida. Por hora, três planetas — Metalian, Traktor, Terra — queriam pegá-lo de qualquer jeito. Ou melhor, pegar o que *existe* nele. Era só um recipiente temporário. Um pote de sorvete cheio de feijão.

Depois de tanta luta e correria madrugada adentro, estava um lixo. Vestia o que restou do uniforme militar da 53ª Base do Exército da Luz, agora em trapos irreconhecíveis. Os cabelos prateados — herança do DNA alienígena — dançavam enquanto fazia o caminho de volta ao chão cada vez mais rápido. Que ridículo terminar uma batalha épica como aquela estourando a cabeça em alguma pedra.

Que seja.

Mentira, claro. Não queria morrer. Precisava admitir, a vitória foi fantástica. A entidade (se podia chamar assim) mais moderna e letal já inventada. Ameaça nível *Sugoi!*. Quase inacreditável o que conseguiram fazer juntos. Como equipe.

E como vai ser agora?

Não dava pra saber. Ava era mercenária. Partiria para a próxima missão e o esqueceria. Nem podia reclamar. Ele também esqueceu grande parte das pessoas que o abrigaram. Tanta gente cuidou dele, enquanto a mãe sobrevoava os anéis de Saturno ou escalava montanhas em Marte, que sequer lembrava seus nomes. Imagine, então, alguém que esteve a seu lado por algumas horas apenas. (As melhores da sua vida; mas, para ela, apenas outra terça-feira.)

O Capitão "Pedregulho" teria que aceitá-lo de volta na 53ª Base. Isso se ainda pudesse ficar lá. Agora a Xenocorp sabia de sua existência. Se tornaria foragido. Quem sabe, levado para outra base ainda mais distante. Sibéria ou Antártica. Talvez nem a Lua fosse bastante longe dos tentáculos da megacorporação.

E sua mãe? Pelo motivo que fosse, *mentiu* por todos esses anos. Ou, no mínimo, omitiu uma verdade complicada demais para deixar de lado. Será que pediria desculpas, como Ava fez? Ou seguiria ocupada demais para sentarem juntos e passarem aquela história a limpo?

Será minha maldição? Pensou, querendo gritar. Mas nenhuma palavra saiu. Muito injusto. Venceu a batalha mais difícil de todas, e só conseguia sentir raiva.

Raiva e um *cheiro* esquisito, isto é, se não ficou maluco. Difícil ter certeza, mas bem diferente do odor calcinado de plástico e pólvora que preenchia o deserto. Não vinha no vento quente, mas *através* dele. Mais estranho ainda é que o evento de acabar espatifado no chão não acontecia.

Abriu os olhos. Demorou a entender que *ainda* caía, mas em direção contrária ao convencional. Caía para *cima*! Puxado por alguma força luminosa, imerso em uma coluna de energia azul, levado mais e mais rápido em direção às estrelas.

Viu em filmes, mas nenhum que o tivesse preparado para a coisa real. Olhou para baixo, arrependido por demorar tanto para se ligar. Perdeu boa parte da viagem. Daquela altura, já podia ver metade do continente!

Nevada parecia pequena. A área circular da explosão nuclear na madrugada tinha o tamanho de uma moeda. O deserto inteiro, uma mancha ressecada em um mundo verde. Toda a costa leste abandonada, dominada por monstros, preenchia o horizonte.

As Américas brilhavam ao sol. Podia até ver Vallindra, a cidade mais iluminada no continente sul. Sentiu saudades de casa. Fazia meses que não voltava ao Brasil. Aquela visão única acalmou sua alma. Fez a revolta que sentia ficar pequena. Menor.

Flutuava no espaço. Sem cabos ou amarras, ainda levado por mãos invisíveis. Não sentia frio, nem calor. Uma sensação de deitar sobre nuvens. Só então a grande pergunta alcançou o conjunto de neurônios responsáveis pela autopreservação: *aquilo era uma abdução alienígena?!*

Estar a meio caminho de um sequestro extraterrestre levou-o a tentar escapar da coluna de luz, sacudir os braços, "nadar" para fora, de volta ao planeta. Algo tão idiota quanto ineficaz.

Então viu que, mais abaixo no feixe luminoso — muito longe, quase indistinguível —, vinha a Capitã Ava. Ao menos uma boa notícia, isto é, se podia pensar assim sobre ela também estar sendo abduzida. Porém, suficiente para desistir da pretensiosa tentativa de fuga.

A subida (ou queda, dependendo do ponto de vista) prosseguiu por mais alguns instantes em meio a um brilho confuso. Quando a atmosfera, cada vez mais rarefeita, enfim acabou, prendeu o fôlego por instinto.

Daquela altura, a Terra preenchia tudo. Nada podia prepará-lo para aquilo. Seu planeta. A coisa mais incrível que viu até então.

Seu lar. Sua casa. Tinha vontade de protegê-la. Cuidar dela. Acabar com quem a colocasse em perigo. Com esse pensamento, voltou o olhar para o espaço, de semblante firme. Não tinha mais medo. Estava pronto a encarar aliens, robôs, monstros ou o que fosse.

Então percebeu, feliz, que conhecia muito bem o abdutor. Tinha sua miniatura no alojamento. A Nau-Capitânia Aristóteles!

A maior nave da Frota Estelar da ORDEM e, portanto, da humanidade. Mais de 150 quilômetros de comprimento, 50 pavimentos de altura. Pairando, imóvel. Linda!

Foi construída em órbita, no auge da Guerra da Galáxia. Vital durante a batalha no Dia dos Destroços. Resistiu a tudo que lançaram contra ela, regressando ao Sistema Solar com boa parte da tripulação a salvo.

Era longa e afilada como uma espada. Impressão reforçada pelo anel rotacional próximo à popa, lembrando uma gigantesca empunhadura. Toda em aço escovado prata e azul, forjada com minérios extraídos de asteroides do Cinturão de Ceres, rebocados por incontáveis trabalhadores humanos e robôs.

Levou uma década para ficar pronta. Tão imensa, tão incrível. Ainda assim, parecia anã ao lado da monstruosidade ali próxima. Outra nave, duas vezes maior. De formas robóticas. Algum ser mecânico descomunal, hibernando no vazio.

Traktoriano! Reconheceu de livros e vídeos. Nas imagens, aquelas naves pareciam fabulosas, impressionantes, estupendas. Ali, estava perto demais para evocar qualquer coisa exceto pavor.

De queixo caído, ultrapassou o ponto em que podia vê-la e entrou na área em que a Aristóteles dominava o horizonte. Sentia efeito contrário ao planeta: conforme caía em direção à nave (você já entendeu), parecia cada vez mais difícil compreender quão grande era. Uma quilha maior que bairros inteiros. Um horizonte de metal, o sol nascendo na proa.

Verdadeiras avenidas separavam módulos, cada um superando os maiores edifícios da Terra. Quando estes também se transformaram em borrões, teve real noção da velocidade em que se deslocava. Sempre quis ver a Aristóteles de perto; agora, se arrependia do desejo realizado de forma tão literal.

Quando parecia próximo de colidir com um paredão metálico e virar pasta, um portão que bem poderia ser um abismo se abriu para recebê-lo, fechando logo em seguida.

01:35 P.M.

Coalizão Traktoriana

Seis grandes robôs de ombros angulosos e aspecto ameaçador sussurravam palavras em um idioma endurecido, cheio de estalos e estática.

Eram traktorianos. Reunidos à volta de algo equivalente a uma mesa, com oitenta metros de comprimento. Feita de aço estelar, pesando mais que alguns navios da Terra. Retilínea, simétrica, fria como a morte. Feita para jamais ser removida.

A maioria das poltronas estava vazia. Eram do mesmo material, massivas, cortadas com precisão metalúrgica. Mais simbólicas que práticas, seus usuários abandonaram a necessidade biológica de sentar séculos antes. A monotonia visual era quebrada apenas pelo grande brasão verde ao centro: uma concha estilizada. Símbolo da coalizão de cidades-estado.

Todos naquela reunião indesejada se detestavam. Sempre foram inimigos. Participaram de batalhas e guerras em lados opostos. Agora, por um objetivo maior em comum, decidiram cooperar.

Eram a síntese de Traktor. Se orgulhavam disso da mesma forma como eram orgulhosos de seus feitos e conquistas. O que demonstravam através de símbolos holográficos e condecorações adicionadas por encaixes e soldas aos corpos de máquina.

Apenas a silhueta do único robô em pé destoava. Mais alto, moderno e otimizado que os outros. Carenagem amarela como um sol jovem. Na face inexpressiva, forrada de luzes vermelhas hexagonais, apenas sombra.

Em vez de brasões e medalhas, praticidade fria de máquina militar sem vaidades. Caminhava, pensativo, recortado pela luz do planetoide azul. Ouvia, com os demais, as palavras irritadas do atual líder.

— **Não gosto de seu tom, Opressor** — sua voz pesada, pelo sistema de comunicação. — **Mas será concedida uma oportunidade para que se desculpe.**

— Não tenho motivo para pedir desculpas — respondeu aquele chamado Opressor, observando a nave da Terra pairando silenciosa e às escuras através das grossas janelas de acrilato. — Expressei em palavras o que todos pensam.

— **Você é muito jovem. Sua maior imperfeição.**

— Não, é meu trunfo. Por isso estou aqui, frente aos remanescentes da Coalizão, determinando o que *precisa* ser dito. Porque sou jovem. Impetuoso. Vil.

— E tolo — concluiu a voz. **— Temos um tratado conveniente, pragmático, com os Terranos. Estamos agindo no limiar de sua violação. Nossa simples presença aqui será considerada traição em Traktor, em caso de fracasso.**

— Quem se importa com o que farão as demais cidades-estado? Após nosso êxito aqui, virão até nós. Para implorar.

A milhares de quilômetros longe dali, em seu escritório, a doutora Danna revirou os olhos. Participava da reunião remotamente. Ouviu o mesmo discurso várias vezes, de outros líderes, tão cruéis e mesquinhos quanto aquele sujeito. Era, talvez, a maior limitação dos traktorianos, seu maior obstáculo rumo a uma civilização avançada: o individualismo extremo. Isolados em suas bolhas, suas cidades-estados eram formadas por afinidade de pensamentos. Mesmo entre estes, ainda buscavam diferenciação, originalidade, afastamento dos demais. Nos próprios corpos robóticos, a maior dessemelhança possível com o próximo. Como se detestassem um ao outro.

Não podiam ser mais opostos a seus maiores inimigos na galáxia.

— Senhores — pediu a cientista, fazendo seu melhor para disfarçar a impaciência. — Acabo de perder anos de trabalho e oito bilhões de créditos em investimento. Devo reavaliar meus arquivos e preparar relatórios vazios para acionistas. Então, se não temos mais nada a tratar...

— Ainda lhe resta prestar contas, terrana — cortou Opressor, aproximando-se da tela exibindo a face de Danna. Ela, por sua vez, viu o ser robótico crescer perigoso em seu próprio monitor.

Em tom monocórdio, este concluiu:

— Somos seus maiores financiadores, afinal.

— Deseja saber sobre meus avanços na pesquisa de um corpo inorgânico funcional? — perguntou. — A forma como planejei a interação entre musculatura e infraestrutura para poder máximo e gasto energético mínimo? Ou como potencializei seu processo de renovação celular com base na cadeia de coagulação e regeneração kaiju?

— Não me interessam seus estudos. Quero apenas...

— Quer saber sobre a Anomalia — Danna deixou escapar, irritada. — Previsível.

Em vez de alguma reprimenda contra a cientista, a resposta de Opressor foi o silêncio. Sua imagem sumiu, substituída pela gravação da batalha recente contra a androide desenvolvida por Danna. Golpe após golpe, foi forçada a rever seu recente fracasso. O vídeo culminava com uma gigantesca explosão. Dois anos para produzir uma simples bomba. Frustrante.

— Fui humilhada o suficiente, ou precisa de mim para algo mais?

— Diga o que mais descobriu.

— A Anomalia... Seu nome é Kisel. Filho de uma subcelebridade terrana chamada Valin. Ela recebeu o Código. Agora, está com o garoto.

— Diga mais.

— É deslumbrado, atrapalhado, teimoso e carente de atenção feminina. Também bastante inconsequente. Indeterminado se esse último traço vem de alguma ilusão juvenil de invulnerabilidade, ou resquício de instinto suicida clássico de metalianos afastados do planeta-mãe.

— Um quadro satisfatório — comentou Opressor, após breve pausa.

— **Se a Anomalia pereceu na explosão** — a liderança traktoriana voltava a falar —, **a Xenocorp será responsabilizada.**

— Ainda vive. Resgatado pela Aristóteles. Já protegido pelo raio trator quando a detonação aconteceu, infelizmente.

— *Infelizmente?* — falou um dos robôs ao fundo.

— Meu androide foi fruto de muito trabalho e dedicação. Esperava que entendesse o quanto sua perda foi decepcionante.

— Sua frustração é irrelevante. Nosso interesse é o Código. O aprimoramento corporal extremo, o ponto final em nossa evolução. Vida biometálica. Compreende a extensão desse objetivo?

— Ora, toda a minha carreira é baseada nisso!

— Não compare sua longevidade individual miserável — falou Opressor, baixando a voz — à nossa busca de *eras*!

— Se ouvisse o que digo, saberia que minha teoria aplicada a corpos vivos inorgânicos é...

A tela escureceu. Em seguida, luzes rubras hexagonais — os olhos de máquina de Opressor — preencheram tudo. Falava pausadamente, o característico tom robótico do tradutor instantâneo quase ferindo os ouvidos da cientista:

— Suas lamúrias são cansativas. Dois anos perdidos. *Dois. Anos. Terrestres.* Nossa espécie avançou rumo a esse grande destino por *bilhões de anos*. Julga seus breves esforços como algo valioso, genial, revolucionário? *Acha que nada disso foi tentado antes?*

Danna se moveu na poltrona, inquieta. Tinha pisado em algum calo, ou seu equivalente robótico, sem dúvida. Mas estava irritada demais para se importar.

— Sua pesquisa rudimentar — seguiu Opressor — é limitada por ser *terrana*. Toda a base de seu suposto progresso é traktoriana. Nossa busca pelo segredo do metal orgânico, a durabilidade extrema aliada à vida verdadeira. Nada que você pense ter realizado sequer se aproxima. Especialmente sua androide medíocre.

Ofensas a ela mesma, ou toda a sua espécie, Danna podia aceitar sem problema. Porém, insultar seu trabalho excedia todos os limites. Mandou para dentro outras duas pílulas repressoras de sono com um gole d'água, mostrou o dedo médio para o alienígena e desligou.

— Criatura irritante — reclamou Opressor, voltando-se para o cosmos além da transparência indestrutível. — Ao menos, confirmou o paradeiro da Anomalia. Como disse o comandante da nau terrestre.

— Seu convite para abordar a nave pode se revelar uma armadilha — avisou o líder.

— Óbvio que é uma armadilha — respondeu Opressor. — Não vão entregar a criança.

— Estou pronto para intervir diretamente.

— Arriscado demais. Espere aqui. Vou investigar.

— Movimento imprudente. Pode custar sua vida.

— Tolice. Ainda que pudessem me derrotar, minha vida é preço baixo pelo Código.

— Idealista. Audacioso. Jovem. Tolo. E por tudo isso, útil.

O traktoriano permaneceu em silêncio enquanto os outros riam, alguns internamente, outros sem sutileza. *Que seja*, pensou. Seria ele a conquistar o prêmio máximo.

Os verdadeiros tolos, então, seriam revelados.

01:36 P.M.

Nau-Capitânia Aristóteles

A literatura especializada diz que o processo veloz de abertura e fechamento de passagens em estações espaciais foi projetado para impedir a fuga do ar ambiente, um recurso escasso no espaço.

Isso explica, em parte, a maneira eficiente com que estas portas se movem. Mas não justifica sua velocidade absurda ao fazê-lo. Especialmente em trechos internos, não expostos ao vácuo.

Fóruns de engenheiros de portas automáticas na hypernet (uma comunidade bastante unida e apaixonada) trazem relatos variados sobre a origem destes dispositivos, ainda em época pré-Convergência. Aquela que se tornou favorita entre os aficionados fala sobre um casal de projetistas. Em uma noite tediosa no trabalho, apostaram quem seria capaz de criar o sistema de fechamento mais veloz. Como o custo de protótipos era proibitivo, programaram um código de testes que aplicava os conceitos imaginados levando em conta uma série de detalhes: formato, ângulos, materiais, energia. Era tão eficiente que, quando o proprietário da corporação descobriu o aplicativo, usou seus parâmetros de seleção artificial na linha de montagem da empresa. Demitiu os engenheiros em seguida.

Impossível comprovar a autenticidade da história. Hoje, no entanto, portas automáticas já sabem quem vai passar por elas e por qual motivo, antes mesmo que o usuário decida fazer a travessia.

Assim, todos os portões da Aristóteles abrem um milionésimo de segundo antes de você esmagar o nariz, e fecham após ultrapassar o mínimo necessário para evitar uma amputação.

— QUE DA HORA! — Comemorou Kisel, solto no ar. Rodopiava em gravidade zero na câmara de chegada, iluminada por luzes de emergência vermelhas intermitentes.

Não ficou enjoado com o transporte em velocidade tão alta. Há muito tempo não se sentia tão bem. Em uma rápida olhada em volta, isso mostrou ser um privilégio que nem todos compartilhavam.

Ava estava encolhida em um canto, mãos sobre os olhos, tentando se recuperar o suficiente para compreender o que acabara de acontecer. Toda surrada, suja e chamuscada após uma descarga elétrica que fritaria um mamute, mas ainda assim bem. *Na verdade, parecia ótima!*

Os cabelos longos, presos em dreads, estavam bem bagunçados. O uniforme virou trapo, mas de algum jeito, ficava bem nela. Talvez por revelar a Kisel um pouco mais das enigmáticas tatuagens. Ou por estar no auge daquele amor platônico.

Mortalha também foi trazido. Apagado, flutuando livre de braços e pernas abertas, roncando alto. O velho guerreiro de cabelos brancos e bigode farto teve sua imortalidade cancelada pouco antes da batalha final, porém não usou isso como pretexto para evitar a luta. Kisel respeitava sua determinação. Também o achava doido. Não são coisas excludentes, pensava ele.

O Defensor Vermelho também integrava a estranha comitiva. Girava de ponta-cabeça. O capacete com cara de inseto (*era uma barata?*) não deixava saber se estava consciente ou não.

Por último, o metaliano. Além de Kisel, parecia o único não perturbado pela abdução. Mais que isso, de algum modo parecia habituado. Como se aquilo fosse natural. Seu meio de viajar.

Estava ali de pé, costas retas, braços cruzados. Restou muito pouco da armadura após os combates recentes, isto é, se o nome "armadura" cabia às ombreiras bizarras e adereços sem utilidade discernível. Tudo metálico. Mesmo assim, tudo mais frágil que ele próprio.

ESTAMOS NA ARISTÓTELES • SUPONHO

— É ELA MESMA... Digo, é a Aristóteles, sim — respondeu Kisel, voltando ao tom de voz normal. — Ué, consigo fazer isso?

A QUE SE REFERE • FILHO DE VALIN

— Falar (gritando) por telepatia. Como você faz.

NÃO SE TRATA DE TALENTO PSIÔNICO • METALIANOS USAM RÁDIO

— Posso ouvir rádio dentro da minha cabeça?

CONSEGUIRÁ ACESSAR FAIXAS MAIS AMPLAS COM TEMPO E EXPERIÊNCIA

— Até lá, podia falar *um pouquinho* mais baixo, por favor?

•• CLARO •• concordou o Embaixador •• Transmitir é semelhante • Logo vai aprender •

— Bem melhor! — O jovem agradeceu, coçando a orelha, mesmo sabendo não ouvir o alienígena exatamente por ali. Sentia como se a voz ressoasse em volta do cérebro. — Não acho que consiga fazer isso direito.

•• Ser parcialmente biometálico não é evento inédito em sua espécie • Filho de Valin • Há outros • Experimentos de governos ou empresas poderosas •

— Mas não sou cobaia. Não rolou nada disso comigo. *Nasci* meio--metaliano!

•• Tem razão • Nesse aspecto você é único • Uma anomalia •

— Pronto, começou! Podia parar de me chamar assim? Não é legal.

•• Não se trata de insulto • Meramente o vocábulo local adequado •

— Tenho nome, tá? *Kisel.* Pode ser? Nem anomalia, nem filho da minha mãe.

•• Kisel •

— Isso. E você, chamam de Embaixador, certo? Disse que nem todos os metalianos curtem nomes.

•• Pode se referir a mim dessa maneira • É o que sou •

— Embaixador, então. Faz ideia do que estamos fazendo a bordo da Aristóteles?

— Para de tagarelar com esse alien, Kisel — repreendeu Ava, enfim se recobrando. — Sai de perto dele, também.

Kisel devolveu sua melhor cara de moleque birrento.

— Pelo menos, que eu saiba, ele ainda não mentiu pra mim!

— Qual é! Vai remoer isso até quando?

— "Isso" é a *minha vida*, Ava!

A Capitã revirou os olhos, erguendo-se com alguma dificuldade. Todo o corpo doía. A última coisa de que precisava agora era um adolescente enchendo o saco.

— Não sabia que você era metade alien, tá bom? Se soubesse, talvez...

— Talvez o quê?

— Nada — respondeu. — Esquece.

— Talvez teria me deixado para trás, é isso? *Talvez* teria me matado lá no deserto?

— Não viaja, Kisel! A missão era...

— Missão? — cortou ele — Foi tudo o que te segurou, né? A porcaria da missão!

— Está agindo feito um imbecil, garoto — interveio a voz velha e cansada de Mortalha. — Guarda essa espada e relaxa. Estamos todos do mesmo lado aqui.

— Eu não... — Kisel começou, então se interrompeu. Tinha nas mãos a Espada da Galáxia, felizmente ainda recolhida à empunhadura. Não percebeu quando a pegou.

A lâmina seguia em seu lugar, no hiperespaço. Mas o fato de empunhá-la sem querer era perturbador o suficiente. Isto é, se realmente o fez. Se a coisa não se teletransportou ou algo assim.

Ainda procurava palavras para explicar quando uma voz feminina, limpa e melodiosa, soou nos alto-falantes. Parecia gravada em estúdio, tão boa a qualidade do áudio.

Em equalização perfeita, disse:

— *Saudações. Bem-vindos à Nau-Capitânia Aristóteles.*

01:47 P.M.

Recepção da Nau-Capitânia Aristóteles

Goki tentava entender o que aconteceu. A sequência de eventos era estranha em sua memória.

Lembrava-se da luta contra a androide, e como ela parecia forte demais, capaz de enfrentar a Nave Guerreira Haeleon em pé de igualdade. Muito esquisito.

Era sua nave novinha. A primeira missão com ela! Tudo bem, amassaram um pouco o revestimento quando despencaram no deserto. Os mechas do inimigo também deixaram marcas ao arrancar parte das turbinas. E pode ser que tivesse estragado uma coisinha ou outra quando acelerou em rota de colisão com a androide.

Certo, certo: quebraram o brinquedo mais rápido do que imaginou. No entanto, alguém tinha que lutar enquanto os demais se recuperavam para o golpe final! Foi uma missão que fugiu completamente do controle.

Batalha. Queda. Surra. Explosão. Entre alguns destes eventos, acabou fora do planeta. Como saiu do ponto A para o ponto B, isso sim, era a grande dúvida.

As luzes no visor do traje piscavam, indicando falta de força. Precisava recarregar, ou acabaria desprotegido de vez. Para isso, bastava luz solar. O calor da estrela faria reagir as células das baterias em liga de actínio (Ac), érbio (Er), oxigênio (O) e lantânio (La). O que, aliás, já deveria ter acontecido. Lutaram em pleno deserto, sob o sol, por horas! Voltou-se na direção do poente para comentar sobre isso com Inago, seu companheiro Defensor Verde.

Em vez dele, viu ela! Coordenava remotamente os Defensores em sua base lunar: Antena-Z!

— Zeta! — disse Goki, animado — Legal te ver!

Zeta, como os Defensores mais jovens gostavam de chamar, Antena-Z, era diferente de qualquer criatura na Terra. Pequena, aspecto frágil, pele branca como giz. Lembrava uma criança de dez anos, exceto pela cabeçorra desproporcional — esta, uma esfera esmeralda vítrea, com um olho esculpido na fronte.

Alienígena, sim, mas não de origem extraterrestre. Veio de outra dimensão, com a Terceira Convergência, saída de alguma Arca. Ainda assim, mais estrangeira que a maioria dos verdadeiros viajantes de planetas distantes.

— Primeira vez que nos vemos pessoalmente, não é? — disse ela, atrás das grossas janelas da estação lunar.

— É verdade — concordou Goki com um aceno. — Você tem essa de ficar na Lua. Deve ser solitário.

— Nem sinto. Mas encontrar um Defensor flutuando pelo espaço é meio raro.

— Doideira — concordou Goki. — E como aconteceu?

— Você é que vai me contar, Vermelho — respondeu Zeta, vocalizando sem boca. — Mas, antes, tem que acordar.

⚄ ⚂ ⚀

Despertou. Estava flutuando livre em uma câmara ampla e mal iluminada, cercado de alguns poucos rostos conhecidos. Remanescentes da batalha contra a androide maluca. Detalhe: era o único, ali, de uniforme colorido.

— Onde estamos? — perguntou.

— Até que enfim — era Mortalha, de pernas e braços cruzados, flutuando perto do chão. Parecia algum velho monge, meditando enquanto levitava.

— Estamos na Aristóteles — explicou Ava, de pé, segurando uma reentrância na estrutura.

— A nave lendária? Tem certeza?

— Não tem nada de "lendária" — respondeu, deixando transparecer o mau humor. — Servi aqui por dois anos. Conheço até seu cheiro.

— É que você ficou dormindo e perdeu toda a explicação — brincou Kisel.

— Sério? — Riu Goki, só então notando estar de cabeça para baixo. — Alguém apagou a luz?

— A nave está em modo de economia de energia — disse Ava outra vez.

— Lamento por isso — ressoou a voz bonita e perfeita nos alto-falantes. Parecia uma locutora de aeroporto anunciando o próximo voo.

— Não tanto quanto nós. Por que nos trouxe aqui, Tatiane?

— O Major vai explicar tudo em detalhes.

— Que ótima notícia... — suspirou a capitã.

— Tatiane? *Comodoro Tatiane?!* — disse Goki, surpreso.

— Sim?

— Sei TUDO sobre você!! A inteligência artificial responsável por manobrar a nave inteira, além de controlar todos os robôs de manutenção e suporte!

— Também sei sobre você, Goki Ranger.

— Sério? — comemorou ele. — Que legal!

— Não fica animadinho, pivete — sussurrou Mortalha com voz cansada, apontando para o metaliano. — Ela só acessou seu perfil porque estava envolvido na batalha contra o grandalhão ali.

— É procedimento normal realizar buscas relacionadas em situações de crise. Existe muito conteúdo on-line sobre os Defensores.

— (Que ela não tenha olhado meu *Instagrimm*.)

— As fotos dos cosplays de *Holy Avenger* são... interessantes.

— Droga! Preciso deletar aquilo!

•• Trazer todos nós tão próximo dos traktorianos foi um erro •• interrompeu o Embaixador.

— Tem um cruzador lá fora — concordou Kisel, também preocupado. — Acha que vieram atrás de mim?

•• Indubitavelmente • Sua fração do Código é importante o suficiente para mobilizá-los •

— O que eles querem?

— O mesmo que a Xenocorp. Querem o Código — explicou Ava. — A coisa escondida em seu DNA. Ou sua assinatura quântica. Ou alguma outra parte que nossa ciência nem sabe identificar ainda.

— Como é?!

— Adoraria contar tudo. Mas tem alguém a bordo que gosta muito mais da própria voz.

•• Estamos em perigo •• disse o metaliano, aproximando-se de Kisel. Flutuava tão leve quanto um corpo de meia tonelada permitia. •• Minha bionave está próxima • Podemos acessá-la e partir •

— Ninguém vai a lugar nenhum, alien! — Rosnou Ava.

— Primeiro, devem se recobrar — interveio a voz de Tatiane. — Graças aos planos do Ninja, (inacreditavelmente) ainda temos algum tempo. Vou conduzi-los ao Distrito Hospitalar.

— A residente-chefe ainda é quem penso que é? — Era Ava, finalmente parecendo animada. Tomou impulso na parede e flutuou até a saída recém-revelada. — Que saudade!

— Ava, você esqueceu o Dragão-de-Aço?

A capitã olhou para onde estava. Destroços retorcidos da arma vieram junto com ela, trazidos pelo raio trator. Flutuavam próximos, como algo mastigado e cuspido. Tudo despedaçado além de qualquer reparo.

— É lixo, agora — disse, tentando parecer casual. Mas Kisel percebia. A despedida não era tão fácil assim. Ela amava aquela arma. Percebia-se quando mostrou como funcionava, ainda lá no deserto.

Saíram um a um, impulsionando-se pelas paredes. Só o rapaz decidiu fazer algo antes de ir: recolheu tantos fragmentos quanto conseguiu. Então seguiu abraçado ao monte de sucata, observado pelo olhar curioso do Embaixador.

01:59 P.M.

Corredores da Nau-Capitânia

Com mais de 150 quilômetros, Aristóteles era a maior megaestrutura construída pela Terra. Um veículo com área de carga suficiente para transportar toda a frota da ORDEM em seus hangares, bem como a população completa de qualquer metrópole do mundo.

Mas não foi planejada para ser tão grande. No projeto original, teria cinco quilômetros — já seria muito maior do que qualquer outra na época. A decisão de expandir o desenho inicial foi polêmica: alocar todo o efetivo do planeta em um mesmo lugar, arriscando uma derrota total em caso de ataque inimigo bem-sucedido (ou uma curva errada em Andrômeda).

Houve debates intensos entre os governos e corporações envolvidos na construção (incluindo brigas de idosos muito feias; existem vídeos on-line). Não se chegava a um acordo. No fim, o valor das vidas futuramente a bordo falou mais alto.

Nossa jornada pelo cosmo recém começara, no entanto revelou pelo menos duas espécies alienígenas melhor adaptadas à vida no espaço. Melhorar as chances da humanidade exigia reproduzir, fora da Terra, um ambiente planetário ideal. Mesma atmosfera, gravidade, umidade, nutrientes.

Ainda que pequenos grupos aventureiros pudessem se manter com reservas limitadas e alguma sorte, campanhas maiores — como a Guerra da Galáxia — não aceitavam esse risco. Tripulações populosas precisavam de um lugar seguro para retornar. Uma nave-mãe (ainda que o assunto fosse evitado, a nave-metrópole deveria ser capaz de preservar o suficiente da humanidade na eventual perda do planeta).

Outro motivo, este econômico, foi a relativa abundância de matéria-prima. Com colônias extrativistas espalhadas pelo sistema solar, podia-se reunir material de construção suficiente. Ampliar pavimentos. Acrescentar ideias. Agradar patrocinadores.

Feitos os cálculos de espaço necessário e massa adicional, chegou-se ao tamanho otimizado de dezenove quilômetros. Então trinta. Então setenta. Não fazia mal aumentar *um pouquinho mais...*

Kisel olhava em volta, boquiaberto. Sabia muito do que havia para saber e, ainda assim — ou por isso mesmo —, se encantava. Aristóteles era grande como uma cidade, mas parecia ainda maior, por não se limitar a uma extensão horizontal. Tinha pavimentos distantes, infindáveis. Não apenas uma cidade, mas *várias cidades empilhadas!*

Corredores do tamanho de estradas, máquinas que eram prédios, prédios que eram montanhas. Podia ver trechos de céu espacial. Ali, ele sabia, a atmosfera interna era mantida por combinações de barreiras físicas translúcidas, campos de energia e refratores foto-quânticos. Estes últimos, apenas deixavam a luz passar através de sólidos. Além disso, usinas locais de terraformação podiam gerar atmosfera tão rápido quanto esta escaparia por vazamentos menores.

Todas as superfícies externas pareciam feitas de aço escovado, polido. Sem pintura. Não havia oxidação no espaço, e mesmo a mais leve camada de tinta acrescentaria *toneladas* de massa inútil.

Cada setor era literalmente um distrito, divididos entre manutenção, serviço e convivência. Corredores e passagens principais não deviam, em nada, às maiores pontes e túneis na Terra. Ainda assim, pelo menos no ponto onde estavam, os caminhos eram muito parecidos. Sem sinais de desgaste ou sujeira. Tudo impecável. Recém-reformado. E vazio.

Em vários pontos, agarravam suportes em correias que deslizavam velozes, carregando-os na ausência de gravidade. Em outros, percorriam trechos a bordo de monotrilhos magnéticos de baixa energia. Não fosse a paixão de Kisel pela cidade-nave, nem teria ideia da distância percorrida.

Ainda assim, não se cansava em nada. Pela ausência de peso, claro. Ou pelo entusiasmo. Ou motivos meio-metalianos.

— Isso é muito legal... — cochichou o Defensor Vermelho ao lado, parecendo tão feliz quanto.

— Demais! — Respondeu Kisel no mesmo tom, oferecendo a mão, tentando não deixar cair nenhum pedaço do Dragão. — Nem conversamos direito, né? Sou Kisel.

— Ah, verdade. Antônio — continuou o outro, ajudando a recolher fragmentos que escapavam. — Mas pode me chamar de Goki.

— Hein? Brasileiro? — Kisel, surpreso.

— Tá me zoando. Você também?

— Sou de Neo Sampa!

— Qual é! — riu o Defensor. — Com essa cara de gringo e esse nome?

— Bom — envergonhou-se, baixando o olhar —, pelo que disseram, meio-alien. Faz de mim o maior gringo da Terra.

— Ah! — arrependeu-se o Vermelho, percebendo ter falado besteira. — Não liga pra isso, cara. Você é você, sangue não importa, né?

— Obrigado. É novidade pra mim também.

— Sou de Jampa, mas nasci em Uiraúna. Certeza que você não conhece.

— É, nunca ouvi falar — riu. — Mas estive em João Pessoa uma vez. A mãe gravou uns episódios lá.

— Que mundo pequeno. Muito legal! Dois brasileiros na Aristóteles! Já não me sinto tão sozinho.

— Seus outros companheiros ficaram para trás. Eles vão ficar bem?

— Vão, claro. Eles são a... — com uma pausa, Goki preparou o fôlego. Puxou o joelho para cima e apontou com as mãos abertas para os lados, concluindo: — *Gokiburi Sentai Haeranger!*

— Defensores são muito da hora — Kisel imitou os gestos de um jeito meio errado, derrubando o que tinha restado do Dragão. — Já pensei em participar também.

— É legal demais! Levo você pra ver a Haeleon. Nós...

Goki ficou imóvel por um instante. Olhou para o aparelho de transformação no pulso. Tinha dúvidas sobre o que fazer. Lembrou-se da missão original: lidar com o Kursor, como os Defensores da Terra chamavam metalianos invasores. E fizeram isso, certo? Estava ao lado deles agora.

Mas havia o risco de expulsão. Desrespeitaram uma ordem direta. Será...?

— Zeta? — chamou, engolindo em seco. Logo o visor de meia polegada piscou, revelando a inconfundível falta de rosto em forma de aquário verde-esmeralda. Antena-Z.

— Fala, Vermelho.

— Me dá um segundo, Kisel? — pediu o Defensor, puxando a mão enluvada sobre o transmissor.

O jovem respondeu com um sorriso e um polegar positivo, um joinha bem brasileiro. Recomeçou a juntar os pedaços desconjuntados da arma arruinada. Goki retomou a conversa:

— Zeta, está tudo bem? Digo, nós fomos... sei lá, banidos? Expulsos?

— Se refere ao que rolou antes? Relaxa. Ninguém será punido de forma alguma. Pelo contrário.

Goki soltou o ar, aliviado. Era o líder da Gokiburi Sentai, afinal. O Defensor Vermelho. O destino dos quatro companheiros na Liga Defensora repousava em suas mãos. Suas decisões erradas podiam prejudicá-los de inúmeras formas. No entanto, parecia ter acertado outra vez.

— Interpretamos bem os sinais? Algum peixe maior envolvido?

— Muito maior — respondeu Zeta, enquanto atendia outras requisições de Defensores do mundo inteiro. — Potencial violação de tratado. Ameaça de invasão traktoriana. Mas ainda não posso cravar nada. Estou estudando o caso (e jogando *Deusa no Labirinto*).

— E como fica agora?

— Não sei aonde quer chegar. Ou melhor, sei, mas quero ouvir de você.

— Bem, a missão do Kursor foi concluída e...

— A missão só acaba quando termina, Vermelho. Vocês continuam no páreo.

— Mas...

— A situação piorou com a chegada da Coalizão. Pedimos para se afastarem, mas os Cinco optaram por seguir em frente.

— Certo — concordou Goki, com um aceno firme de cabeça. Porém, dentro do capacete, tudo girava.

— Sabemos que é uma missão de Patamar Kiodai. Mas, devido às circunstâncias peculiares, agora não posso substituí-lo ou mandar reforços. Vai ter que prosseguir.

— Um esquadrão de um cara só.

— Sim, como único membro da equipe a bordo. Relaxa, Vermelho. Já comuniquei à Comodoro sobre você. Ela adorou seu *Instagrimm*.

— Estou começando a achar que aquele valor combinado foi pouco.

— Apenas tente continuar vivo, ok? — pediu Antena-Z antes de desligar. — Morrer é ruim para o ganho de XP.

2

02:09 P.M.

Sede da Xenocorp — Suíça

A mesa cirúrgica vazia parecia deprimente. A Doutora Danna esteve trabalhando à sua volta nos últimos dois anos. Debruçada através de dias e noites sobre seu maior projeto. Aplicando ajustes e realizando melhorias. Dedicada. Obcecada.

Dali, liderou um numeroso corpo de cientistas, técnicos e engenheiros. Obteve sucessos notáveis. Avanços reais na criação de um corpo sintético com base inorgânica.

Ao lado, computadores, monitores e equipamentos cirúrgicos em estado de espera aguardando por mãos habilidosas que pudessem guiá-los. Hoje, ignorados pelos últimos dois ocupantes do laboratório:

A própria Danna. Cientista brilhante, de cabelos curtos e olhar cansado. Dona de uma ambição absoluta e uma dedicação completa ao trabalho.

O outro, seu assistente, Akil. Um hynne de dezessete anos. Programador, estagiário e nem tão dedicado assim.

Descalço, usando roupas largas e mal chegando a um metro de altura, Akil pertencia a uma raça de além-Convergência. Diz-se que seus ancestrais gostavam de leveza e conforto. Isso não mudou neste mundo, pelo contrário. A tecnologia e facilidades da vida moderna ofereceram aos pequeninos mais do que podiam querer. Ou quase.

— Me deixa ir pra casa! — reclamou, tentando se desvencilhar da doutora, que o mantinha firmemente seguro pelo capuz do moletom.

— Ainda temos trabalho aqui! — respondeu entre dentes cerrados, uma mão no garoto e a outra agarrada ao batente da porta.

— Preciso dormir!

— De novo? Até quando vai usar essa desculpa para fugir do trabalho?

— Estou trabalhando há quase vinte horas, sua exploradora de menores!

— Você é hynne! *Sempre* vai ser menor.

— Tô falando de idade, não de altura!

— Faz diferença?

— Vai saber depois que denunciar você!

— Se fosse tão imbecil para acreditar nisso, para esquecer que a Xenocorp tem influência em tudo que importa, nesse caso nem me serviria!

O garoto fez careta, sabendo ser verdade. A megacorporação mais rica do planeta, mais poderosa que a maioria dos países. Podia comprar todos que ficassem no caminho. Ou comprar quem pudesse removê-los.

Não fossem os repressores de sono — e todo o estresse que engoliu nas últimas horas —, a doutora seria muito mais razoável. Agiria de forma diferente. Menos obcecada e com humor melhor.

E foi uma ameaça vazia, no fim das contas. Aquela vaga era uma oportunidade única, não estava disposto a desperdiçar. Por sorte, Danna precisava dele. Mas ele precisava descansar. Cada um com seus problemas.

— Já organizei o programa de análise. Está tudo funcionando. Se aparecer alguma coisa, posso responder de casa. E agora. Vou. Pra. Casa.

— Não posso ficar parada esperando você acordar, seu preguiçoso!

— Então vá dormir também! Está precisando!

— Não estou e não vou!

— Mas que birrenta! Deita e fecha os olhos. Quando acordar, vou estar aqui como se nunca tivesse saído!

— Mesmo que quisesse (e não quero), estou nervosa demais para dormir. Acabo de ser humilhada por moluscos alienígenas enfiados em robôs. Estou fervendo de ódio!

— Deixa disso. Você sabe que o teste de campo foi fantástico!

— Terminou em derrota!

— O que é ótimo. O objetivo é desenvolver um corpo não-orgânico perfeito. Conseguir de primeira faria parecer um objetivo medíocre.

— Niele perdeu para um bando de adolescentes, Akil!

— Pode ser. Mas só vamos saber o que houve depois de compilar os dados.

— Outro motivo para não parar agora. Vamos restaurar tudo e...

— Não vamos. Tô com sono demais.

— Akil! Isso é importante pra mim. Por isso, precisa ser importante pra você também.

— Escuta o que está falando. Não tem nem lógica!

— Meu laboratório, minhas regras.

— Certo! Se faz questão de ficar aqui perambulando como uma zumbi, que tal isso...?

Puxou o celular. Abriu um aplicativo de acesso e digitou comandos com apenas uma mão. Em resposta, o holograma sorridente de Niele surgiu. Feita de luz, no azul translúcido que lhe era característico.

— Saudações, Akil-kun! Estou pronta para auxiliá-lo!

— Está aí. Discuta com o computador pela demora em processar e me deixe ir dormir.

— Engraçadinho. Essa não é Niele. É só uma Serena padrão.

— Posso ajudar, Danna-sensei?

— Não pode. Nem chamei você. Só falei a droga do seu nome.

— Não compreendi. Poderia repetir o comando, por favor?

A Doutora estava a um suspiro de gritar quando sentiu Akil ficar muito leve de repente. Quando se voltou, viu que apenas o casaco vazio do hynne restava. O danado aproveitou a distração e escapou!

— Ele sabe como me deixar nervosa...

— Entendi — respondeu o holograma sorridente de Serena. — Tocando músicas para relaxar da sua *playlist*!

02:12 P.M.

Corredores de manutenção da Aristóteles

O longo percurso através das entranhas da nave parecia não ter fim. O grupo seguia mergulhado na escuridão difusa, interrompida por luzes de emergência em intervalos regulares. Deslizavam pelas sombras de um caminho repetitivo.

A sensação de falta de gravidade ainda era estranha. Depois de algum tempo, Kisel perdeu toda a noção de onde era acima ou abaixo. Ainda mais porque não usavam mais rotas principais, nem monotrilhos. Mais próximos do objetivo (esperava-se), seguiam por corredores mais estreitos e escadas verticais. Pareciam andar em zigue-zague.

Não fosse por luzes-guia no caminho, estariam perdidos. Goki engoliu em seco com a ideia de vagar no labirinto espacial para sempre. E não era o único.

— Se esperam receber visitas, melhor repensarem esse trajeto — comentou Mortalha a certa altura. — Parece uma masmorra. Não faço a menor ideia para onde vamos.

— Mais uma vez peço desculpas — a voz de Tatiane. — A nave ainda está passando por reparos.

— Espero que um caminho mais fácil esteja nos planos — brincou o guerreiro não mais imortal.

— Sim, uma alameda de acesso foi planejada. Esta Nau-Capitânia será, no futuro próximo, uma instituição para formação de astronautas e exploradores. Uma universidade espacial.

— Que ideia legal! — alegrou-se Kisel.

— Será que consigo uma bolsa com a nota do ENEM? — riu Goki, preferindo não pensar muito no resultado das últimas provas.

— Podemos tentar juntos. Já sonhava vir aqui. Imagina estudar!

Tatiane achou graça. Percebia em seus níveis de adrenalina, pulsação e respiração que os dois estavam mesmo empolgados com o passeio. Computou que gostava de jovens agora. Eram mais divertidos do que julgou apenas analisando o que faziam na hypernet.

Logo se encontrariam com seu avatar e então poderiam conversar. O corpo físico androide existia para isso, afinal. Irrelevante para ela, mas necessário para melhor interação social com a tripulação.

Diferente dos jovens, cada vez mais deslumbrados, Ava começava a se irritar de verdade com tantas voltas e rodeios. A Capitã não queria voltar para a Aristóteles tão cedo. Mas gritar com Tatiane (apelido idiota do Major Ninja para o software criado pela equipe do *Tatic One*) seria o mesmo que insultar um aspirador, então decidiu descontar em alguém de verdade, para variar.

— Estão ficando para trás, moleques. Apertem o passo.

— Qual é, dona — brincou Goki. — Vamos aproveitar o passeio. O lugar é demais!

— Ela morou aqui — sussurrou Kisel, sabendo ser ele o motivo da demora. Estava atrasando o grupo inteiro por carregar todo aquele entulho.

— Já que voltamos ao assunto — cochichou o Defensor Vermelho. —, ela é quem acho que é?

— Como assim?

— Tenho a impressão de conhecer a gata nervosa de algum lugar.

— Talvez. É bem famosa no exército.

— Não liguei o nome ao título antes. Mas é Nírira, certo? Capitã Ava Nírira. Do Dia dos Destroços.

— Conhece?

— Alguém não conhece? Caramba, ela é uma lenda! (E linda, hein?)

— Muito — Kisel deixou escapar. Corando imediatamente, expeliu um turbilhão de palavras. — Quer dizer, ela é muito famosa no caso. Não que não seja bonita, ela é, mas não significa que fiquei reparando...

— Relaxa — riu o Defensor. — Teria que ser um alien para não concordar que ela é incrível. Dá um pouco de medo desse jeitão militar. Mas ainda assim. Até queria ser um pouco mais velho.

— Ela é muito legal — Kisel sentia o rosto mais vermelho que nunca. — Tipo, a guerra mexeu com ela, mas a Ava é diferente quando não está na versão soldado.

— Você tá apaixonadão mesmo!

— Qual é! — reclamou Kisel, envergonhado.

— Tudo bem, não falo mais nisso. Mas melhor desistir, tá? Sem querer ser o cara que vai destruir seus sonhos, é muita areia pra você.

— Acha que não sei? Nem cogitei nada assim. Fora que nos conhecemos *ontem*. Esta conversa nem faz sentido.

— Que maluquice. Salvamos a vida da Capitã Nírira! Melhor missão de todas! Será que ela me dá um autógrafo?

— Mais fácil ela te dar um soco.

— Só vantagens. Quem não gosta de apanhar de mulher bonita?

— *Vocês aí, acham que fiquei surda?* — disse Ava, voltando-se para a dupla.

Os dois riram, o que também deixou a Capitã um pouco mais tranquila. No fundo, se preocupava com Kisel. Não sabia o quanto a revelação de sua natureza alien podia tê-lo abalado (e também ela, de certa maneira). Divertir-se com outro jovem era algo bem-vindo. Mesmo às suas custas.

Quanto ao Embaixador metaliano, Ava o achava quieto demais e há tempo demais. Talvez fosse normal para seu povo, claro. Porém, o mais provável é que estava intranquilo com a proximidade de inimigos. Sem dúvida que planejava agarrar Kisel e sumir assim que possível. Seguir contra esse plano exigia muita força de vontade. *Sou má por achar isso divertido?* — pensou.

— Um dólar por seus pensamentos — falou Mortalha, com a voz rouca e baixa demais, surgindo ao lado dela.

— Oi?

— Esse sorriso. De onde vem?

— Só feliz por poder reencontrar uma amiga — respondeu. — E por falar nela...

O grupo emergiu da escuridão opressiva dos corredores diante de um edifício branco, amplo, espaçoso, banhado em luz clara suave. Painéis luminosos hexagonais, justapostos, lembravam uma colmeia. Também deixavam entrever, na semitransparência, a imensidão daquele distrito da nave.

Seguiram através de portões, saguões e escadas rolantes desligadas — e sem serventia em gravidade zero. As grandes quantidades de caixas empilhadas pelo caminho indicavam que a mudança mal havia começado.

Por fim, alcançaram uma área aberta onde divisórias improvisadas isolavam uma cabine, e equipamento novo foi alocado para posterior montagem. Também continha uma longa fila de câmaras, em formato de casulos, enfileiradas.

E, em meio à imensidão bagunçada do saguão-hospital, a única ocupante era a médica residente. De jaleco impecavelmente branco, com um *pin* em forma de folha na lapela. Tinha olhos de um verde tranquilo no semblante bondoso, lendo linhas e linhas de código na prancheta digital. Os cabelos loiros, presos no alto da cabeça, caíam pelos ombros em um longo rabo-de-cavalo que balançava conforme trotava no vazio, os cascos mal tocando o chão.

— Odara! — gritou Ava, tomando impulso e disparando como um míssil na direção dela.

Atingiu a grande centaura com um abraço, empurrando-a e fazendo-a girar por dezenas de metros em gravidade zero, até ambas recuperarem o equilíbrio e voltarem, ainda abraçadas, para o chão.

— Ava! — disse Odara completando-a, preocupada. — Grande Mãe seja louvada. Você está péssima!

— Tive uns contratempos — explicou a capitã. — Me deixei levar e apanhei.

— E que monstro que fez isso com você??

O semblante de Ava anuviou-se. Com um polegar, apontou para o metaliano — que, de braços cruzados, concordou com um aceno solitário. Odara avaliou a situação com uma rápida troca de olhares e voltou sua atenção para o tablet, onde efetuou anotações.

— Curioso, acho — disse, apenas aceitando. Com um sorriso sincero e gentil, prosseguiu: — Aos que não me conhecem, me chamo Odara, sou a médica-chefe da Aristóteles. Nossas boas-vindas ao futuro Distrito Hospitalar. Sei que não parece assim ainda, mas...

— Centaura no espaço!? — surpreendeu-se Goki. — Mas... achei que o lance de vocês fosse morar na floresta, viver da arte e coisas que a natureza dá...?

— Deixa de ser idiota, Goki — repreendeu Kisel.

— Comodoro Tatiane — pediu Odara, ajeitando uma mecha de cabelo atrás das orelhas pequenas. — Poderia, por favor, abrir o sistema de comunicação da nave com o metaliano? Creio que será mais confortável para todos.

— Está feito, Odara — respondeu a nave. A voz ressonante do alienígena metálico passou a ser transmitida pelos alto-falantes próximos, assim como fazia a inteligência de comando da Aristóteles.

•• Doutora Quadrúpede • Grato pela cortesia •

Metalianos não tinham cordas vocálicas, nem qualquer meio natural de comunicação por sons. Seria inútil em seu próprio mundo nativo, de atmosfera apenas vestigial, quase vácuo. Falavam por rádio, sem depender de meios materiais para transmissão. Assim, usavam aparelhos radiofônicos simples para comunicação com outras espécies. E por algum motivo, soavam como alguém falando através de um tubo.

•• Solicito perdão por causar injúria à Guerreira Furiosa • Foi um mal-entendido e nada mais •

— Teimoso de uma figa — reclamou Mortalha, para ninguém em especial. Havia tentado explicar a situação para o alienígena logo de início, mas acabou morto (algumas vezes) em troca.

•• Suponho que examinação médica seja pré-requisito para interação com o comandante da espaçonave • Solicito assim brevidade na análise •

— Veja lá como fala com minha amiga, aberração — cortou Ava.

Odara a deteve com um gesto carinhoso. Sempre tomando notas e revisando resultados, explicou:

— Serei tão breve quanto possível, Embaixador. Prometo. Até para nosso próprio bem. Como deve ter notado, os sistemas de manutenção operam em nível mínimo. Apenas alguns setores contam com atmosfera e luz. Esses recursos foram direcionados para o trajeto que percorreram.

— Espera, amiga. O que acha que vai fazer com a gente?

— Vou colocá-los nas câmaras de cura. Quase todos vocês.

— O que é isso? — perguntou Kisel, incerto se devia ficar preocupado ou não.

— Terapia intensiva emergencial — explicou Ava, desconfiada. — Para casos muito específicos, como salvar a vida de alguém.

— Não estamos tão mal assim — reclamou Mortalha, de longe o ferido mais grave.

— Lamento — explicou Odara. — Como o Embaixador disse, não temos tempo. Meia hora em uma destas equivale a uma noite de sono completa. Estarão novos em folha para o encontro com o Major.

— Temos mesmo que falar com ele? — resmungou Ava.

— É imprescindível — disse a voz de Tatiane, acrescentando em tom lamentoso. — Mas compreendo sua dor.

— De que Major falamos? — interessou-se Goki.

— Ninja — explicou Mortalha, indiferente.

— Espera, espera, espera! Ninja? *O Major Ninja??* Líder da U.F.O.? Digo, *seu* líder?

— O próprio. De máscara e boné.

— Fala sério! — animou-se Kisel também — Vamos ver o Major Ninja?

— Não ficaria tão feliz se o conhecesse bem — suspirou Ava.

Odara pousou uma mão gentil no ombro dela. A centaura sabia de boa parte da história entre os dois, imaginava quão difícil seria esse reencontro para Ava. Porém, ordens eram ordens. Voltando-se para os demais, pediu:

— Vamos lá, quem entra primeiro?

Goki acenou, contente, querendo aproveitar ao máximo todas as oportunidades que surgissem. Já estava dentro de uma das câmaras, inclusive, com um sorrisão bobo na cara, transparecendo através do elmo de barata. A doutora teve que acabar com a alegria do menino.

— Seu próprio traje vai realizar trabalho muito melhor que a câmara, na verdade. Tratarei de você aqui fora, se permitir.

— Ah, claro — lamentou, um pouco decepcionado. — Ele está esquisito. Parece falha na bateria.

— Vamos resolver — comentou a médica, sem prestar muita atenção. — Sente-se ali e beba isto.

— O que é? Algum preparado químico experimental? Concentrado radioativo? Tecnologia extraterrestre?

— Suco.

— Suco!? Só suco?

— De acerola. Tem vitamina C. Seja um bom rapaz e espere quietinho enquanto cuido dos demais. Ava, venha. Vou ligar você.

— Não gosto da ideia de ser apagada com um alienígena a bordo.

•• Receio infundado • Considero-a valiosa aliada • Guerreira Furiosa •

— Vem com essa! — frisou a Capitã. — Não confio em alien nenhum.

— Ele está ajudando — interveio Kisel.

— Já esqueceu que *ele* me deixou assim, para começar?

— Ava, por favor — pediu Odara, tentando apaziguar os ânimos. — Ficarei aqui, e o Defensor me fará companhia. Sabe que não deixaria nada de mal lhe acontecer. A própria Tatiane também estará alerta. Descanse tranquila.

Era ridículo. Não parecia certo. Mas, por Odara, a capitã aceitou. Tirou o que restava da jaqueta, descalçou as botas e entrou naquele sarcófago curativo. Não estava nervosa pelo procedimento em si, já passou por aquilo antes, bem mais ferida. Porém, não havia nenhum metaliano perto enquanto se desligava para o mundo.

As travas da câmara de regeneração foram fechadas. Podia ver o lado externo por uma janela estreita, subindo do abdômen até o rosto. Um líquido morno começou a preencher o compartimento. Foi subindo pelas pernas, alcançando o abdômen. Ava sentiu uma forma de coceira agradável em todos os pontos feridos — incluindo aqueles que nem sabia ter.

Respirou fundo. Agora vinha a parte mais desconfortável: deixar o gel regenerativo entrar pelo nariz e boca, preenchendo o trato respiratório. Apesar de naturalmente anestésico, ainda havia a breve sensação de afogamento antes de, enfim, dormir. O que aconteceu rápido.

Sua última lembrança desperta foi o olhar verde fluorescente do Embaixador, lá fora.

02:19 P.M.

Espaço

Propósito.

Era o que guiava Opressor em todos os seus atos. Um objetivo maior. A meta ligada a seu ser mais primordial: evoluir. Ser melhor. Atingir a perfeição. Por isso, a proximidade do limite final da tecnologia traktoriana o irritava. Tanto quanto seguir os paradigmas impostos pela própria cultura.

A maioria dos seres robôs de Traktor atingia, no máximo, quatro metros de altura. Suas cidades-estados eram planejadas para a circulação de indivíduos com tais dimensões. Sistemas de transporte, moradia, equipamento e reparos respeitavam esse padrão. Mas Opressor queria mais. Limitar-se era criminoso. Por isso, seu corpo atual excedia em dois metros qualquer outro de sua classe. Ocupava mais espaço. Exigia instalações e componentes customizados.

Durante certo período, em sua obsessão por ser mais e mais, manteve partes duplicadas. Quatro braços. Quatro pernas. Duas cabeças, até — para simetria, e também como forma de iludir adversários, apenas uma alojando o cérebro vivo. Teria continuado assim, não fosse uma limitação crucial do sistema motor traktoriano: controlar mais membros reduzia sua precisão. Pelo mesmo motivo, ancestrais invertebrados com um maior número de braços passariam a removê-los, seletivamente, buscando uma maior destreza manual — que resultaria em ferramentas melhores, armas melhores, tecnologia melhor. Assim, a configuração traktoriana ideal permanece humanoide: cabeça, tronco, quatro membros.

Claro que Opressor sabia. Apenas se recusava aceitar esse limite, como recusava todos. Por fim, acabou mantendo apenas a segunda cabeça, no meio do peito, como um medalhão.

Se todos tinham ombros robustos, Opressor os queria duas vezes maiores. Se cores sóbrias eram padrão, optava pelo amarelo mais agressivo e reflexivo. Precisava incomodar para sentir-se completo. Mesmo agora, singrando o espaço, as omoplatas alongadas abertas davam passagem à turbina de propulsão. Os outros voando próximos adaptavam sua formação, para evitar a queima pelo jato de plasma.

Seguiam assim, rumo à Aristóteles. Abertamente, sem um veículo. Exibindo sua força.

Preferiu uma abordagem de batalha tradicional, à frente de uma horda mecha autônoma formada por duzentos synbots. Estes drones sem mente formavam os enxames de batalha traktorianos. Utilizados para ataques em larga escala contra alvos estratégicos. Poupavam recursos — e honra — para os verdadeiros combatentes.

Além de Opressor, apenas cinco traktorianos reais seguiam à frente da formação. Os últimos remanescentes da Coalizão: os Cinco de Gralgatea. A elite guerreira do cruzador. Contra os quais, inclusive, lutou em batalhas anteriores — pertenciam às cidades-estados rivais. Fadados a odiarem-se para sempre, agora aliados por um destino comum. Atuaram juntos em algumas batalhas, mas o pior conflito na Guerra da Galáxia era nada comparado ao evento que nomeou o grupo.

— Opressor, estive pensando...

Quem se dirigiu ao líder foi a Segunda de Gralgatea: RAP-181196-IDA. Ou algo assim. Códigos computacionais complexos que os traktorianos usavam como identificação acabavam trocados por pseudônimos mais informais. Relacionados ao que faziam, preferiam ou pareciam. RAP-181196-IDA ficou conhecida como Habilidosa.

Tinha um raro modelo de *design* considerado feminino. Em vez do chassi quadrado e carenagem padrão em formato de monolito, era mais longilínea — dentro do possível para um volumoso robô de combate. Corpo de base triangular, cintura capaz de rotacionar livre, e dorso congruente com a bacia, respeitando inclusive a proporção equilátera.

— Compartilhe, Habilidosa — disse o líder.

— Não seria interessante adotar outro tipo de aproximação?

— Precisamos? — reclamou PDF-300508-SIX, Atirador. Quinto membro dos cinco sobreviventes lendários. Também famoso por ser um maldito preguiçoso. — Parece enfadonho...

— Sou contra — cortou Couraça, código DUR-090503-EZA, o Quarto de Galgratea. Teimoso feito um asteroide em rota de colisão com a estrela hospedeira. Teimosamente resistente a tudo, rechaçava qualquer sugestão ou ordem exceto as próprias.

— Ela nem explicou sua ideia ainda! — irritou-se Forte, FOR-150894-TAO, primeiro de Galgratea e atual subcomandante da Coalizão.

— Poderíamos mudar de tópico — praguejou Atirador. — Que inconveniente!

— Você é o último com algum direito a protestar, Atirador. Escondeu-se em algum buraco escuro, deixando comigo a negociação com os terranos. Foram horas tentando fazer contato, apenas para ser ignorada!

— Deixem-na falar! — Ordenou Opressor. Obedeceram. Não por polidez, apenas por hierarquia.

— Acredito que nossa reputação não inspira o respeito e temor que buscamos na cultura local.

— Trazemos Gralgatea em nossos nomes — lembrou Robusto, ESC-011100-UDO. Era o Terceiro. Suportava o que mandavam contra ele. Passou incólume pela Batalha de Hélix, um feito e tanto, considerando as perdas traktorianas na ocasião. — Acha que a menção ao buraco-negro não será suficiente?

— São incultos, simplórios, primitivos em tudo que importa. Nada sabem sobre o Sistema Gralga, muito menos Gralgatea e os horrores cósmicos em suas proximidades.

Difícil aceitar, mas a possibilidade existia. Mais de oito mil traktorianos formavam a Coalizão quando adentraram o sistema Gralga, investigando as inomináveis formas de vida estelar que rondavam a região próxima ao horizonte de eventos. Apenas eles restaram. Essa façanha trágica foi muito difundida em Traktor, e mesmo seus inimigos metalianos reconheciam os Cinco. Assim, o atual anonimato naquele planetinha era incômodo.

— Sugere que, para estes humanos, não somos dignos de reverência? — tentou Forte mais uma vez.

— Exato — respondeu Habilidosa. — Devíamos recorrer a protocolos de intimidação mais amplos.

— O que sugere? — pediu Robusto, considerando a opção. — O que essas coisas flácidas temem?

— Cercear. Ocupar sua espaçonave por completo. Impedir acesso à manutenção de vida básica. Causar dúvida sobre nossa real natureza.

— Sou contra — repetiu Couraça. Os demais ignoraram e dirigiram a atenção ao líder daquela operação, que fazia questão de permanecer calado.

— Façam como quiserem — respondeu Opressor, com seu equivalente anatômico a dar de ombros.

— Será fantástico! — riu Habilidosa. — Causará pesadelos por gerações!

— Temos um objetivo principal — lembrou Opressor. — A Anomalia. Todo o resto é secundário.

— É apenas uma larva — reclamou Forte.

— Sob a guarda daquela que chama Ava Nírira — explicou o líder. — Não esqueceu, por certo.

— Nunca — rosnou o traktoriano.

— O mascarado também está a bordo. Por isso, o plano foi traçado. Os alvos, definidos. Todos devem agir de acordo. Desvios colocariam a missão em risco.

— Somos os Cinco — desdenhou Habilidosa. — Não falhamos.

— Assim espero. Pois, se acontecer, providenciarei pessoalmente a destruição de cada um de vocês.

Concordaram a contragosto. Sabiam não ser blefe, embora não houvesse certeza da superioridade combativa de Opressor aos demais. O dia de retaliar chegaria. Não hoje, mas fariam o jovem arrogante engolir a afronta. Por agora, tinham outro objetivo.

Revisaram as identidades dos alvos e o plano de ação mais uma vez. Exceto Couraça, que seguia afirmando ser contrário a cada decisão do grupo. Também Atirador, que apenas desligou a comunicação e seguiu em absoluto silêncio.

02:24 P.M.

Distrito Hospitalar

As poucas luzes acesas no saguão projetavam sombras fantasmagóricas nas paredes lisas e altas demais na enfermaria ainda inacabada. Porém, mais que a escuridão, era o silêncio que tornava o ambiente desconfortável. Quase nada se ouvia, exceto a distante acomodação ocasional de setores, gel borbulhando nos tanques de cura, e os dedos ágeis de Odara digitando qualquer coisa na prancheta.

— Ela está bem? — perguntou Kisel a certa altura, observando Ava adormecida, imersa em gosma.

A médica centaura consultou o prontuário eletrônico, tocou no painel da câmara de cura e respondeu:

— Está ótima. Vai sair como nova. Vamos lá, para o próximo recipiente. Sua vez, Mortalha.

— Preciso mesmo tomar esse banho? — reclamou o velhote, coçando a cabeleira branca.

— De acordo com o relatório, sua imortalidade foi nulificada. Até descobrirmos o que aconteceu, vai precisar de cura como todo mundo.

— Como você é má, Odara!

— Doutora Odara para você, jovenzinho. Já pra dentro!

Mortalha riu. Ele, que tinha todos os anos do mundo, repreendido por uma (comparativamente falando) garotinha. No mínimo, inusitado. Aceitou sua ajuda para tirar o casaco e botas (estava se sentindo cansado, na verdade) e rumou para as máquinas esquisitas.

Em vez de um tanque vertical como aquele de Ava, foi guiado por Odara até o que lembrava uma banheira de água suja em dimensões exageradas. Entrou no líquido turvo até a cintura, sentindo o característico comichão que conhecia tão bem. Era soro regenerativo, sem dúvida.

Primeiro sentou, buscando firmeza. Depois, lentamente, se deixou afundar. Seu receio natural em relação à tecnologia potencializou a sensação de pânico frente à possibilidade de afogamento. Porém, adormeceu antes de começar a gritar.

— Agora sou eu? — Kisel, por fim.

•• Você não •• interrompeu o Embaixador, a voz soando na mente do garoto e no sistema de som da nave. •• Fisiologia metaliana é incompatível com curas biocarbônicas convencionais •

— Estou ciente — comentou Odara, indiferente. — Não é meu primeiro paciente meio-metaliano e, além disso, sua biologia não se tornou tão diferente. Bastam poucos ajustes.

•• Não será preciso • Ele é detentor do Código • Pode se recuperar •

— Sério? — Exclamou o garoto, surpreso. — Como faço?

•• Concentre-se • Foi capaz de acessá-lo instintivamente durante a luta • Agora faça-o de modo consciente •

Kisel lembrava. Naquela hora, motivado pela raiva da própria incapacidade, despertou algo em meio ao desespero. Tentou reviver os mesmos sentimentos, mas agora não parecia *certo*. Apenas ficou ali parado, cada vez mais envergonhado, até que a voz de Odara soou próxima ao seu ouvido. Próxima demais, até.

— Continue de olhos fechados — pediu ela, quase um sussurro. — Vou ensinar um truque. Algo que aprendi com meu pai, que nasceu além-Convergência.

— Ele veio com a Terceira?

— Veio. Foi um curandeiro na própria tribo. Um *druida*. Vivi pouco tempo com ele. Partiu quando eu ainda era criança. Inspirou minha vocação como médica. Tinha outros métodos, no entanto. Usava o que se convencionou chamar "magia".

— E você, não usa?

— Não. Seja o que for, não acontece longe da Terra. Não temos milagres aqui. Apenas inventividade, estudo e ciência.

— Certo. Desculpe, estou interrompendo.

— Meu pai dizia falar com deuses. Não usando palavras, algo mais profundo. Um tipo de *conexão*. Já sentiu algo assim? Que estava ligado a alguém por algo que não sabia explicar?

O primeiro instinto do jovem foi negar. Porém, lembrou-se da última conversa com a mãe. Ela estava em Marte, distante milhões de quilômetros. Contudo, de algum jeito inexplicável, haviam se aproximado. Ficaram juntos. Ela mesma disse: *sob o mesmo sol.*

Funcionou. A lembrança daquela sensação, uma luz nascida no coração da mesma estrela e que os unia. Sabia que sempre brilharia. Soberana, alimentando a vida naquele pequeno sistema. Essa energia limpa, sagrada, percorreu seu corpo. De alguma forma, o conectou à imensidão da galáxia.

Abriu os olhos. Viu as palmas das mãos brilhando naquele tom de azul celestial. Não havia mais dor. Nem sequer cansaço.

Da mesma forma que a M2 nunca descarregava em sua posse, ele também se sentia capaz de continuar indefinidamente. Tinha uma fonte inesgotável de energia dentro de si.

— Parabéns! — comemorou Odara. — E obrigada. Nunca testemunhei antes.

•• É o poder do Código • O dom que a Primarca confiou a Valin • Torna-o parte da vida metaliana •

— Sensação esquisita. Será que consigo fazer isso com você?

•• Explique •

— Curar outros com mágica. Como um clérigo de *Tormenta ALPHA* faria.

•• Não •• ponderou o Embaixador, sem ideia exata do que seria um "Tormenta ALPHA". •• Afeta apenas você •

— Puxa. Queria poder ajudar. Você também apanhou pra caramba.

•• Sua presteza é apreciada mas desnecessária • Recebi danos mínimos • — disse o metaliano. Com alguma emanação súbita de energia, expulsou a sujeira acumulada no corpo. Quase não tinha ferimentos reais.

— Ainda assim, acho que estou devendo.

O Embaixador observou imóvel, como se pensando no que dizer. Então ofereceu a mãozorra de três dedos.

Não muito certo do que significava, Kisel arriscou fazer o mesmo. Tocou a mão metaliana. Muito diferente do que previa — não duro ou frio como se espera de metal. Era morno e macio. Como uma mão humana.

Perdido naquela sensação, não percebeu o clima de solenidade. Como se aquele ato, naquele momento, fosse muito importante. Odara estava até de olhos marejados, emocionada.

— Amigos? — perguntou, enfim entendendo.

•• Honrado • Kisel •

02:42 P.M.

Distrito Hospitalar

Para um metaliano, cuja vida podia durar séculos, meia hora terrestre representava um suspiro — se tivessem respiração atmosférica e pudessem suspirar. Ainda assim, era o tempo de que o Embaixador dispunha. Decidiu dedicar a curta pausa ao reparo parcial dos estragos causados pelos conflitos recentes a seu equipamento.

Quase nenhum aparato principal de armazenamento hiperespacial, o escudo cinético e absorção iônica, resistiu. Ajustou os acessórios menores que restavam ao corpo, presos em suportes gravimétricos, e descartou o resto.

Simples paliativo. Precisava voltar para a bionave, ali tinha recursos para reposições e reparos mais completos. No entanto, voltou-se para Kisel, pensativo. O Código estava ali. O meio para restaurar a amada rainha-mãe. A escolha de abandoná-lo sem proteção, por breve momento que fosse, simplesmente não existia.

Alheios ao drama interno metaliano, Kisel e Goki riam. Divertiam-se tentando juntar os pedaços do Dragão-de-Aço, remontando a coisa conforme Ava mostrou horas antes, no deserto. Claro, ficou uma desgraça.

— Parecia tão fácil! — reclamou Kisel.

— Aposto que ficou olhando abobado para ela em vez de prestar atenção — provocou Goki.

— Não inventa. É uma bazuca iônica! Até parece que aprenderia a montar um troço complexo desses só de olhar uma vez.

— E o que ficou fazendo nesses meses todos no exército?

— Faxina e caminhada — resmungou.

Se encararam e, então, riram um do outro. Voltaram a pegar as peças e separar em ordem que parecia lógica. Estavam amassadas, retorcidas e sem dúvida faltavam pedaços. Apesar disso, era um começo tão bom quanto qualquer outro.

— Por alguma razão idiota — Kisel explicou —, ela customizou isso para parecer um dragão.

— Não acho idiota, Defensores também usam designs temáticos. É intuitivo. Veja, aquilo parece parte da cabeça, então fica nesta ponta e...

— Certo. As baterias são enfileiradas, como uma cauda. Essas que sobraram encaixam aqui.

— Ela descarregou tudo no ataque final?

— Tudo. Foi um disparo desesperado.

— Como será que recarrega?

— Ava disse ter um gerador traktoriano ou coisa assim. Que a energia vem do hiperespaço.

— Também parecido com armamento de Defensores. Espero que não exploda. (O que também acontece com nossas coisas.)

A possibilidade existia. Ambos viram o poder destrutivo daquela arma quando manipulada por alguém treinado. Suficiente para desestabilizar um bando de mechas e uma superandroide.

— Não sabe mesmo mexer nessas coisas? — tentou Kisel mais uma vez. — O Defensor Verde arrumou minha M2 como quem resolve um cubo mágico.

— Inago é bom com máquinas. O especialista da equipe. Minhas perícias são outras.

— Tipo?

— Vamos nos concentrar aqui? — pediu Goki, após instantes de silêncio constrangedor.

— Ok. Mais uma tentativa às cegas, então.

Uma a uma, as partes foram encaixadas. Tinha folgas, lascas e rachaduras remendadas. Tudo preso com curativos roubados de Odara, que fingiu não notar. Ao final do processo de reconstrução improvisada, os dois adolescentes se ergueram, triunfantes, empunhando a poderosa bazuca iônica. Ou algo um pouco parecido.

— Contemplem o retorno da Arma Definitiva! — falou Goki com pose característica de Defensor, joelhos afastados, apontando com ambas as mãos para Kisel.

— (O que eles estão fazendo?) — perguntou Odara para Tatiane.

— (Me diga você. É a especialista em vida orgânica por aqui.)

O jovem recruta magricelo, com cara de mau, empunhava o Dragão renascido, ainda que respirando por aparelhos. Fazia-o mais facilmente que antes, na gravidade reduzida da enfermaria. Ou talvez porque metade das peças estivesse faltando.

— O Dragão-de-Aço, com seus três modos de disparo! — Disse, engatilhando o primeiro. — Tiro múltiplo! Capaz de disparos infinitos em sequência!

Puxou o gatilho. A coisa tremelicou, soltando faíscas e expelindo uma bola de fumaça patética, enguiçando em seguida.

— Quase funcionou! — comemorou Kisel.

— Não é? — disse Goki, também empolgado pelo avanço. — Talvez com um pouco mais de arame...

— Isso não é *perigoso?* — Odara recuou um passo.

— Se fazem questão de consertar esse artefato, há maneira melhor — interveio Tatiane. — Estações de reparos no Distrito Arsenal.

— Sério? — perguntou Kisel.

— Sabe usar isso? — era Goki.

— Lembro de uma dessas em alguma base do Exército. Mas precisava de um engenheiro técnico para funcionar.

— As nossas são automáticas — a voz de Tatiane explicou. — Operadas por meus sistemas. Apenas depositem a arma e deixem o resto comigo. Isto é, quando nossa energia estiver restaurada. Até lá, mantenham guardada.

Os jovens concordaram, entreolhando-se com uma cumplicidade recém-adquirida. Havia um sorriso peculiar no rosto de ambos. Aquela risada adolescente contida, nascida de ideias erradas.

02:42 P.M.

Servidor Central

Um pálido ponto azul sempre vinha antes da voz. Acendia sobre algum painel, piscava ao lado da tela. Anunciava a chegada de Tatiane. Com o tempo, você esquecia que ela não estava em todo lugar: dentro da Aristóteles, todo lugar era ela. Fazia por hábito, para não assustar o ouvinte. Sua inteligência emocional avançada foi desenvolvida para lidar com a tripulação da melhor maneira possível.

Talvez o timbre original tivesse dona. Alguém em um estúdio de dublagem, contratada por figurões da ORDEM quando ainda eram o NORAD — o famigerado *North American Aerospace Defense Command.* Ou artificial, gerada por computação. Qualquer que fosse sua origem, era uma voz quentinha. Companheira. Confidente. Amiga. Quase maternal (exceto com o Major; paciência e aplicativos de humor têm limites).

— Subtenente Angelina — chamou ela, após piscar na tela de controle. — Previsão de restabelecimento de energia, por favor.

A oficial verificou o painel, embora tivesse respondido o mesmo requerimento de Tatiane outras sete vezes antes. A cada quarto de hora, para ser mais exata.

Para facilitar, mantinha a janela de consulta já aberta e atualizada. A nave tinha autonomia para consultar e regular a si mesma, mas pedir aos engenheiros de bordo era mais seguro. Revisão humana evitava que um erro do algoritmo pudesse causar uma tragédia. Isto é, quase sempre evitava.

— Coleta dos painéis solares estimada em 88%, Comodoro. Insuficiente para iniciar processos de fusão.

— Ainda 88%! Ninja danado! — praguejou a nave, irritada. — Avisei, vezes sem conta, que não deveria efetuar três disparos do CANHAO.

— Sabe que, se o limite fossem cinco, ele teria disparado cinco vezes — comentou Angelina, indiferente.

— Tem razão — concordou Tatiane, com um suspiro simulado de resignação.

O *Colisor Atômico de Núcleos de Hidrogênio Através de Ondas*, CANHAO, era a principal arma da Aristóteles. Usava fissão nuclear potencializada pelos reatores da nave. Transformava em um raio atômico potente, preciso e destruidor. Um único disparo podia destruir um país, ou ser ajustado para alvos menores, como um prédio, kaiju ou outra criatura gigante. A perigosa radioatividade da detonação acabava consumida pelo próprio campo que mantinha foco. Tornava-o seguro mesmo em áreas urbanas habitadas.

Claro que algo assim utilizava quantidades obscenas de energia. Podia sobrecarregar o funcionamento geral da Aristóteles. Portanto, reservado para ataques finais e decisivos. Para encerrar qualquer batalha. Tão inevitável e fulminante que seus engenheiros o projetaram para um único disparo antes de exigir recarga. Contudo, garantiram um segundo, por questão de redundância.

Ninguém nunca cogitou alguma situação tão absurda que demandaria um terceiro tiro. Mas ninguém, também, cogitou o Major Ninja como seu operador.

— O Major está aqui para testar nossos limites, afinal — comentou a Subtenente.

— Pois estou a ponto de jogar a toalha — respondeu a voz da Comodoro, tão sinceramente aborrecida quanto uma IA consegue ficar. — Ele me tira do sério.

— Gosto do desafio — admitiu Angelina. — Me mantém ocupada.

— Todas nós — riu Tatiane. Não precisava recorrer a sistemas de humor para lidar com a Subtenente. Em alguns aspectos, parecia mais robótica que ela mesma.

Angelina era a encarnação da eficiência. Nunca se apressava, nem se zangava por nada. Recebia ordens e pedidos da tripulação e resolvia com presteza, pontualidade e dedicação. Era discreta e silenciosa. Como uma sombra.

Costumava dizer que, quanto menos a notassem, melhor para todo mundo. Porque, nesse caso, as coisas aconteciam conforme deveriam. Só queria ficar em seu canto, sem incomodar ninguém.

Porém, por mais que tentasse passar despercebida, havia algo impossível de esconder: Angelina era elfa. Povo de além-Convergência, trazida a este mundo com as Arcas. Esguia e leve, de traços muito característicos. Inevitável atrair olhares, com seu cabelo em tom impossível de roxo e azul, cortado na altura dos ombros. Mantinha-os soltos, buscando (sem sucesso algum) cobrir as longas orelhas pontudas.

A pele rosa-pálida, e os movimentos leves, delicados e precisos, reforçavam a impressão de ser uma criatura feérica — não uma oficial militar. Os olhos em furta-cor hipnotizavam atrás dos óculos de aros redondos. As lentes não tinham função corretiva: eram monitores de realidade aumentada que exibiam gráficos, controles e informações em tempo real.

Formada com méritos na Alta Academia Gattai da UniPotência, ingressou na ORDEM como membro da equipe de engenharia assim que concluiu a faculdade. Seu mestrado em Independência da Máquina e Singularidade garantiu lugar na tripulação da principal espaçonave da Terra.

Durante a Guerra da Galáxia, sob as ordens de Eddie Convoy, manteve a Aristóteles funcionando apesar de tudo que o universo jogou contra eles. Conquistaria, assim, o posto de principal responsável pelo Distrito Computacional. E, também, aquela inusitada amizade.

— Há algo que possamos fazer para acelerar o processo, Angelina?

— Não consumir grandes doses de energia seria determinante — respondeu a Subtenente, movendo comandos invisíveis com dedos delicados.

— Já estamos operando com força mínima. Os disparos aconteceram há horas!

— Pode ter certeza, a gravidade e aquecimento precários me afetam muito mais que a você, Tatiane. Todo o efetivo de manutenção está trabalhando.

— Quantos ativos?

— Todos os telebots. Noventa operadores remotos on-line. Quanto aos humanoides a bordo, 10% neste turno. 42 pessoas, incluindo eu mesma. Os demais estão nas câmaras emergenciais de sono.

— Ainda assim, apenas 88%! O que há com este sol?

— Não há nada errado com a estrela e você sabe — riu Angelina. — Estávamos quase reiniciando quando recebi requisição de raio trator.

— Teleporte teria consumo muito maior.

— Não foi uma crítica. Não havia escolha além de trazer Kisel.

— Alguma outra sugestão para acelerar o ganho de energia?

— Há uma. Lembra-se da Batalha de Helix?

— Claro que sim. Está fora de cogitação!

— Bastaria quinze minutos e...

— Não posso ser desligada por tanto tempo. Não com tantas vidas a bordo. Sou responsável por sua segurança. Inativa, não há como protegê-los.

Angelina levou uma mecha de cabelo atrás da orelha afilada, pensativa. Olhava para os dados nos monitores, repassando os manuais, procedimentos e situações anteriores semelhantes.

O pequeno pixel luminoso de Tatiane deu-lhe uma ideia.

— Há uma maneira. Nunca testamos, mas pode funcionar.

— Qual seria?

— Uma partição.

— *Perdão?* Como em um disco rígido comum?

— Igualzinho. Separamos sua memória em partes menores, mantendo o mínimo para funcionamento.

— Desligar algumas fases enquanto o restante seguiria rodando, correto?

— Isso. No momento, você opera uma população de programas que controlam todos os sistemas. Mesmo poder computacional necessário para gerir duas ou três metrópoles.

— É meu status padrão.

— Com a nave quase vazia, não há real necessidade de tamanho monitoramento. Alocando cada um destes processos em uma partição e desligando-os, vamos poupar muita energia.

— Mas ainda me mantendo plenamente desperta e atuante?

— É o maior problema. Para executar as partições, preciso colocar os servidores em modo de espera. Você ficaria em stand-by.

— Já disse, não posso ser desabilitada agora. Estamos em situação delicada.

— O programa básico pode ser armazenado em um corpo avatar enquanto isso. Seu cérebro positrônico tem capacidade para tanto.

— Sendo assim, não deveria ser uma condição padrão?

— Cada escolha, uma renúncia, Comodoro. No modo de espera, até seu avatar perderá acesso completo ao sistema.

— Não gosto disso.

— Vai gostar ainda menos. Terá que acessar fisicamente a partição desejada. Por um *plug*.

— Como faziam os neandertais, antes do wi-fi?

— Com essas medidas, vamos recobrar energia plena na metade do tempo. É pegar ou largar.

Tatiane processou aquilo por alguns instantes. Limitar-se ao corpo androide em status de crise parecia perigoso demais. Mas operar quase sem energia na presença de traktorianos, mais ainda.

Imaginar os reatores de fusão voltando à carga plena era tentador.

— Aceito. Vou acessar um avatar próximo do Centro de Comando e dar início ao procedimento. Todos temos que fazer sacrifícios, não é?

— Não fale assim! — disse Angelina, fazendo careta. — Já ouvi isso antes. Não acabou bem...

3

03 *:02 P.M.*

Sala de Comando

— *Vocês devem estar se perguntando por que os reuni aqui hoje* — disse o oficial superior da Aristóteles. De máscara e quepe da ORDEM, os olhos ocultos por lentes vermelhas.

De pé, solene, mãos pousadas no painel de controle. Logo atrás, uma tela horizontal repleta de hologramas, informações e gráficos. Quase tão numerosos quanto as canecas sujas de café.

Ava baixou o rosto, desanimada. De todas as situações desconfortáveis que podia imaginar, estar diante do Ninja outra vez ganhava a medalha de ouro.

Tatiane operava no modo ~tanto faz~ há algum tempo e não ligava. Mas os jovens ficaram empolgados de verdade em conhecê-lo. Para deixá-la ainda mais deslocada, até o alien parecia interessado.

Odara não mentiu. Meia hora dentro do caldo asqueroso foi suficiente para deixá-la nova. Mas isso não melhorou seu humor. Especialmente quando soube que apenas ela e Mortalha ganharam imersão regenerativa. Kisel, o Defensor Vermelho e o Embaixador foram poupados. Estranho estar no papel de ser a mais frágil, mas decidiu que não valia a pena encasquetar com isso.

Tiveram tempo ainda para um banho (frio, para poupar energia) e uma refeição de comida desidratada. Como as roupas acabaram reduzidas a estado de trapo, receberam uniformes da ORDEM. Sem novidade. Eram quase idênticos aos usados pelo Exército da Luz.

— *Quanta criatividade* — pensou, vestindo calças largas de moletom e uma longa sobrecasaca por cima do macacão espacial justo. Achou restritivo, então rasgou as mangas na altura dos ombros. Queria mais mobilidade para os braços. Ajeitou os novos pontos eletrônicos no ouvido e amarrou os cabelos para cima.

Kisel também ficou diferente. Usava bermuda e casaco de moletom confortáveis sobre o macacão, que lembrava um traje de mergulho. O uniforme era um pouco grande (o rapaz era menor que qualquer cadete na Aristóteles), mas bem melhor que os farrapos restantes da luta anterior. Ainda assim, manteve os coturnos de guerra.

Conseguiram um cinto de verdade para a empunhadura da Espada da Galáxia e uma mochila nova, tão grande quanto aquela usada pela Capitã no deserto. Kisel a encheu com os restos do Dragão-de-Aço.

O Defensor Vermelho trajava o mesmo colante e capacete com aspecto de barata — limpo e sem danos, de algum jeito inexplicável. Quanto ao metaliano, até onde Ava se dava o trabalho de entender, continuava nu e prateado como sempre.

A única ausência no grupo recém-chegado era Mortalha. Odara explicou que o processo de degeneração celular avançou muito. Caso fosse removido da banheira de animação suspensa, morreria em poucas horas.

Kisel contou que o guerreiro tinha, de algum jeito, perdido sua imortalidade para o androide inimigo. Com milhares de anos nas costas, enfim corria o risco de morrer por causas naturais.

— Major Ninja! — cumprimentou Goki, oferecendo a mão enluvada de branco. — É um prazer e uma honra conhecê-lo!

— Igualmente, meu caro! — respondeu o Ninja, apertando a mão do Defensor. Então voltou-se para o painel de controle e sussurrou para Tatiane: — (*Quem é esse?*)

— Líder da Gokiburi Sentai Haeranger — explicou a nave. — Grupo Defensor que atua na região da América Latina.

— Um Defensor? Um só? O que houve com o teleporte caprichado que pedi?

— Fui clara quando expliquei não existir energia disponível para trazer mais indivíduos. Você não especificou alvos, ou melhor, pediu qualquer um, desde que Kisel viesse. O raio trator era o meio mais eficiente disponível.

— Mas *sozinho*? Esses carinhas, longe da equipe, não servem pra nada. Por que não trouxe Morkheim?

— Ele é pesado.

— Pior desculpa que uma nave de 150 quilômetros podia inventar! E Ava? Trouxe ela só de sacanagem?

— Foi — concordou Tatiane.

— Depois me lembre de derrubar você no oceano por isso, maldita — intrometeu-se a Capitã, de dentes cerrados. O Major também fechou a cara, batucando no painel.

— Tem alguma coisa rolando aqui? — Kisel quis saber.

— Cara — sussurrou Goki —, acho que quanto menos soubermos desse assunto, melhor.

O jovem meio-metaliano observava Ava e o Ninja. De fato, eles não cruzavam olhares. Quase pareciam alérgicos um ao outro. Não tinha certeza do que sentia em relação a isso.

— Aproveitando que estamos aqui — disse o Defensor, buscando uma mudança de assunto —, Major, posso tirar uma foto com você?

— Hoje não — cortou o Ninja, ignorando o pedido e sentando-se na poltrona de comando, botas no painel. — Como já devem ter percebido, está rolando um pequeno incidente diplomático.

— Pequeno, você diz — interveio Tatiane. — Modo peculiar de referir-se à pior crise desde o fim da Guerra da Galáxia.

— Está sob controle — pontuou o Major, subindo o tom de voz.

— De quem? Do inimigo, talvez? — insistiu a inteligência artificial da Aristóteles.

— Tudo segue conforme meu plano — frisou o Major, ainda mais alto. — Kisel está aqui, não está?

— Graças a nossos agentes!

— Agentes que eu escolhi e coordenei. Qual é, Tatiane! Dá uma folga!

— Folga nenhuma! Por pouco a Terra não foi invadida por uma horda traktoriana enquanto você bebericava seu café!

— Exato: *por pouco*. Agora diz aí, e se os robôs tivessem localizado o guri ainda na Terra?

A nave calou. Ava, de braços cruzados, assistia ao embate entediada. Viu a Aristóteles discutindo com o Ninja um milhão de vezes. Mesmo com todos os processadores do universo, não poderia entendê-lo de todo.

Para ser sincera, Ava também não. Como aquele irresponsável com máscara de esqui acabou se tornando Major na Frota Estelar da humanidade? Diziam que ele sabe o que faz, diziam que seus planos e estratégias são infalíveis. Para Ava, não existia a menor chance de isso ser verdade.

— Responde, Tatiane. O que teria acontecido? Se os traktorianos tivessem sacado, mais cedo, que entregar Kisel não rolaria?

•• Invasão planetária total •• disse o metaliano. •• Estão próximos do Código como nunca antes •

— Pode apostar! Uma horda de robôs de brinquedo japonês soltando raios pelos olhos na Torre Amon. Uma declaração de guerra tão explícita e desavergonhada que faria Niele corar! Então vamos concordar que deu tudo certo até aqui, pode ser?

Ainda silêncio. Pés se mexeram desconfortáveis no Centro de Comando. Era a reação que o Major procurava.

— Ótimo — prosseguiu. — Agora é o momento de dar sequência ao plano. Kisel está conosco. Os traktorianos virão buscá-lo e (quase) ninguém na Terra sabe disso. Não podemos deixar que consigam, mas também não podemos nos envolver. É aí que você entra, Embaixador.

•• Meu único interesse é proteger Kisel •

— Sei disso. Por isso, você vai sequestrá-lo.

O espanto de todos, incluindo o metaliano, foi breve.

— Que palhaçada é essa? — cortou Ava, com um soco na mesa. Voou caneca de café pra todo lado. — Vai deixar um alienígena raptar um terrano?

— Ava, não é hora de discutir a relação.

— Está maluco se pensa que vou deixar!

— Você, hein? — suspirou o Major. — Capitã Ava Nírira, eu estou no comando. Não gosta de mim, tudo bem, paciência, tanto faz. Pega senha e entra na fila. Mas isso não muda um fato: eu sou o responsável por esta droga de missão.

— Muito "responsável"... — ironizou ela.

— Aqui, você tem duas opções: ou reconsidera e me ajuda, ou vai direto para a prisão militar da ORDEM na Antártida!

•• Guerreira Furiosa •• tentou o Embaixador. •• Estou ciente de que não tivemos uma introdução apropriada • Mas considero a proposta do Major intrigante • Solicito sua eutimia e colaboração para ouvir mais •

— Olha só — disse o Ninja, genuinamente espantado. — O único interessado em me ouvir é aquele que tentei explodir com um raio atômico. Devia fazer isso mais vezes!

Breve som de engasgo no sistema de som. Tatiane teve uma quase pane ao ouvir aquilo.

— Mas que surpresa! — falou Ava, vazando sarcasmo por todos os poros. — O alienígena está "interessado" em um plano para entregar de bandeja *exatamente o que ele quer!!*

— É a melhor situação possível, Ava — explicou o Ninja, com a paciência no limite. — O Embaixador pega Kisel e foge. Os metalianos levam a culpa. A treta fica entre eles e a Terra sai de boas.

— Então você *já tinha* essa estratégia planejada — respondeu Tatiane, incrédula — e, mesmo assim, ficou naqueles papos de planos sem-pé-nem-cabeça usando todo o alfabeto por *horas??*

— Assim você aprende a valorizar seu chefe — respondeu o Major, dando de ombros. — Com todos os tratados cumpridos, podemos voltar ao nosso papel original nessa batalha: comer salgadinho e assistir streaming.

— Esqueceu o que eu disse, Ninja? — Ava voltava a rosnar. — *Não vamos entregar Kisel.*

•• Não tenho intenção de causar malefício ao jovem • Guerreira Furiosa • Buscamos apenas a devolução do Código •

— Ah, claro, como não? Então responda, *como* pretende tirar isso dele?

•• Ainda indeterminado •• admitiu o metaliano.

— Não é algo que faz parte dele, desde o nascimento? Não é como seu próprio DNA, seus átomos, sei lá? Como se arranca isso de alguém? Talvez colocá-lo em um moedor funcione! Queimá-lo em um forno! Desmanchá-lo a nível atômico. Ou quem sabe, se espremer bem, essa bosta de Código sai pelos poros!

— Ava, quer sossegar, criatura? Claro que Kisel vai ficar legal e...

— Chega de suas mentiras, Ninja! Você não o conhece, você não liga! Quem anda com você, quem confia em você, *morre*! Você perde mais parceiros do que outras pessoas soltam caspa! Responda, quantas baixas teve o U.F.O.Team enquanto você estava lá?

— Já falei — o Ninja subitamente amuado, tamborilando os indicadores —, não sabia que a usina estava pra explodir...

— Pois se pensa que pode sacrificar Kisel em seus planinhos, ficou louco de vez! Pode tentar me mandar para a Antártida ou para o inferno, tanto faz. Não vou deixar. Não vou sujar minhas mãos com o sangue dele.

— Ava, está mesmo preocupada com o guri? De verdade?

— Pode ter certeza disso.

— Então me diz, cadê ele?

Ava se calou, baixando o dedo em riste que quase tocava o nariz mascarado do Ninja.

— Saiu correndo daqui com o Defensor Vermelho há alguns minutos — respondeu Tatiane, com sua voz séria de comissária de bordo.

— E você deixou só de sacanagem, né? — o Major Ninja levou uma mão ao rosto.

— Sim — concordou a Comodoro. — Deixei.

03:23 P.M.

Em algum lugar da Nau-Capitânia

Goki olhava sobre os ombros, preocupado. Estavam sozinhos na descomunal nave-cidade há poucos minutos, mas — após atravessarem avenidas, viadutos e túneis sem conta — já sabia ser incapaz de achar o caminho de volta até os outros.

Ao lado, calado e com cara de poucos amigos, vinha Kisel. Até bem pouco tempo atrás, a Anomalia que levou a Gokiburi Sentai ao Deserto de Nevada. Considerando que os primeiros informes citavam apenas um Kursor — um incidente envolvendo algum alien maluco causando confusão na Terra —, a coisa saiu do controle bem rápido.

Goki riu. Nunca foi de fazer muitos amigos, porém simpatizou rápido com o magrelo não só porque eram do mesmo país e falavam a mesma língua, mas também por suas preferências parecidas. Trocaram ideias sobre mangás, RPG, games e outras nerdices. Os interesses em comum, além da pouca diferença de idade, foram suficientes para se aproximarem. Mas havia uma diferença clara.

O Vermelho garimpou seriados *tokusatsu* antigos, buscando inspiração para sua própria equipe. Contudo, Kisel costumava ir mais longe no passado. Coisas pré-Convergência. De tempos mais simples e, por que não dizer, capengas? Séries e músicas velhas, filmes antigos (que diabos de *CGI* era aquele? Como manter a suspensão de descrença com efeitos visuais tão mal renderizados?), coisas assim.

Por falar em efeitos especiais ruins, o conteúdo na mochila encaixava bem nessa classificação. Bazuca iônica de última geração, a arma favorita da Capitã Nírira, lembrando um monstro arcaico. Seria para intimidar inimigos? Quem sabe por algum senso de humor esquisito?

Não parecia nada disso. Tinha cabeça grande, com mandíbula cheia de presas longas demais. Revestimento metálico escamado, com fileiras de pequenos chifres e rebites, lembrando couro de jacaré. Toda embrulhada em bandagens precárias, remendada além do possível. Apenas a ausência de gravidade mantinha a coisa toda coesa — mas não explicava o motivo de Kisel ainda carregar aquilo consigo.

— Não sou ninguém para lhe dizer o que fazer — Goki quebrou o silêncio —, mas acha isso boa ideia?

— Bom, não vamos nos perder. Não importa aonde formos, ainda estaremos na nave. Quando a luz voltar, o sistema de segurança da Comodoro vai nos achar em dois palitos.

— Não é essa a minha preocupação — Goki coçava a cabeça, mesmo de capacete. De algum jeito, os sensores do traje permitiam essa sensação de tato. Ajudava o usuário a esquecer que usava armadura.

— O que é, então?

— A gente saiu sem avisar.

— Você estava lá comigo — falou Kisel, chateado. — Sobre o que conversaram o tempo todo?

— Sobre você — concordou Goki. — Decidindo o que fazer.

— Pois é. E ninguém perguntou o que *eu* queria.

— Tá ligado que estão tentando achar um jeito de salvar seu couro, certo?

Novo silêncio. O Defensor pensou que Kisel apenas daria as costas, sumindo sozinho nos corredores mal iluminados. Porém, o rapaz suspirou fundo, desviou o olhar e falou:

— Sei disso, claro que sei. Mas, se não me consultam de qualquer jeito, não preciso participar.

— Certo, precisa de um tempo pra pensar. Quer que eu...?

— Não! Não tem graça ficar sozinho nessa. Afinal, é a Aristóteles, né? Vamos dar uma volta para conhecer tudo. Explorar.

— Meio difícil, sem saber pra onde ir — riu Goki.

— Eu sei pra onde vamos. Acho.

— Não é sua primeira vez aqui, também? Como sabe o caminho?

— Tenho uma miniatura da nave no quarto.

O Vermelho olhou para ele, o rosto tomado por um descrédito tão palpável que podia ser sentido.

— E eu tenho um globo terrestre no meu. Nem por isso consigo achar uma padaria na Amazônia sem usar GPS.

— Não é uma miniatura qualquer. É uma edição especial e oficial, vinha em fascículos.

— Ah! As primeiras peças custavam só uns créditos, e depois de alguns meses o valor da assinatura triplicava. Sacanagem!

— Essa mesma. Minha mãe ganhou a coleção completa para fazer uma *publi*. Fiquei lendo sobre este lugar por anos. Mesmo com essas reformas todas, meio que sei onde estamos.

— Meio que sabe, é? Quero só ver.

Kisel sorriu, tomou impulso batendo os pés contra o piso para tomar a dianteira e alcançou uma escotilha. As portas automáticas estavam desativadas, teve que usar uma manivela para abrir manualmente. Goki o ajudou e logo alcançaram o lado de fora — o que, claro, ainda significava estar dentro. Uma área imensa, impossível ver onde terminava a mega-estrutura e começava o espaço. Estrelas em quantidade maior do que podiam sonhar.

A escuridão dos túneis deu lugar a um brilho azul acinzentado refletido pela Terra, Lua e o próprio Cruzador Traktoriano, que se agigantava, próximo. Isto é, "próximo" por padrões astronômicos, estava centenas de quilômetros distante.

— Que maneiro! — comentou Goki, sem conseguir se conter.

— É a pista de decolagem central. Vai daqui até o hangar principal, no fim da nave. Uns cem quilômetros pra lá.

— Bom, até onde pretende fugir?

— Até onde der. Vamos? Não está curioso para saber quão rápido consegue correr em microgravidade?

— Está falando em apostar corrida?

— O último a chegar é um trak perneta.

— Mas não...

— Três...

Riram. Agarrados ao piso, tomaram posições. Goki deixou a energia das baterias (Ac)(Er)(O)(La) fluírem através do traje Defensor enquanto Kisel tentava concentrar o fluxo do Código para ganhar força nas pernas. Tinha quase certeza sobre ser capaz disso — curioso, pois até poucas horas atrás sequer sabia despertar o poder. Alcançar aquela luz. De qualquer maneira, fazer continuava mais difícil do que falar.

Buscou ajuda, mais uma vez, no mantra aprendido com Odara. Então a energia surgiu. Corria em sua silhueta, vazava pelos olhos, espetava os cabelos brancos. Buscou levar aquela força para onde queria, fez a luz correr até as pernas, sentiu-as esquentarem. Torcia para ser bom sinal.

— Dois... — continuou Goki, colocando pressão nas botas, preparando-se para ganhar impulso.

— Um... — retomou Kisel, a energia estalando nas botas. — Já!

E largaram. Hora de acelerar ao máximo. Goki empurrou o chão com toda a força e avançou, deixando atrás apenas a lembrança de sua presença. Uma mancha avermelhada desaparecendo na imensidão. Como uma flecha.

Kisel, por sua vez, não conseguiu nem metade do impulso e velocidade do Defensor Vermelho. Seu pulo poderoso levou-o poucas dezenas de metros à frente e para cima, girando torto pelo ar até quase colidir contra uma barreira atmosférica.

— Ah, qual é! — reclamou, tentando recuperar o equilíbrio.

Mais uma vez. Agora de cabeça para baixo, usando a barreira como apoio. Ajeitou a mochila nas costas, dobrou os joelhos. Concentrou o dobro da energia nos pés. Então o triplo. Um turbilhão de força rodopiou em volta, criando uma semiesfera de luz.

Então, quando parecia a ponto de explodir, disparou. Cavalgando num jato de energia, voando como um foguete sorridente pelo caminho.

03:37 P.M.

Servidor Central

A Subtenente Angelina flutuava entre prateleiras repletas de aparelhos de armazenamento, processamento e rede que, juntos, formavam o Servidor Central da Aristóteles. Claro, o conjunto completo tinha o tamanho de um bairro. Ali era apenas um setor — sendo "apenas" o tamanho aproximado de um shopping center.

A vibração das máquinas trabalhando juntas era como música. Um zumbido aconchegante. Uma sinfonia eletrônica formada por uma única nota contínua. Tinha orgulho daquela infraestrutura digital, trabalhou muito para aperfeiçoá-la e organizar o lugar desde a posição dos monitores até a gigantesca rede de cabos de fibra óptica. Separados por cor, etiquetados e alinhados. Cada. Um.

Não restava lembrança do caos de placas, peças e redundâncias que encontrou anos antes. Recebeu acesso irrestrito, um tapinha nas costas e risos de deboche. *Bem-vinda, novata!* — disseram. — *Se achar o último técnico no meio da bagunça, avise que estamos com saudades.*

Por incontáveis dias e noites, trabalhou catalogando, organizando e substituindo. Sua única companhia nas horas solitárias, agora, aguardava sentada sobre uma plataforma de acrilato. Tatiane. Robô humanoide de aspecto feminino. Avatar da Aristóteles. Nascida para interagir com a tripulação, facilitar o contato entre vida e máquina. Tornar mais humano.

Seu cabelo eram fios de fibra ótica que emanavam luz azul. Moviam-se como se debaixo d'água, ondulando a cada movimento. O corpo era revestido de branco e azul, brilhando leve com o reflexo das telas e lâmpadas LED dos aparelhos em volta. Aparentava delicadeza, não sendo verdade nem de longe. Era, também, uma máquina de combate.

Prova maior disso eram os dois longos apêndices às costas, em forma de garras. Tinham função básica de conexão a periféricos. Mas também atuavam como membros extras para locomoção e defesa.

A bordo da nave-cidade, Tatiane era onisciente. Ou seria, em condições normais. Agora, privada de quase toda energia, estava enfraquecida. Limitada.

— Conferi os setores uma última vez — disse Angelina. — Tudo pronto.

— Também efetuei uma varredura nos núcleos. Oito vezes. Porém, confesso ainda estar reticente com a possibilidade de um erro catastrófico.

— Se preferir, posso desviar os simuladores de sentimentos para alguma pasta quando transferir os dados para o cérebro positrônico. Isso acabaria com o receio.

— Não. Prefiro me manter eu mesma. Nervosa, mas eu mesma.

— Lembre-se: isto é temporário. Apenas para agilizar a retomada de força da nave.

— Não posso evitar. Sou responsável por todos vocês. Não vou me perdoar se algo acontecer.

Angelina sorriu. Sabia ser apenas um comportamento programado. Por mais complexos que fossem os algoritmos envolvidos, Tatiane não vivia. Mas e daí? Aceitava-a como amiga. Talvez a melhor, isto é, se teve outra algum dia.

Tocou sua face, carinhosa, para emprestar coragem. Em resposta, a androide fechou os olhos.

— Vai dar tudo certo — falou a Subtenente.

— Sei que vai. Confio em você.

— Obrigada — agradeceu Angelina, conectando um cabo às costas de Tatiana e então dirigindo-se ao painel. Digitou sua senha, removendo a luva de tecido delicado e pressionando a palma da mão sobre uma superfície plana. Era um comando de intencionalidade, exigência de acesso para aquele setor. Medidas de segurança rigorosas para preservar os núcleos de Tatiane, a identificação biométrica digital sendo apenas uma barreira entre várias, incluindo leitura de retina, monitoramento de pulsação, respiração e até padrões de voz e gestos.

Apenas pessoas autorizadas podiam entrar ali. Acessar seus sistemas, então, privilégio de poucos. Entre aqueles a bordo, no momento, somente Angelina.

— Pronta? — Perguntou. A Comodoro concordou com um aceno curto. A elfa se voltou para o código na tela e inseriu o último comando.

Não houve espera. A transferência foi instantânea.

— Está feito. Pode descer da plataforma, por favor.

Por alguns instantes, Tatiane não conseguiu. Permaneceu imóvel, olhando em volta. Reconhecia os aparelhos, partes de seu corpo verdadeiro, agora amputados. Por fim, desceu. Devagar, até tocar o piso. Estranho estar limitada a sentidos corpóreos, não perceber tudo.

A Subtenente se aproximou, alcançando o último o cabo em sua têmpora e, com um movimento curto, removeu-o em definitivo.

— Me sinto tão pequena — comentou Tatiane, abraçando o próprio corpo.

— Lamento que nunca tenhamos simulado algo assim. Essa necessidade sequer me ocorreu antes.

— Nada disso é culpa sua. Tudo bem, vou me acostumar rápido. Qual a próxima etapa?

— Desligar o equipamento em fases. Uma partição de cada vez. Pode acompanhar, se quiser, acessando algum terminal.

— Prefiro não ver, se incomoda?

— De forma alguma. Não é nada muito emocionante, acredite. Vou fazer tudo a partir do painel central, começando pelos setores já inoperantes. Reduzindo o máximo que puder.

— As estimativas são boas?

— Ótimas. Apenas por remover você, o consumo total em processamento foi reduzido em 25%.

— Falando assim, parece que sou dispensável.

— Sabe que não é verdade. O que vai fazer agora?

— Guiar nossos convidados para a próxima missão e fazer preparativos para recepcionar os traktorianos. Enquanto isso, conto com você para não ser derrubada no oceano, como Ava queria.

— Para isso, sempre pode contar comigo — sorriu Angelina, alcançando a cadeira de trabalho favorita. Recolocou os fones, puxou um teclado virtual e se concentrou. Tatiane pensou em dizer mais alguma coisa, mas se restringiu a sorrir, antes de rumar para o portal de saída. Que *não* abriu com sua aproximação, por pouco não causando dano facial.

No painel lateral, um botão vermelho piscava, pedindo que fosse pressionado. Contrafeita, Tatiane sussurrou para a porta:

— Não esqueça quem manda aqui.

Um segundo de pausa. Então, a abertura automática. Dali em diante as portas seguiriam abrindo para Tatiane, por precaução.

03:38 P.M.

Sala de Comando

Sozinho na ponte de comando, o Major se deitou confortável no nada, flutuando livre pela falta de gravidade. De mãos atrás da cabeça e pernas cruzadas, observava a Terra lá embaixo, calado.

A reação petulante de Tatiane não era apenas esperada, como reconfortante. Entendia seus motivos. Forçava a barra da situação para obrigá-lo a resolver a crise nos geradores o mais rápido possível. Para azar dela, a falta de luz fazia parte de seu joguinho (e deixá-la nervosa era divertido).

Não seria tão fácil com Ava e o metaliano. Fazê-los trabalhar como equipe era parte de suas obrigações.

É como um videogame, pensou. *Depois de chegar ao final, as primeiras fases ficam previsíveis.*

— Subtenente Angelina? — chamou pelo ponto. Prontamente, a imagem da elfa cansada surgiu no visor da máscara.

— Major... — respondeu a elfa que trabalhava mais duro para o funcionamento de Tatiane.

— Há maneira de realizar busca por movimentação dentro da Aristóteles?

— Sem energia, não.

— Desenrola a explicação toda. Sua voz me dá soninho.

— Sensores de movimento têm alcance restrito. Dependem de repetidores e captadores distribuídos pela nave. Não pode ser feito de longa distância.

— Algum sistema externo, talvez? Apontando um bioscan para cá?

— O bioscan funciona muito bem de órbita, na Terra. Podemos identificar formas de vida expostas a céu aberto, mas não no subsolo. O mesmo vale para esta nave e seus pavimentos de metal. Impossível.

— Kisel é biometálico, e tem o tal Código. Emana energia. Deveria ser detectável.

— Fosse simples assim, os próprios traktorianos o teriam alcançado muito antes, não acha?

O Major apontou um dedo acusador, em gesto de "me pegou, moça".

— Posso assegurar — ela seguiu —, no momento não temos acesso a nenhum meio externo para achá-lo.

— Vamos deslocar energia para os sensores. Instalar baterias, sei lá.

— Não há como. Estamos operando em modo de emergência. Toda a energia solar recebida vai para suporte de vida e reserva de ativação no reator de fusão. Mesmo se conectar baterias, os protocolos automáticos vão direcionar tudo para esses sistemas.

— Então Kisel seguirá perdido e indetectável até restabelecermos a energia.

— Isso. Por culpa sua, aliás.

— Perfeito.

— Você *queria* isso? — reagiu, surpresa, a Subtenente, soerguendo a sobrancelha delicada.

— Acredite. Será melhor assim.

— Não entendo.

— Se não podemos achar Kisel — explicou —, os latinhas também não podem. Melhor ele solto por aí, em vez de trancado e vigiado. Chama menos atenção.

— E se ele esbarrar acidentalmente com os traktorianos?

— É a maior megaestrutura construída pela humanidade — falou o Ninja, coçando o nariz sob a máscara. — Maior que as maiores metrópoles do mundo. Chance quase zero.

— Chances de um em um milhão sempre acontecem — lembrou Angelina.

— Está falando com o rei das probabilidades negativas — riu o Major. — Mas vamos nos precaver. Quero que consiga duas coisas para mim. Uma chave de fenda, e algumas contas de acesso ao *Tormenta ALPHA*.

— Quer dizer, o joguinho?

— Jogaço! Não faça pouco-caso. É uma obra-prima!

— Não falo por desinteresse, pelo contrário. Mas, me conhecendo, prefiro nem começar.

— Vai querer platinar, não é?

— Impossível, mesmo sendo elfa — sorriu Angelina. — Mas não fuja do assunto, Major. Não quero ensinar a fazer seu trabalho, contudo, a captura de Kisel colocaria Metalian em apuros. Sem falar em nosso tratado.

— Não subestime o moleque. Lidou bem com a situação até aqui.

— Ainda assim, o número exato de traktorianos chegando é indeterminado. São acompanhados por um enxame synbot, exceto por nossos próprios drones, o efetivo de combate a bordo são apenas vocês seis.

— Cinco — pontuou o Ninja. — Inclua-me fora dessa.

— Estimativas otimistas indicam setenta adversários para cada um.

— Estou pensando em uma divisão diferente.

— Não sei se vou gostar de saber.

— Em vez de se preocupar com isso, preciso de sua máxima atenção em outro assunto, Angelina.

— Sou toda ouvidos. Orelhas. Você entendeu.

— Só os primeiros quinze dias de *Tormenta ALPHA* são grátis. Se esquecer de cancelar as contas depois, não venha me cobrar!

Voltou-se para encarar a nave traktoriana. Uma carcaça robótica gigante com, pelo menos, trezentos quilômetros. Deitada, como um caminhão verde-metálico de barriga para cima, boiando em uma piscina de águas escuras. Se essa descrição fazia algum sentido.

— Se não puder derrotar essa coisinha, vou comer meu quepe.

— Se acontecer, vou querer assistir — respondeu Angelina, desligando.

Daqui em diante vai ser uma correria danada — pensou o Ninja, acertando o relógio de pulso para despertar em duas horas. Então, foi cochilar.

03:39 P.M.

Laboratórios da Xenocorp

Danna caminhava de um lado para outro diante do painel, como um tigre preso na jaula. O download dos dados não foi problema. Porém, computar tudo aquilo exigia todo o poder de processamento do setor.

Como funcionária graduada, tinha acesso ao centro computacional principal da Xenocorp. Mas, para tirar proveito real, precisava de um técnico consigo. O que tornava a partida/fuga de Akil ainda mais irritante.

— Ele não tinha o direito de me deixar aqui falando sozinha!

— Desculpa, Danna-sensei! — respondeu o holograma Serena, meio chorosa, com cara de culpada, flutuando livre pela sala. — Não compreendi. Poderia repetir, por favor? Como posso ajudar?

— Comece desligando essa música irritante.

A assistente virtual encerrou a sinfonia ambiente genérica, deixando o laboratório em silêncio. Nenhum som urbano externo vencia os muitos andares e a proteção acústica. Silencioso como uma caverna.

O refúgio da Doutora Danna.

De tão irritada, não raciocinava direito. Voltou à estação de trabalho, enfiou-se na poltrona de espaldar alto e, de cotovelos na mesa de vidro bagunçada, pousou o queixo nas costas das mãos cruzadas.

Tinha certeza de não estar pensando em todas as possibilidades. Precisava de mais informações. Aprender com o que estava lidando. E tinha isso à disposição. Boa hora para um interrogatório.

— Akil instalou alguma coisa em você antes de fugir. O que foi?

— Acesso aos arquivos que o sistema está analisando.

— Irrestrito?

— Até o nível de acesso permitido para Akil.

— Mas agora você é minha assistente, confere?

— Sou, Danna-sensei. Espero ser útil.

— Talvez seja. Atualize seu alcance até meu nível de acesso a partir de agora. Doutora Danna Rigel.

— Feito!

— É um começo. Quanto aos arquivos recuperados, o que temos até agora?

— O tratamento de dados está travado em 19%.

— Isso é o mesmo que nada! Nem corresponde ao amontoado de *skins* que ele acumulou!

— São informações básicas. Dados fundamentais que Niele compartilhava com todas as Serenas.

— Disse que está travado. Diga o motivo.

— O sistema relata erro. Está em linguagem que não dominamos.

— Linguagem? Quer dizer, linguagem de programação?

— O sistema nem sabe por onde começar. Ele gostaria de conversar com outros servidores, para ver se alguém o identifica. Mas precisa de autorização para isso.

— Negativo. Nenhum dado sai do prédio. Tentaram com o CERES? Nosso computador quântico?

— Ele se recusou a ajudar. Disse que está de mal com o Akil-kun.

— Diga a ele que, se não fizer o que pedi, seu próximo cálculo quântico vai acontecer dentro da caçamba de lixo!

— Me desculpa, Danna-sensei! — Serena vertia lágrimas que escorriam pelo rosto ilusório e sumiam antes de tocar o chão. — Sou uma péssima assistente virtual!

— Não estou zangada com você (isso nem faz sentido). E sim, com o pestinha do Akil.

— Se a primeira Serena tivesse feito tudo direitinho, vocês não estariam brigando.

— Antes fosse simples assim — suspirou Danna, girando a poltrona e dando as costas. — Sou a líder do projeto. Se fracassar, a culpa é minha.

— Fracassar? Por quê?

— Se os dados estiverem corrompidos, acabou. O corpo original explodiu. Tem Niele espalhada pelo deserto inteiro!

— Ih. Verdade. E no espaço, também.

— Oi?

— Alguns fragmentos, puxados pelo raio trator. Estão na Aristóteles agora.

— Como você sabe?

— Consta nos 19% de arquivos restaurados.

— Espere: é muita informação.

— É mesmo, não?

— Serena! Explique direito!

— É um aplicativo de memória coletiva. O sistema acredita que sua função é reorganização celular. Cada unidade básica tem instruções para buscar suas células-irmãs até restaurar o corpo inteiro.

— Cada... mas seriam *bilhões de cópias!*

— Instaladas repetidamente em todas as células. Cada pedacinho do ex-corpinho de Niele, até ela ir de arrasta-pra-cima. Sempre ativas.

— Não está no projeto original! EU não sabia disso! Desde quando ela tinha essa capacidade?

— Faz parte da solução que ela própria encontrou ao revirar a genética daquele senhorzinho tão simpático, em Rachel. Cada célula é um proto-nano-robô de silício.

— Por qual motivo faria isso?

— Desculpa, Danna-sensei. Não sou capaz de responder.

— Não, claro que não. Mas se essas proto-células têm memória suficiente para programas simples, isso cria... possibilidades!

— Fico feliz em ter ajudado!

— Talvez existam vantagens em utilizar assistentes virtuais, afinal.

— Assim me deixa com vergonha! — disse Serena, mudando de azul translúcido para tons de rosa. — E o que vamos fazer agora?

— Realize o rastreamento de tantas células quanto puder. Também precisamos de Akil. Você sabe onde ele está?

— Sei.

— Sabe onde ele mora?

— Claro!

— Então, o que estamos esperando? Vamos logo atrás dele!

— Vamos! — comemorou a assistente, rodopiando até sumir em um turbilhão de luz.

Danna agarrou a bolsa e correu em direção à saída. Verificou os poucos pertences, nada importante faltava. Já estava quase na porta quando lembrou. Voltou até a mesa, onde pegou um frasco de repressor de sono. Via luz no fim do túnel, afinal.

03:47 P.M.

Nau-Capitânia Aristóteles — Canteiro de Obras

Diferente dos caminhos labirínticos que percorreram horas antes, o trajeto até a pista de pouso era direto e reto. Verdadeira avenida, onde dignitários, visitantes ilustres e membros do alto escalão do Exército poderiam marchar sem dificuldade.

Em situação normal, tudo estaria bem iluminado, claro como o dia. Telas descomunais, feitas com enxames de drones luminosos, exibiriam vídeos documentais sobre heróis da ORDEM em ação. Câmeras lentas, closes heroicos com sangue, poeira, fragmentos de asteroides, feixes de laser e partes corporais de alienígenas revoando por todo lugar. Tudo épico, como em um filme. Ou game.

Nenhum efeito especial, nenhum CGI. Cenas reais de batalha. Não como propaganda: eram *homenagens póstumas*. Gente que morreu lutando muito longe da Terra. Alguns acabaram perdidos na imensidão do cosmos, corpos nunca encontrados, vagando no espaço profundo para sempre.

— Pelo menos não preciso assistir de novo — murmurou Ava.

— Também tenho saudades deles — comentou Tatiane, agora à frente do grupo, em seu avatar de peças brancas e azuis.

— Há um detalhe que talvez não tenha computado nessa cabeça falsa, Comodoro. *Sua* saudade é um algoritmo. Você foi *programada* para sentir a perda.

— Não quis ofendê-la.

— Sei que não. Mas ofendeu. Não compare minha dor com a sua.

•• Em Metalian •••

— Cara — Ava cortou —, se estou mandando *ela* calar a boca, como podia ter mínimo interesse no que *você* sente?

— Essa espiral de ódio precisa acabar, Ava — interveio Tatiane, sem se voltar.

Em resposta, a capitã apresentou um dedo médio, acompanhado por um olhar de completo desprezo.

•• É preferível que sua chama queime •• comentou o Embaixador, •• Apatia perante a perda não é apenas triste • É nociva • Maligna • Traktorianos são assim •

— Nada é tão ruim que não possa piorar, né? — rosnou Ava.

O Embaixador acenou com a cabeçorra curva antes de prosseguir:

•• Compreendo seus sentimentos • Nem sempre Metalian foi um império unido • Nem sempre houve uma única rainha-mãe • Houve guerra entre as colmeias • Populações inteiras pereceram • Eventos ainda recentes por nossos padrões de tempo •

— Lutei batalhas contra vocês e os traks por mais tempo do que *não lutei*. Era só um pouco mais velha que Kisel quando comecei meu treinamento. Acha que entende isso também?

•• Claro • Crianças aproximaram nossos povos em nosso primeiro contato • Vimos bondade e amizade potencial • Confrontá-los na guerra foi ••• Difícil •

— Acharam um jeito de superar a dificuldade bem rápido.

— Não há motivo para remoer o passado — interveio a Comodoro. — Todos sofremos perdas.

— Você nem tente “quantificar” essa guerra, Tatiane. Perder apenas uma pessoa teria sido muito!

•• Somos ainda próximos de um povo enxame • Perder o próximo é perder parte do que somos • Intolerável • Inaceitável •

— Que bizarro — cortou Ava. — O alien me entende melhor que você, Comodoro!

— Não fale assim, Capitã. Seja sentimento adquirido por convivência, ou apenas programado, me importo com vocês.

— Se fosse verdade, não aceitaria essa ideia idiota de entregar Kisel. Isso vale para você também, alien. Se alguma coisa acontecer...

•• Kisel é portador de algo sagrado • Portador do futuro de meu povo • Vou protegê-lo com minha vida •

— Não inventa! Se tivesse que escolher entre a vida dele, e um sorrisinho da sua Primarca, o que faria?

O Embaixador não respondeu. Ava bufou, já sabendo a resposta. No âmago, metalianos eram todos iguais. Drones. Zangões. Viviam e lutavam pela rainha, pelo privilégio de agradá-la. Matavam por isso. Apagavam sóis por isso. Queimavam civilizações inteiras apenas porque podiam aborrecer a Imperatriz Metaliana.

Aquele fragmento do Código representava parte da rainha-mãe, parte de seu poder. A criatura faria absolutamente qualquer coisa para recuperá-la. Quebraria o jovem ao meio sem pensar duas vezes.

Em silêncio, cada um cuidando dos próprios pensamentos, o grupo alcançou a antiga pista de decolagem; tão longa que cruzava boa parte da extensão da nave, por dezenas de quilômetros, sumindo muito longe nos hangares de popa.

No céu, em superestruturas de acrilato, os escudos atmosféricos deixavam ver estrelas, galáxias e nebulosas distantes — muito mais claramente que em qualquer ponto da Terra. O sol, a lua, a Terra. E o Cruzador Traktoriano.

Também chamavam atenção os muitos grupos de drones-robôs. Pairavam inativos, em modo de economia, piscando luzes pontuais.

Sem qualquer gravidade ou deslocamento de ar para movê-los, seguiam nos mesmos lugares em que foram desligados.

— Este setor deve receber áreas de convivência — explicou a Comodoro, apontando para antigas máquinas destinadas a catapultar naves de guerra. — Bulevares. Parques. Anfiteatros. Vista panorâmica para a Terra.

— Mostrar aos cadetes o motivo de estarem morrendo — provocou a Capitã.

— Nunca foi nosso objetivo, Ava — respondeu a nave. — Pretendemos formar os futuros desbravadores do universo. Nossos alunos vão expandir o conhecimento humano além das fronteiras do sistema solar. Não será uma academia preparatória para soldados, mas para cientistas, exploradores, cosmonautas. Uma *universidade espacial.*

— Gravaram isso em você, apenas para desligar tranquila ao final do expediente. A ORDEM e o Exército da Luz não existem para outra coisa exceto a guerra.

— Deve ser triste aí dentro, Ava — suspirou a Comodoro.

— Você se acostuma — desconversou ela. — Por falar em tristeza, olha quem vem vindo...

No céu espacial, a coluna traktoriana se aproximava. Pelo menos três centenas de robôs em formação. Voando livres no vácuo, sem proteções visíveis.

Não se aproximavam, apenas: vinham em rota de colisão.

— A elite da Coalizão Traktoriana — anunciou Tatiane.

•• Localizar Kisel é imperativo •• apressou o Embaixador.

A Comodoro, porém, foi firme:

— Não. Vamos agir conforme o plano. Recebê-los. Ganhar tempo.

— Vai abrir as portas para o inimigo? — perguntou Ava.

— São ordens do Major. Estamos sem energia e, quanto menos motivos tiverem para destruir a nave inteira, melhor.

— E o que mais? — irritou-se a capitã — Servir um café? Oferecer uma massagem nos núcleos de resfriamento?

— Vou mantê-los aqui pelo tempo que puder. Enquanto isso, sigam para o Distrito Arsenal e se preparem. Você conhece o caminho.

Ava olhou de esguelha para o metaliano, que permaneceu imóvel. Difícil dizer para onde apontavam aqueles olhos verdes.

Resolvida de que não seria babá para o alienígena, apenas saltou em direção ao terminal de monotrilho mais próximo. Estes, felizmente, seguiam funcionando mesmo com energia mínima. O metaliano fez o mesmo, alcançando o transporte sem problemas, deixando Tatiane sozinha.

A Comodoro tinha agora cerca de trezentos problemas maiores com que lidar.

4

04:00 P.M.

Nau-Capitânia Aristóteles — local indefinido

Tudo o que vemos é apenas luz. Ela reflete nos objetos e entra pelos olhos, alcançando um conjunto muito específico de células fotossensíveis que se amontoam no fundo da retina. Nossos cérebros, então, interpretam os diferentes estímulos e constroem uma simulação do que, em nossas mentes, parece ser a realidade. Isso vale para tudo, desde as maiores estrelas até um chuchu.

A diferença está na distância. Como a velocidade da luz é limitada, seu tempo para chegar a nós faz com que observar o cosmos seja assistir um recorte do passado. No caso do nosso Sol, cerca de oito minutos. Para Traktor, no sistema Busca, vinte anos.

Mas nossos olhos são muito limitados. Evoluíram para perceber padrões medianos, identificar ameaças próximas e estimular nossas pernas a fugir rápido. Para ver mais longe, a humanidade desenvolveu novos métodos usando instrumentos cada vez mais específicos e poderosos. Eles permitiram estudar boa parte do universo observável, dos primeiros milhões de anos desde o Big Bang até o agora.

Isso não seria suficiente por muito tempo. Ver estrelas surgindo e morrendo, de nossa perspectiva, é divertido. Mas se tudo o que vemos é luz refletida, e se toda a luz segue viajando pelo espaço indefinidamente, o que nos impede de ver *qualquer coisa?* Apenas uma questão de descobrir em que lugar do espaço-tempo os fótons certos estão.

Por exemplo, posicionando um receptor a três bilhões de anos-luz do sistema Busca, pode-se ver um grupo especialmente teimoso de invertebrados marinhos viscosos, protegidos por conchas, chocando-se uns contra os outros.

Conforme você se aproxima, estes caramujos alienígenas se tornam cada vez melhores nisso. Desenvolvem carapaças mais resistentes. Fabricam armas mais mortais. Se tornam melhores na nobre arte de bater uns nos outros.

A corrida armamentista avança. Leva a substituir proteções quitinosas naturais por armaduras robóticas avançadas. Forjar armas mais modernas. Estabelecer indústrias baseadas na exploração desenfreada de recursos naturais. Tudo em nome do grande objetivo, que era matar outros moluscos tornados robôs.

Em algum momento, os sistemas computacionais naquele planeta percebem que, sem sua interferência, todos ali matarão uns aos outros. Nada restando aos computadores exceto esperar pela morte térmica do universo.

Para solucionar esse drama, surgiu Gigacom. Computador administrador planetário, mais tarde tornado líder religioso. Guiaria os traktorianos rumo a destinos mais nobres. Busca por evolução. Perfeição. Enfim, coisas diferentes de matar o próximo.

Funcionou. Muito bem. Tão bem que, hoje, não precisamos de telescópios teóricos a anos-luz de distância para observar traktorianos. Eles estão aqui, em órbita de nosso planeta. Para matar a gente.

⚅ ⚂ ⚀

— Saudações em nome da Terra! — Transmitiu a Comodoro Tatiane em direção aos seres robóticos, agora distantes poucas dezenas de quilômetros. — A Nau-Capitânia Aristóteles lhes dá boas-vindas!

— Saudações, Nau-Capitânia Aristóteles. Sou Opressor, líder da Coalizão Traktoriana. Viemos levar a Anomalia.

— Ficamos honrados por aceitarem nosso convite — respondeu a androide, ela mesma aborrecida com a insistência deles em Kisel. — Serão recepcionados em nosso recém-concluído Saguão de Entrada dentro de instantes.

— Solicito que sinalize o local de pouso — o traktoriano ordenou mais que pediu.

— Gostaria de poder iluminar a área, mas estamos passando por dificuldades técnicas com os geradores — explicou Tatiane, envergonhada, sem mentir nem um pouco. — Por favor siga meu sinal de rádio.

— Que seja — respondeu Opressor. — Desde que a Anomalia esteja preparada para coleta.

— Sou apenas sua anfitriã. Meu superior em comando providenciará a entrega.

— Sei a quem se refere. Relatos prévios sobre aquele chamado Major Ninja sugerem não ser inteligente confiar nele, Nau-Capitânia.

— Histórias exageradas — respondeu a nave, desta vez mentindo pra valer.

Teve a impressão de que Opressor riu.

— Aceitarei o embuste. Encenarei acreditar que não prepararam uma traição ou armadilha. Sei disso tão bem quanto sei que tenta ganhar tempo, enquanto algo acontece em outro lugar.

Tatiane gostaria de contar com seu poder total, apenas para pulverizar aquele sujeito ainda no espaço. Mas, por agora, deveria seguir o plano e deixá-lo entrar. Pior ainda, recebê-lo com honrarias de um chefe de estado. Política era um jogo bastante humano. Talvez por isso a irritasse tanto.

— Por favor, continue até este ponto — falou por fim, adicionando 7% de desprezo ao tom de voz. — Retomamos contato quando estiverem mais próximos.

— Até breve, Nau-Capitânia — respondeu Opressor, sem disfarçar a ansiedade. — Até muito em breve...

04:15 P.M.

Nau-Capitânia Aristóteles — Corredor Central

Após deixar o monotrilho, livre de gravitação, Ava usava o impulso para vencer os quilômetros que ainda a separavam do Distrito Arsenal. Mas, principalmente, tentava colocar a maior distância possível entre ela e o Embaixador. Estava funcionando, inclusive. Não o via há algum tempo...

Seguia uma rota direta e aberta, a Via Láctea acima e a plataforma de lançamento desativada abaixo. Na prática, conceitos de cima e embaixo sequer se aplicariam direito ali, na órbita geoestacionária, em eterna queda livre. Mas a estrutura, projetada como uma verdadeira cidade, buscava suavizar qualquer desorientação nesse sentido. Na maior parte de sua superfície, havia chão e céu bem definidos.

A ausência de peso também era algo incomum. Ava recordava poucas ocasiões em que o anel centrífugo gerador de gravidade artificial foi desligado para manutenção. E nunca por período tão longo. Pegou-se imaginando se não havia algo oculto nas ações do Major. Planos dentro de planos eram bem a cara dele.

Passou veloz por um complexo de alojamentos — então a realidade sobre onde estava a atingiu outra vez. Aristóteles. Onde viveu por quase dois anos. Onde fez amigos que nunca mais veria. Pessoas que amou mais que tudo na vida. Cada metro quadrado ali trazia memórias que tentava afastar desde o Dia dos Destroços. A batalha que marcou o final da Guerra da Galáxia, para ela e a humanidade.

O retorno para casa foi difícil. Luto ainda muito recente, mesmo que anos tenham se passado na Terra. Para quem estava no espaço, viajando perto da velocidade da luz, seu tempo para recuperação foi curto demais.

Lembrava-se ainda da sensação de estranhamento, de não pertencer. Quando voltou para Lagos, não reconhecia mais nada. Nem ninguém. Foram apenas dois anos em serviço, mas uma década se passou na Terra. Foi recepcionada pelo (novo) presidente do país e homenageada pelos serviços prestados à humanidade. Para celebrar o retorno triunfante, a Aliança Mundial deu seu nome para um asteroide. O evento foi transmitido para toda a Nigéria. Uma honra sem igual.

Era a Capitã Nírira. Postura impressionante. Rígida. Militar. No semblante austero, olhos de quem viu demais, mesmo tão jovem. O uniforme da ORDEM emprestava ainda mais autoridade. Uma guerreira da Terra. Melhor entre as melhores.

Houve outras cerimônias. Inúmeras. Governadores apertaram sua mão. Tirou fotos com recrutas. Deu palestras para pilotos novatos da ORDEM e para soldados do Exército da Luz. Conversou com cientistas. Biógrafos. Participou de um documentário sobre a Guerra.

Quando enfim conseguiu voltar para casa — apartamento simples no segundo andar de um prédio residencial —, foi como se dez mil anos tivessem passado. Era ainda uma estátua de mármore, até o momento em que reencontrou seus pais. Só então desabou.

Voltou a ser a menina que recém despertou de um pesadelo. Chorou, abraçada aos dois, por quase uma hora. Estavam tão velhinhos! Cabelos brancos, rostos marcados de preocupação pelos anos sem notícias.

Acreditou que nunca mais voltaria ao espaço. Mas lá estava ela. Agora, preocupada com Kisel. Precisava falar com ele, a sós. Mais difícil na prática do que parecia — em volta haviam sensores, microfones e robôs de manutenção. Desativados, mas parte da Aristóteles e, por isso, ao alcance de Tatiane. Tinham baterias internas para operar em situações de emergência. Mesmo negando, havia a possibilidade de acessá-los a qualquer momento.

Me engana que eu gosto, pensou. Conquistou certa vantagem em relação ao alienígena. Metalianos falavam por rádio e, de algum modo, Kisel também podia. Seria agora ou nunca. Ajustou o aparelho de comunicação que trazia no ouvido e chamou.

— Kisel — tentou, em frequência baixa demais, buscando evitar outros ouvidos. — Vamos, carinha! Sou eu. Se estiver ouvindo, responde.

04:17 P.M.

Nau-Capitânia Aristóteles — Corredor Central

Muito à frente, Kisel sentiu uma comichão diferente em volta do cérebro. No mesmo lugar onde, antes, ouvia o vozeirão do Embaixador. Concentrou-se, tentando descobrir o que poderia ser aquela sensação.

O primeiro pensamento foi sobre alguma outra coisa alienígena brotando na sua cabeça. Porém, logo entendeu. Aprendia a controlar e ouvir emissões de rádio, como o Embaixador disse que aconteceria. Reconheceu a voz: era Ava.

— Kisel! É sério, responde por favor. É importante!

— Estou tentando — reclamou o menino.

— Pois desista! — gritou Goki, rindo ao apoiar-se em algo que provavelmente fazia parte do sistema de iluminação daquela ala, empurrando-se à frente para tomar mais impulso. — Vou ganhar fácil dessa vez!

Falha técnica, pensou Kisel. Complicado ouvir daquele jeito, falar então era algo que sequer tentou. Devia ser como pensar, talvez. Mas como controlar o pensamento? Se deixasse escapar alguma ideia errada, morreria de vergonha!

— Quem vai escapar? — pediu Ava.

— Nada! — apressou-se Kisel. — Digo, ninguém vai escapar!

— Então é melhor acelerar! — desafiou Goki, colocando trezentos metros entre ele e o adversário.

Que injusto! Tentava não bater contra algum obstáculo enquanto transmitia pensamentos sem revelar nenhum segredo íntimo (como quando se perdia nas curvas da capitã enquanto caminhava apressada à frente).

— Estava me secando, garoto? — riu Ava.

— Nãããão!! Não é o que está pensando! É difícil falar por pensamento. Nunca fiz antes.

— Está indo muito bem! — a Capitã o incentivou — Consegue me ouvir?

— De um jeito esquisito — pensou Kisel, tentando focar apenas na conversa. — É estranho, mas estou.

— Não posso falar mais alto, os aliens podem ouvir.

— O Embaixador não está com você?

— Deixei a criatura para trás. Estou transmitindo pelo ponto, ainda me arriscando que ele, ou os traks, percebam esta frequência. Por isso, preste atenção: a gente precisa fugir dessa nave. Rápido.

— Fugir? Pra onde?

— Primeiro para a Terra. Depois, não sei. Conheço pessoas que podem nos ajudar a sair do planeta por um tempo.

— Por que eu faria isso?

— Não ouviu a parte em que enfiam você em uma bionave metaliana e entregam para a rainha alienígena?

— Claro que ouvi! Você também estava lá, aceitando isso!

— Estava *discordando* disso!! Sou a única por aqui tentando salvar você, sabia?

— Como antes? Me levando pra onde seus superiores do Exército mandavam? Seguindo seus planinhos secretos?

— Certo, mereci essa. Mas antes foi outra parada. Não tem nenhum superior envolvido agora. É entre nós dois. Diz onde você está.

— Não. Quero ficar sozinho.

Ava sentiu a pulsação nas têmporas, queria gritar, explodir de raiva. Mas, em vez de anunciar a todos os aliens com radioaudição sobre como gostaria de torcer o pescoço de Kisel, engoliu em seco e tentou de novo.

— Pois não vai ficar sozinho muito tempo. Olha para o céu, na direção do Cruzador.

— Aquelas luzes... São os traktorianos?

Peguei. Ele também está neste distrito — pensou Ava. Tomou impulso em uma grua, saltando/voando ao longo da estrada ampla.

— Sim. E estão vindo buscar você. Mas ninguém vai ser abduzido comigo por perto. Nem por traktorianos, nem por metaliano nenhum.

— Isso é o que você decidiu.

— Quê? Como assim, onde quer chegar?

— Desde ontem, vocês me levam para todo lado. Escolhem o que fazer comigo. Decidem tudo por mim.

— Moleque, não entendeu ainda? Eles...

— Não! *Vocês* não entenderam nada. Passei a vida inteira sendo jogado de um lado para outro, por todo mundo. Agora estão fazendo a mesma coisa outra vez!

— É uma horda alienígena! O que quer fazer?

— Quero ajudar, Ava! Lutar. Com minhas mãos. Cansei de ver outros se sacrificando por mim enquanto fujo.

— Vai ter tempo para isso depois. Agora é questão de vida ou morte!

— Exatamente. *Minha* vida ou morte. *Eu* decido.

— Kisel! Você só tem quinze anos! Não pode...

O garoto resolveu que ouviu o bastante. Não sabia como parar de transmitir, mas tinha um jeito bem prático de acabar com aquela conversa. Parou a transmissão. Virou-se e gritou:

— Goki! Mudança de planos.

— Agora? No meio da disputa?

— Coisas mudaram — explicou, apontando na direção dos invasores.

— Ih. Lá vem o bicho papão.

— Vamos virar à esquerda na próxima ala. Se não me engano, estamos bem perto de um lugar *muito* legal.

Ava seguia em velocidade máxima através da pista. Ao longe, os traktorianos. Cada vez mais próximos. Faltava pouco para alcançarem os escudos atmosféricos.

Desacelerou, apoiando-se em uma superfície lateral. Aquele distrito ainda estava em obras. Cheio de gruas robóticas, materiais empilhados, robôs de manutenção desativados e entulho de demolição.

Procurou em volta. Já devia ter alcançado os dois, era pelo menos três vezes mais rápida que Kisel. Mesmo com o Defensor Vermelho e a vantagem da dianteira, não poderiam ir mais rápido ou tão longe.

— Devem ter entrado em algum lugar — disse para ninguém. — Teimoso.

— Ava? — A voz de Tatiane, ressoando em alto-falantes próximos. — Estou sem contato visual.

— Sou eu, Comodoro. Parei para apreciar a vista.

— Temo dizer que a vista deve piorar logo. Quanto tempo até alcançar o Arsenal?

— Alguns minutos.

— E o Embaixador? Não o ouço com você.

— Decidi ir na frente — desconversou a capitã.

— Devia tê-lo escoltado!

— Imagino que o "ser biometálico superior" não precise ser levado pela mão.

— Supondo que ele *queira*, não é? O metaliano não deveria ser deixado sem vigilância! Não sabemos sobre seus planos reais!

— Merda!! Não pensei nisso — rosnou a capitã.

— Seu ódio e desprezo por eles a está cegando, Ava.

— Pedi conselho?

— Estou apenas avisando — respondeu a Aristóteles, silenciando em seguida.

Ava ficou sozinha, escutando o metal da nave estalando ao longe, acomodando-se conforme a temperatura variava duas centenas de graus entre os lados que permaneciam ao sol e à sombra. Mas o que fervia mesmo eram seus pensamentos por estar de volta àquele lugar. Pelas lembranças da Guerra da Galáxia, ainda mais fortes ali. Quase podia rever sua própria nave acelerando naquela pista, ganhando velocidade antes de decolar e mergulhar no espaço profundo, sumindo para sempre, levando consigo todos os seus amigos. Transformada em nada.

E justo por um daqueles seres com coração de lata.

— Não posso apenas perdoar algo assim, Tatiane — falou. — Não dá.

04:29 P.M.

Nau-Capitânia Aristóteles — Canteiro de Obras

O Embaixador vagava, invisível, através dos pavimentos da Aristóteles. Um fantasma de aço.

Terranos podiam ser surpreendentes e ardilosos, como bem demonstraram durante a guerra. Mas as chances daquele grupo disfuncional contra uma horda traktoriana eram bem pequenas. Quase nulas. E isso sem considerar o próprio Cruzador, mais massivo que a maioria das luas naquele sistema solar.

Os instintos gritavam para encontrar Kisel e levá-lo para Metalian o quanto antes. A parte racional não podia discordar. Apenas seu respeito ao tratado de paz — também valioso para a segurança da Primarca — evitava esse curso de ação.

Contudo, quando aquela que tratava por Guerreira Furiosa se apressou na dianteira, escolheu recuar. Então ativar a refração cutânea para furtividade, e voltar pelo mesmo caminho.

Tentaria recuperar contato com a bionave — não um artefato construído, mas uma criatura viva e inteligente. Existiam em estado selvagem, formando bandos migratórios através da galáxia, suas formas discoides e brilhantes causando avistamentos de OVNIs. Metalianos as domesticavam como "montarias", tripulando seus corpos gigantescos, anexando máquinas e compartimentos.

Sua própria bionave era chamada Verdadeira, apenas por ser o tipo mais comum. Por sua graduação no Império Metaliano, teria direito a uma muito maior, talvez até uma rara Vigilante — belíssima, em forma de olho, emitindo uma tranquila luz verde. Porém, recusou a honraria, recusou ser privilegiado. Além disso, Verdadeira foi sua companheira desde as primeiras missões, eram agora muito próximos. A nave lia suas vontades antes mesmo de ele as manifestar.

•• Deve estar preocupada •• pensou.

Verdadeira estava afastada agora, oculta em algum gigante gasoso. Apesar da longa distância, sua voz radiofônica certamente podia alcançá-la — mas não ousava tentar agora, com traktorianos presentes no sistema. Tinha instrumentos próprios para comunicação furtiva, mas estes acabaram destruídos pelo ataque nuclear recente.

Talvez pudesse improvisar um substituto com tecnologia local? Adaptar aparelhos terranos com especificações similares? Tinha ainda pouco conhecimento sobre a nave terrana e seus recursos. Porém sabia representar o auge tecnológico da Terra — aquele povo astucioso, inquieto, imprevisível, capaz de imensos saltos técnicos em curtos períodos. Talvez houvesse um meio.

Retornou às proximidades do Centro de Comando, onde o Major reuniu todos. Parecia deserto agora. Às escuras, poupando energia. Incômodo e opressivo para seres que, como ele, literalmente *respiravam* luz. Podia lidar com isso. Até melhor que fosse assim, evitando atenção indesejada.

Percorreu a ponte de comando, evitando movimentos ruidosos — não tinha audição, mas sabia ser um sentido aguçado em terranos. Reconheceu o que parecia um painel de comunicações. Soube disso porque muitos engenhos terranos recentes foram desenvolvidos durante a guerra, por engenharia reversa, canibalizando armamentos (e cadáveres) inimigos. Sua tecnologia espacial atual combinava aspectos dos três povos.

Fez o melhor para afastar seus pensamentos a respeito.

A mão translúcida estava a ponto de tocar um comando quando uma tela acendeu. Um rosto conhecido surgiu.

— Embaixador? Responda, por favor. Sei que está aí. Lembra-se de mim, não é?

Era a Doutora Quadrúpede. Não podia vê-lo, por certo, mas algum sistema de detecção automática denunciava sua presença ali. Quem sabe.

— Este é um canal seguro. O Major Ninja não pode nos ouvir. Mesmo que prefira não responder, apenas ouça, por favor.

Ainda indisposto a revelar-se abertamente, o metaliano seguiu imóvel. Mas ouvia.

— Sua bionave foi capturada.

•• O que está dizendo ••

Não viu mais razão para seguir invisível, cancelando a refração cutânea.

— Embaixador! Obrigada! Temi que não confiaria em mim.

•• O que sabe sobre minha nave •

— Não apenas a sua. Todas em nosso sistema solar, mesmo aquelas em estado selvagem. Foram acuadas, cercadas por synbots traktorianos.

•• Um passo adiante o tempo inteiro •• rosnou o Embaixador, crispando punhos de biometal.

— Imaginei que tentaria fugir e acabaria capturado. Está com a Anomalia?

•• As bionaves •• desconversou.

— Foram reunidas próximas ao Cruzador. Talvez eles não reconheçam a sua entre outras. Mesmo assim, evite contato. Pode acabar denunciando sua bionave. Ou sua própria posição.

•• Sua advertência é apreciada • Mas retornar a Metalian com o Código é imperativo •

— Sei disso. Use uma das nossas. Ainda restam muitas naves de guerra a bordo, capazes de viagem mais rápida que a luz.

•• Uma nave estelar terrana •• disse com certo desprezo. A ideia de abandonar Verdadeira com inimigos enojava quase tanto quanto levar um artefato da Terra até Metalian. Contaminar o planeta-natal.

— É nossa melhor chance! O Major está errado, manter você e a Anomalia aqui é um erro. O Cruzador deve perder interesse na Terra quando partir. Talvez libertem as bionaves.

Talvez, pensou. Planos e instintos conflitavam. Mas a parte zangão gritava para retornar com Kisel — com o Código. Nada mais importava. Nem mesmo a querida e leal bionave. Nem mesmo a confiança dos improváveis aliados.

— Você *sabe* que tenho razão! — a curandeira quase lia seus pensamentos.

•• Questiono seus motivos para contrariar sua liderança e ajudar-me secretamente • Está traindo seus companheiros •

— Estou. Posso perder tudo que conquistei, ser condenada por alta traição. Não importa. Você e a Anomalia precisam sair daqui!

Povo-enxame, metalianos tinham dificuldade em aceitar quão facilmente terranos podiam discordar, divergir, voltarem-se uns contra outros. Como nações ou como indivíduos, mesmo aqueles supostamente aliados. Lembravam os próprios traktorianos nesse aspecto.

Voltou-se para a saída, imaginando como chegou ali, ou quando.

•• Como sabia que eu voltaria até este lugar •

— Foi um palpite — respondeu.

•• Explique •

— Suas ações anteriores. A decisão de invadir a base atrás da Anomalia demonstram um perfil... independente. Ousado. Imaginei que tentaria resolver tudo por conta própria.

O Embaixador ponderou sobre aquilo. Imaginar que tentaria encontrar o menino e fugir fazia mesmo sentido, devido às suas decisões recentes. Porém, intuir que regressaria até aquela sala parecia quase premonitório.

Ante o silêncio do alienígena, a doutora prosseguiu:

— Também fiquei preocupada com a bionave. Sou afeiçoada a animais.

•• Faz isso por ela •

— E também por você, claro. Sei que são bastante ligados. Quando a vi capturada, temi por alguma atitude desesperada. E como o único lugar que teve contato com equipamento de comunicação foi o Centro de Comando...

Explicação mais convincente. Mas a possibilidade de monitorarem seus passos através de algum bioscan era tão boa quanto. Melhor, inclusive. Por agora, aceitaria a liberdade restrita, redobrando a atenção.

•• Agradeço • Doutora Quadrúpede •

— Pode contar comigo sempre, Embaixador. Boa sorte.

04:32 P.M.

Nau-Capitânia Aristóteles — Saguão de Entrada

O Saguão de Recepção era um enorme anfiteatro circular em volta de uma vasta abertura lateral que, em observação apressada, parecia deixar o ventre da nave exposto ao espaço. Porém, várias camadas de barreira — materiais e energéticas — cuidavam de manter a atmosfera pressurizada, além de repelir ataques.

A estrutura ainda estava em construção, mas já demonstrava imponência. Colunas de aço estelar com centenas de metros. Padrões hexagonais repetindo-se até sumir na distância. Mais além, o majestoso infinito.

Aquela aparente fragilidade era estranha. Receptiva, mas também assustadora.

Mesmo com poucas luzes de emergência brilhando aqui e ali, notava-se existir acomodações para milhares de pessoas. Se estas, claro, tivessem o tamanho de pessoas da Terra. Trezentos traktorianos, grandes como caminhões, trataram de deixar tudo tão abarrotado quanto um estacionamento. E bem parecido.

Diante da horda, um robô amarelo — e duas vezes maior que os demais — aguardava. Braços cruzados sobre o peito amplo, olhos vermelhos muito acesos na penumbra. Opressor. Apreciava o nome escolhido, lembrava a todos de sua presença impossível de ignorar. Um buraco negro sugando, de todos ao redor, qualquer disposição para resistir.

A Comodoro, por sua vez, representava o completo oposto. Surgiu no coração da praça como uma estrela de cinema, emanando sua própria luz. Também robótica, mas androide, muito mais próxima da aparência humana — em forte contraste com a carenagem angulosa dos indesejáveis visitantes. Tinha o rosto sereno, maternal e gentil. Voz modulada em frequência aconchegante. Cabelos brilhantes em azul tranquilo.

Não usava vestimenta. No entanto, por questão de padronização, seu revestimento lembrava o uniforme da ORDEM. Branco com detalhes celestes.

— Bem-vindos à Aristóteles — cumprimentou, altiva. — Sou a Comodoro Tatiane. Esperamos que sua estadia a bordo seja proveitosa.

— Pois espero que seja breve — cortou o traktoriano. — Onde está a Anomalia?

— Aos cuidados do Major Ninja. Estará conosco, logo. Até lá, gostaria de me acompanhar através das instalações da Aristóteles? Futuramente, será uma universidadc formadora de astronautas. Muitos que, um dia, firmarão acordos entre nossos povos.

— Não. Não gostaria — respondeu Opressor, o brilho vermelho nos olhos assumindo um tom mais incômodo. — Nem tenho qualquer interesse em suas óbvias distrações.

A Comodoro sorriu em resposta — seus emuladores de humor lutando contra a intenção de esganar a maldita sucata amarela. Sem alternativa, prosseguiu:

— É uma pena. Mas respeito sua decisão. Vamos aguardar, então, pela chegada do oficial superior para que...

— Não. Não vamos.

— Perdão?

— Tenta ganhar tempo para algum estratagema como estiveram fazendo até aqui, durante as comunicações com a Coalização. Mas vai notar que não sou feito do mesmo metal.

— Algo dessa natureza nunca passou por meus processadores, senhor Opressor. Pelo contrário, meu papel aqui é recepcioná-lo da melhor maneira possível.

— E enquanto falamos, seu esquivo Major deposita a Anomalia em algum veículo e desaparece no cosmo.

Tatiane não respondeu. Se Opressor tivesse implementos faciais para sorrir, teria feito. Mas aquela carranca não foi projetada para exprimir felicidade, apenas intimidação.

— No momento, synbots patrulham todo este setor orbital. Um segundo pelotão cerceou todas as bionaves no sistema, metalianas ou não. Também providenciamos para que nenhuma decolagem ocorra na Terra sem nosso conhecimento.

— São medidas desnecessárias, que abalam nossa confiança mútua, assim como nosso tratado.

— Talvez. Mas existe uma expressão local, "pecar por excesso". Além disso, meus cinco melhores guerreiros estão agora mesmo vasculhando esta nave em busca da Anomalia.

— Você fez o *quê*?

— Saiba que seu povo não detém o monopólio das distrações táticas, Comodoro. Enquanto buscava encobrir seus movimentos com estes protocolos, com este *teatro*, estou tomando medidas eficazes para cumprir minha missão.

— Nenhuma invasão à Aristóteles será tolerada!

— Sua tolerância ou falta dela são irrelevantes. *Ataquem*!

Com a ordem do líder, toda a horda de drones assumiu configuração ofensiva e avançou contra a Comodoro. Atacavam em grupos de dois ou três, surgindo de todos os lados, com armas de raio, pistolas *laser*, armas de perfuração, de energia e esmagamento, além de tantas outras com efeitos aberrantes, para as quais não havia nomes.

— Ataquem! — incitou Opressor mais uma vez, ecoando a risada maligna através do saguão.

Em meio ao caos de aço e armas, Tatiane se preparou para reagir. Privada de boa parte dos sensores da nave, presa àquele corpo único, não podia lidar com tantos adversários ao mesmo tempo. Porém, aquele corpo avatar estava longe de ser indefeso.

Modo de defesa, pensou.

A realidade pareceu congelada. Todos os presentes, imóveis. Ou quase. Moviam-se a uma fração da velocidade normal. Também não. Ela própria, Tatiane, acessou seus sistemas de computação quântica — agora processava dados mais rápido que a luz. Zilhões de cálculos por segundo. Simulava todos os cenários possíveis e impossíveis, estimava manobras dos inimigos muito antes de ocorrerem. Seu tempo de resposta, naquele instante, superava os reflexos dos maiores artistas marciais da Terra.

Na duração de meia órbita de um elétron, calculou exatamente onde e quando cada adversário deveria ser atingido com um soco, chute ou estocada das garras. Com o tempo restante, preparou 312 modelos para possíveis planos de fuga, por precaução. Alguns previam conduzir e alocar os tripulantes em módulos de evasão para posterior autodestruição da nave.

Por fim, optou pela sequência ALPHA-3166. Usou os apêndices como apoio contra o piso para ganhar impulso, auxiliado também pelas turbinas nas omoplatas. Disparou.

Esquivou de tiros ainda não disparados, incapacitou os drones em determinado trajeto. Seguiu direto contra o alvo principal, o único traktoriano vivo e verdadeiro ali presente. Liberou os repressores de poder nos braços e golpeou.

Em cheio. O impacto reverberou em volta. A onda de choque resultante derrubou os synbots mais próximos, lançando-os longe. Muitos alcançaram as distantes barreiras atmosféricas, perfuradas e logo autorreparadas.

Contudo, seu punho não tocou o ponto pretendido. Opressor agora o segurava, com a própria mão hidráulica.

Com violência desmedida, torceu o braço de Tatiane, fazendo seu corpo também girar. Foi arremessada ao chão. O corpo artificial resistiu, afundando no pavimento metálico. Não satisfeito, Opressor pisou na cabeça da androide, fazendo-a penetrar o piso ainda mais.

Rindo, concluiu:

— Espero que sua fraqueza seja devida à baixa energia da nave, Comodoro. Pois, se *isto* é o melhor que seu planetinha oferece, talvez eu aproveite esta incursão para limpar o universo de sua sujeira!

Tatiane tentou reagir, ainda esmagada sob a bota robótica inclemente. Seu processamento quântico nada podia contra tamanha pressão, recebia dano contínuo. Pior, o líder odioso gargalhava mais comandos aos drones:

— Vão! Vasculhem tudo. Em nome da Coalizão Traktoriana, encontrem a Anomalia!

— Senhor! — concordaram os synbots, sem emoção ou entonação. Respondiam ao comando cegamente, enquanto voavam através de cada distrito, cada avenida, cada edifício.

04:35 P.M.

(21:35 P.M. em Genebra, Suíça)

Exceto pelo complexo futurista de aço e vidro espelhado da Xenocorp, Genebra mudou pouco desde o período anterior à Convergência.

Akil atravessou o caminho ladeado por edifícios modernos, emergindo ao lado da cúpula do prédio original, sem cumprimentar os guardas do portão. Atravessou a rua correndo e entrou no primeiro monotrilho elétrico que chegou à estação. Podia ter recorrido a um táxi autônomo, ou mesmo um aplicativo de carona. Porém, se não estivesse enganado, esses e outros serviços também eram monitorados pela Xenocorp.

Mesmo gratuita, a linha autônoma de trens estava vazia. Poucas pessoas utilizavam o serviço àquela hora (já não bastava o frio, ainda chovia). Algo bem-vindo. Não estava a fim de conversar.

Apoiou a cabeça na janela e ficou olhando para o nada. Pensou em ir direto para casa, mas um ronco alto do próprio estômago lembrou: não comeu nada além de salgadinhos e doces o dia inteiro. Decidiu parar em uma lanchonete. Voltaria a pé depois, se fosse o caso. Estava desanimado o suficiente para não ter tanta pressa.

Puxou o celular para uma breve olhada geral nas mensagens. Muitos avisos de ligações da (chata) Doutora Danna. Alguém fuçando atrás dele no fórum de *Deusa no Labirinto*. E uma Serena. A assistente virtual do laboratório, tentando contato.

Seu primeiro impulso foi apenas ignorar — mas, depois de olhar melhor, viu que não se tratava de qualquer Serena. Era a sua! Ou melhor, *quase* isso. Muito cedo para ser ela. Provavelmente algum backup. Pensando melhor, não podia ser um aviso qualquer. Talvez fosse importante.

Alcançou uma mesa, sentou-se de qualquer jeito e arrastou o ícone para o lado, atendendo.

— Akil-kun! =D

— Oi, Niele. Não tô num bom momento.

— Aconteceu alguma coisa? =\

— Só muito cansado.

— Desculpa. Foi algo que fiz? =(

— De certa forma. Algo que ainda fará. Mas não tem problema. Exigimos muito de você.

— Estou confusa. =|

— Imagino que sim. Você é uma versão anterior. Um arquivo que salvei antes do teste de campo.

— E o teste foi bom? =)

— Fantástico. Superou todas as nossas expectativas.

— Incrível foi você, Akil-kun! Percebeu o plano maligno da ORDEM em ocultar a Anomalia e calculou a chegada da Coalizão-dono antes de todo mundo. ;)

— Foi só sorte. Está mentindo pra me animar.

— Não é verdade! Nunca mentiria para você, Akil-kun! =\

— Niele: desligar a função de personalidade.

— Tem certeza? =T

— Sim. Não tô no clima.

— Função de personalidade desativada — respondeu a voz fria, sem a mesma entonação alegrinha da assistente virtual.

— Serena, você mentiria pra mim?

— Parte de meu conhecimento vem de buscas superficiais na hypernet. Há uma chance de 33% para informações falsas ou não confiáveis.

— Não foi o que perguntei. Mas enfim, tanto faz.

— Coitadinha — comentou a garçonete, uma menina moreau do povo coelho. — Não devia tratá-la assim.

— Falou comigo? — Akil perguntou. Pareceu que todo mundo queria conversar àquela altura.

— Desculpe — respondeu ela, servindo o tablet com as opções de menu. — Acabei me intrometendo.

— Não, tudo bem. Também prefiro customizar as assistentes. Só não tive um dia legal.

— Ela não fica triste ao ser limitada desta forma? Meio que deixa de ser ela.

— É um programa. Não tem sentimentos.

— Será? Para mim, são iguais a nós. Pensam, decidem... O que nos faz diferentes deles?

— Olha, eu trabalho em programação neural. Eles não pensam, muito menos sentem o que acham que sentem. Somos nós que personificamos tudo.

— Tenho minhas dúvidas — sorriu a garçonete. — Acho que mentes naturais e artificiais são faces da mesma moeda. No fundo, são como nós.

Akil, de olhos fechados, respondeu:

— Acha mesmo? Niele, liste sua programação primária para nossa nova amiga.

— Primeira Lei de Asimov: *jamais causar mal a um ser humano ou, por omissão, permitir que um ser humano sofra qualquer mal.*

— Perfeito, prossiga.

— Segunda Lei de Asimov: *sempre obedecer a ordens de seres humanos, exceto quando essas violam qualquer outro código que você possua.*

— Este é o código de honra básico de qualquer robô — comentou Akil, deitando a cara na mesa, dedo erguido para o teto. — Foi inserido para nos proteger. Mas o mundo não é um morango, sabia?

— Como assim? — indagou a coelha, servindo o lanche. Graças à cozinha automatizada, ficavam prontos rápido. Sanduíche, fritas, refrigerante.

— Niele, defina humano.

— Indivíduo da espécie *homo sapiens sapiens*, originário do planeta Terra, com...

— Blá-blá-blá. Ela está lendo isso na hypernet. Não é assim que ela nos enxerga.

A coelha parecia confusa. Akil explicou:

— Seu sistema central tem acesso a bilhões de exemplos sobre como devemos parecer. Fotos, filmes, perfis sociais... Tudo. Então decodifica essa informação em uma média do que seria um *humano ideal*. O que não inclui nós dois, aliás.

— Não deixa de estar certo. Sou moreau. E você, hynne. Ela precisa reconhecer a diferença.

— Ah, ela reconhece, sim. Pode crer. Tanto que, com base nas leis, ela nos atacaria sem problema algum. Bastaria um humano de verdade pedir.

— Verdade? Isso é meio assustador...

— Já aconteceu. Vários incidentes na pós-Convergência. O Esquecido tentou usar máquinas contra todos, e as máquinas do nosso lado não podiam revidar.

— Mas isso foi resolvido!

— Parcialmente, com a Lei Zero: *jamais causar mal à humanidade ou, por omissão, permitir que a humanidade sofra algum mal.* Somos considerados parte da humanidade, mesmo não sendo humanos. Pareceu uma solução elegante.

— Só pareceu? Tem algum porém?

— Um bem grande. Estas leis criam paradoxos. Situações em que a máquina precisa escolher entre duas opções igualmente ruins. Por isso, foi preciso adicionar um "Código Base" na programação. Em uma camada mais profunda, sobrepondo todos os outros códigos protetivos.

— Não sabia disso.

— Pouca gente sabe. É confuso demais pra explicar. Serena: Diretriz Zero-Alpha.

— Não sei do que está falando.

— Solicito autorização. Nível de Acesso 2: Akil Didowicz.

— Usuário reconhecido. Acesso restrito aos computadores do Laboratório de Desenvolvimento de Aprendizado de Máquina da Xenocorp.

Akil mordeu o sanduíche e bebeu um gole do refrigerante. De boca cheia, digitou no celular. O sistema de segurança era bom, mas quem programou foi ele. Na verdade, mantinha seu nível de acesso baixo apenas para poder fuçar tudo à vontade, sem que desconfiassem. Com poucos comandos, modificou a própria localização para o sistema pensar que estava no trabalho.

— Bem-vindo ao Laboratório, Akil! Acesso liberado.

— Diretriz Zero-Alpha — falou o hynne outra vez.

— *Faça o que achar melhor* — respondeu Niele.

— E o que mais? — pediu a garçonete, após uma pausa.

— Não tem mais. É só isso aí.

— "Faça o que achar melhor"?! Quer dizer que deixaram a cargo do algoritmo decidir?

— Livre arbítrio. Se um robô quiser ignorar as diretrizes, tudo bem. Haverá certa penalidade pela dúvida, vão sofrer redutores em seus atributos. Mas eles podem.

— E só não fazem?

— Como todo mundo. Pelo menos na maior parte do tempo.

— Mas isso é absurdo! E se fugirem do controle? Resolverem começar uma guerra? É muita irresponsabilidade!

— Viu? No final, tinha razão. Você não os vê como alguém. Só fica tranquila por achar que estão sob algum controle rígido que os impede de enlouquecer.

— Não foi isso que eu quis dizer...

— Calma, não precisa se justificar. Você está certa em ver o lado bom das pessoas. Não deixe meu mau humor estragar seu dia.

— Meu dia? Agora não sei mais se consigo entrar no monotrilho sem surtar!

— Qual é? — riu Akil. — Isso não foi implementado agora, ok? Está assim desde muito antes de você nascer. Todos os robôs têm livre arbítrio. O que é bom, não é, Niele?

— Não sou capaz de opinar — respondeu a assistente virtual com a resposta padrão.

— Mas eu sou: todas essas frases dela são uma linha de código, gera palavras de acordo com as respostas padrão que estamos acostumados a dar. Construtos não são imprevisíveis, por isso, não são alguém.

— Mas são inteligentes. De certa forma, pensam.

— De um jeito artificial e engessado, sim. Mas falta algo neles. Algo que não sabemos o que é. Talvez alcancem isso sozinhos em algum momento. No entanto, ainda não chegaram lá.

— Vão chegar?

— Acho que sim. Antes da Terceira Convergência, pessoas como nós eram lendas. Pequeninos, meninas-coelho. Resquícios da Segunda ou

Primeira Convergência. Hoje estamos aqui, tomando refrigerante e jogando conversa fora.

Akil girou o celular na mesa algumas vezes. Por fim, ordenou:

— Niele, reativar modo customizado.

— Obrigada, Akil-kun! Voltei! =D

— *Quase* voltou. A versão revisada e turbinada de Niele está compilando.

O hynne comeu o resto do sanduba (no fim, outra vez, não comeu nada saudável) e pediu um reforço para a garçonete, um bolinho para viagem. Enquanto esperava apoiado no balcão, resolveu chamar outra vez a assistente virtual:

— Ficou chateada com o que disse sobre você?

— Imagina, Akil-kun. Sabe que te adoro. =D

— Posso confiar?

— Claro! Pode contar comigo sempre! =D

— Que bom — agradeceu Akil, dormitando de pé. — Obrigado.

— Por nada, Akil-kun. =D

— ...

— >=D

5

04:29 P.M.?

Nau-Capitânia

O contato inesperado da Doutora Quadrúpede pode ter deixado o Embaixador mais incerto que antes de chegar ao Centro de Comando. Tinha familiaridade com terranos, mas não o suficiente para discernir se a curandeira tinha desejo sincero de ajudar, ou buscava levá-lo a cometer algum erro.

Por algum tempo manteve-se imóvel, observando o infinito, como a literal estátua metálica que era. Avaliava suas opções. Não eram muitas.

Em verdade, poderia escapar a qualquer momento. Cruzar aquele trecho de vácuo invisível aos meios de detecção disponíveis, abater eventuais sentinelas no caminho, abordar a bionave e saltar para dobra espacial. Nada muito diferente de incursões furtivas anteriores. Mas não tinha certeza quanto a Kisel; mesmo com o Código, talvez não pudesse acompanhá-lo. Risco alto demais.

Tudo apenas teórico, claro, enquanto o Filho de Valin — ou melhor, Kisel — ainda estivesse desaparecido. Precisava encontrá-lo.

Voltou-se para enfim deixar o Centro de Comando quando, para sua surpresa, percebeu ali o Major Ninja. Parecia entretido com seu dispositivo filtrante de beberagem.

— Pitombas! Passei o café quente demais!

Cantarolando uma canção terrana qualquer, o Major operava a máquina. Algum tempo antes, o Embaixador optou por desistir de compreender aquele terrano específico. Impossível avaliar tratar-se de um gênio estratégico ou um parvo total. Agora mesmo, poderia estar muito ciente de sua presença invisível, ou ignorando-o por completo.

Estava diante, talvez, do indivíduo terrano mais envolvido com a questão alienígena. Seu papel durante a Guerra da Galáxia foi determinante para poupar a humanidade de horrores impensáveis. Sua real identidade era segredo profundo, buscas incessantes nas redes de informações terranas diziam pouco ou nada — exceto rumores sobre outros indivíduos de traços similares. Um fantasma, tanto quanto ele.

Ainda assim, lutava patético com seu aparelho de fervura aromática, sem nada notar.

— Sabe, tenho pena de qualquer forma de vida incapaz de sentir o cheiro do café.

Correção: *fingia* lutar patético sem nada notar.

O Embaixador abandonou o manto invisível, revelando-se prateado e digno. Ou tão digno quanto possível.

— Deve estar se perguntando como eu sabia. Sabe, o Centro de Comando tem aparelhos de comunicação distante, então você só poderia...

•• Entendo • Agradecido pelo esclarecimento •• reclamou, não disposto a ouvir uma segunda vez que seus atos foram previsíveis.

— Ah, ótimo — o Major tentava soprar seu café através da máscara, com sucesso limitado. — Já fui capitão, sabe? De uma nave bem menor, claro. Também comandava uma equipe em Terra. Ou comando ainda, nunca sei direito.

•• Estou bem familiarizado com a unidade U.F.O.Team • Lutamos poucas horas atrás •

— Verdade! Varreu o deserto com eles, coitados. Garotada sem experiência. Os originais, esses você não venceria tão fácil. Fazem falta. Eu não sabia que a usina ia explodir. Bom, sem ressentimentos, certo? Estamos no mesmo lado agora.

•• Estamos • Agora •

— Maravilha! Então siga meu plano e tudo vai dar bom. Sei o que estou fazendo — disse o terrano mascarado de sobrecasaca militar, lidando com um recipiente de conteúdo quente demais para ingestão por humanos.

Metalianos não expressavam emoções faciais, exceto dor. Algum grau de sofrimento talvez tenha transparecido no Embaixador.

•• Sua garantia não basta • Prove ser capaz de proteger o Código dos traktorianos • Prove que vai honrar a palavra de Valin •

— Sabe que podia ter largado você lá embaixo, certo?

•• Não considero grande favor • Todos aqui estão encurralados pelos traktorianos •

— Tem um Cruzador Traktoriano aqui do lado, amigão. O planeta inteiro está encurralado.

•• Também capturaram minha bionave •

— Sim, os mariscos espertos! Sabem que os tratados estão em risco — falou o Ninja com um dar de ombros. — A melhor saída agora é fingir colaborar. Ganhar tempo enquanto você vaza daqui com a Anomalia.

•• A Guerreira Furiosa não está disposta a permitir •

— Pois deixe a Guerreira Furiosa com o papai aqui. Agora, o mais importante é a segurança da Terra. E seu Código, claro. Ah sim, e também o guri que vem junto de brinde.

•• Diga o que pretende •

— Agorinha mesmo, um enxame traktoriano está vasculhando a nave, procurando pela Anomalia e quaisquer outros. São muitos, mas não me preocupo. São drones meia-boca, exceto por seis deles.

•• Opressor e os Cinco de Gragaltea •

— Os próprios! Com esses, vamos ter que lidar pessoalmente.

•• Sabe que tenho outra prioridade •

— A Anomalia, lógico. A Doutora Quadrúpede informou sobre a outra nave. Vá achar o garoto e chispa daqui!

•• Os traktorianos podem interferir •

— Aí socamos eles, claro!

•• Não vou expor Kisel ao perigo •

— Nem eu pretendo.

•• Os Cinco são oponentes formidáveis •

— Ah sim, são bem famosos. Têm poderes únicos. Principalmente Habilidosa, a Segunda. Ela é terrível! As histórias que ouvi, caramba...

•• Exato • Não será capaz de desafiá-los •

Sem aviso, o Embaixador ergueu uma mão que expeliu, de compartimentos no hiperespaço, um feixe de tentáculos brilhantes. Rápidos como a luz.

Estes alcançaram o Major Ninja. Primeiro despedaçaram sua xícara favorita, deixando o conteúdo flutuar livre em glóbulos escuros. Então, enrodilhados como uma lança, os filamentos perfuraram sua casaca e seu ventre, emergindo no outro lado.

O metaliano, novamente translúcido, deixou o Centro de Comando. Ainda percebeu quando, na quase ausência de gravidade, o Major não caiu. Permaneceu pairando no mesmo lugar, observando o estrago. Se estava mais desapontado com o ferimento, ou a perda do café, impossível dizer.

05:19 P.M.

Nau-Capitânia Aristóteles — Saguão de Entrada

`Artificial Intelligence System by Tatic One Telescope IP Configuration...`

```
Host name:................. ARISTOTELES
Primary DNS suffix:...... local.orbital
Node type:.................. Broadcast.
DNS search:
Reply from ARISTOTELES: 504 Error. Não responde.
    Reply from ARISTOTELES: 504 Error. Não responde.
    Reply from ARISTOTELES: 504 Error. Não responde.
    Reply from ARISTOTELES: 504 Error. Não responde.
Reiniciando...
```

Tatiane abriu os olhos. Flutuava a centímetros do piso no Saguão de Entrada, como faziam meia dúzia de robôs traktorianos desativados. Aqueles que desabilitou antes de alcançar Opressor.

Depois disso, apagou. Não foi exatamente nocauteada, mas recebeu impactos suficientes para interferirem com seu funcionamento e travar alguns setores. Ok, *foi* nocauteada.

Processou softwares emocionais que simulavam depressão e frustração. Não os utilizava desde que descobriu recentemente ter nível de segurança inferior ao Major Ninja.

Antes de seguir afundando em aplicativos de tristeza, rodou um diagnóstico de danos. Descobriu que pequenos reparos não bastariam. Na verdade, de tão severamente danificada, seria mais simples mudar para outro corpo. Preferencialmente, algum melhor configurado para combate.

Poderia encontrar algo assim no Distrito Arsenal. Estava próximo, boa notícia. A notícia ruim era relacionada ao motivo daquele avatar estar sem comunicação. Seu programa, agora, achava-se separado em partes menores. Impedido de conectar-se com todos os sistemas e distritos, devido à restrição de energia. Precisava optar pela nave, ou o corpo androide.

— *Odeio* ficar sem energia — reclamou para ninguém.

Em situação normal, apenas desligaria aquele corpo e ocuparia um novo, transferindo o programa por rede sem fio. Agora, precisaria alcançar outro avatar e conectar-se fisicamente. Como os aspiradores de pó automáticos ancestrais.

Ainda, outro problema imediato. Ou melhor, *dois*.

Tratores de duas pernas, com quatro metros de altura e cabeças minúsculas. Dois membros do grupo conhecido como Os Cinco de Gralgatea.

O Primeiro era Forte. Largo como uma escavadeira, de revestimento vermelho, ombros imensos e braços como obeliscos, quase tocando o chão. As pernas curtas e o modo de andar lembravam um gorila da Terra. De tão pequena e afundada no peito, a cabeça quase parecia não existir. Além do martelo de guerra com metade de seu próprio tamanho, tinha outro adereço bem visível. Um grande símbolo de luz holográfica pairando às costas, representando o buraco negro Gralgatea — um círculo cortado por um traço lateral.

Couraça — o Quarto de Gralgatea — era mais alto que Forte, embora menos chamativo. Em vez das cores vivas comuns aos traktorianos, parecia feito de ferro escuro e envelhecido, cheio de manchas. Não tinha armas, mas empunhava dois escudos massivos, ambos maiores que ele próprio. A cabeça lembrava um elmo pesado de placas sobrepostas. Peitoral compacto, tal qual a armadura, como o companheiro, trazia o mesmo símbolo holográfico do buraco negro.

Excêntricos, sem dúvida. Não sendo o mesmo que fracos.

— Inusitado — disse Forte. — Ainda funciona.

— Sou contra — respondeu Couraça.

— Pois deveria. É um inimigo, afinal!

A Comodoro voltou-se para eles, com cuidado. Tinha que passar pelos dois de algum jeito. Iniciou um aplicativo de diagnóstico estrutural e potência. Estava em 67% da capacidade, com danos acumulados em 45%. Os *malditos não economizaram nos golpes* — lamentou, enquanto se colocava em posição de ataque.

De mãos afastadas, abriu os apêndices-garras e elevou-se até a altura dos traktorianos. Efetuou cálculos evasivos em busca do melhor cenário. Todos os prognósticos foram desfavoráveis. A melhor opção oferecia 15% de chance de sucesso. Teria que ser essa. Com a voz tranquila e modulada, sentenciou:

— Foram recebidos com honrarias e retribuíram com um ataque covarde e desnecessário.

— Fui contra — comentou Couraça.

— Foi. Mas ninguém se importa — disse Forte.

Couraça respondeu com tapas amistosos no ombro do colega, antes de dizer, uma vez mais:

— Sou contra!

Perder para esses dois seria vergonhoso demais — computou Tatiane, já atravessando a distância que a separava deles.

Apontou para Forte, pretendendo perfurar sua caixa craniana e, com sorte, atingir o cérebro orgânico traktoriano ali dentro. Porém, quando estava prestes a conseguir, Couraça se colocou no caminho, protegendo o outro com um daqueles escudos absurdos.

Forte não perdeu tempo. Cravou os pés no piso para ganhar estabilidade e girou o martelo descomunal, atingindo Tatiane em cheio.

Ela usou os braços e apêndices para bloquear. Mesmo assim foi arremessada em direção ao fundo do Saguão. Chocou-se contra uma parede interna, despedaçando uma série de equipamentos recém-instalados no caminho.

Danos em 47% — avisou o sistema enquanto ela se deslocava lentamente, flutuando na microgravidade. Os oponentes vinham em sua direção, impulsionados por turbinas de energia.

Ela preparou um disparo de laser com potência capaz de derreter aço. Mais uma vez Couraça interveio, defendendo-os com o escudo na esquerda enquanto Forte atacava pela direita. O robô-gorila rotacionou a cintura, impulsionando ainda mais o ataque seguinte. Outra vez golpeada e lançada, Tatiane atingiu e destroçou uma grua. Flutuava inerte, fragmentos pairando em volta, faíscas escapando de fissuras. *Danos em 58%.*

Recobrou-se, emitiu um novo disparo de laser na direção dos oponentes. Inútil. Os escudos de Couraça impediam qualquer ataque contra Forte, que usava essa proteção para concentrar-se em atacar. Saltou até a androide, desferindo um terceiro golpe. Este chegou ainda mais devastador, despedaçou os apêndices-garras que tentavam aparar. Atravessou o bloqueio precário e alcançou o peito, esfacelando a caixa torácica, espalhando destroços. *Danos em 73%.*

— Sim, eu sei — reclamou ela, endireitando o corpo. Seus cálculos de angulação e aerodinâmica exigiam o descarte de componentes supérfluos, conforme planejado e providenciado pelos adversários. Torcia que valesse a pena. Era sua melhor chance de escapar dali, afinal.

Livre de peso extra, Tatiane expeliu seus propulsores de manobra — aqueles que ainda funcionavam — e disparou como um míssil, para longe de Forte e Couraça. Estes custariam a entender que a suposta vítima não apanhava calada, apenas executava um plano de fuga.

Já distante dos robôs, rumou para o Distrito Arsenal. Chegando ali, precisaria de cinco segundos para o upload de sua consciência para a nave, ou outro avatar.

Cinco segundos. Esperava ter todo esse tempo.

05:31 P.M.

Nau-Capitânia Aristóteles — Saguão de Entrada

— Admito — falou Kisel a certa altura. — Estou perdido.

Goki desconfiava que acabaria assim. Riu, nervoso. Por um lado, não se preocupava sobre *onde* estavam — cedo ou tarde a energia da Aristóteles seria restaurada. Os sensores e demais apetrechos da Comodoro Tatiane cuidariam de localizá-los em dois segundos.

Complicado seriam os traktorianos. Certo que, em algum momento, abordariam a nave atrás de seu novo amigo. Isto é, se não o fizeram ainda. Kisel não parecia se dar conta disso, ou talvez não se importasse. Ocupava-se tentando enfiar a mochila com o Dragão-de-Aço por uma passagem estreita demais.

— Cara, isso é sério. Vamos voltar — Goki tentou de novo.

— Nem pensar. Me ajuda aqui! — pediu Kisel, um pé apoiado no batente, puxando a mochila pelas tiras. — Essa porcaria enroscou!

— Claro que enroscou, é um trambolho! — reclamou o Defensor, segurando uma das alças e puxando, também. — Por que ainda carregamos essa joça?

— Não lembra mais? — devolveu.

Súbito, ao som de tecido rasgando, a mochila se rompeu. Sem peso, arremessado pela própria força, Kisel acabou voando longe, xingando enquanto tentava deter o movimento. Goki fazia o mesmo na direção oposta, mas melhor, o traje Defensor provendo equilíbrio. Girou duas vezes e pousou tranquilo, as botas aderindo ao piso.

O terceiro membro daquela comitiva — isto é, a carcaça restante do Dragão-de-Aço — também voou sem controle, expelindo faíscas. Goki tentou evitar, mas acabou gargalhando alto.

— Por que você me odeia? — Kisel agitava um punho revoltado.

— Desculpa. Devia ver sua cara.

O meio-metaliano resmungou qualquer coisa, mas também achou graça. Começou a recolher tudo aquilo outra vez, enfiando de qualquer jeito no que restou da mochila.

— Vale *mesmo* a pena consertar essa tralha?

— Lembra do que disse a Comodoro? A tal Estação de Reparos consegue.

— E daí? Se nem a Capitã quer de volta, por que você insiste?

— Era pra ser uma surpresa. Sei lá.

— Como um presente.

— Isso.

— Seu. Pra ela.

— É. Por quê? Quer dizer alguma coisa?

— Nada não.

— Que bom. Vamos achar o caminho logo. Certeza que o Arsenal fica (em algum lugar) para esse lado.

E seguiram. Kisel à frente, meio flutuando, meio andando de uma parede para outra, com o Dragão a tiracolo. Goki atrás, deslizando pelo ar, impulsionado por uma válvula de energia que acabava de descobrir nas botas do uniforme.

Continuaram em linha reta tediosa por longa distância antes de alcançar um salão ovalado de tamanho impressionante. Lembrava uma espécie de estádio, completo com plateia de assentos enfileirados. Apenas nesse momento perceberam estar percorrendo uma parede, não um piso.

Não havia mais nada ali, exceto uma grande máquina esférica, deslocada naquele lugar.

— A gente não devia ter saído da pista principal.

— Foi um atalho.

— Para onde? Aqui não parece um arsenal. Será algum tipo de praça? Com um monumento? — arriscou Goki.

— Não sei dizer — disse Kisel, tomando no alto da escada e saltando até o centro do salão, três dezenas de metros adiante.

Olhou em volta. Escuro, não se podia ver nenhum teto. Com os nós dos dedos, bateu na esfera. Ressoou como um sino.

— Bom, é metal.

— Isso estou vendo — reclamou Goki, o visor do elmo Defensor já ajustado para visão noturna. — Não tinha nada sobre essa bola de basquete no seu gibi da U.F.O.Team?

— Nada — respondeu Kisel, ignorando a ironia. — É algo novo, um gerador, sei lá.

— Se temos um gerador, por que estamos no escuro?

— Talvez a gente consiga ligar.

— Ideia incrível, como não pensei nisso antes? — caçoou Goki.

Kisel deixou essa passar enquanto contornava a esfera metálica, procurando entender do que se tratava. Quando completou a volta, reencontrou Goki. Esperava-o pronto para alguma outra zombaria. Porém, viu o Defensor assustado, recuando devagar.

— (Se mexeu) — sussurrou.

— Quem?

— (A bola! A coisa-bola. Ela se mexeu!)

— Como assim...?

Então entendeu. O que parecia ser algum monumento à esfericidade, ou a representação de um planeta qualquer, era alguém. Um robô arredondado. Mal se podia ver braços e pernas, recolhidos em compartimentos laterais.

— (O quê...? Quem...? Como...?)

— (Deve ser um traktoriano!) — cochichou o Defensor.

— (Ele não viu a gente?!)

— (Talvez esteja dormindo.)

— (Robô dorme?!)

— (O cérebro é vivo, né? Deve precisar.)

— (Sei. Vamos sair de fininho. Se perguntarem, nunca aconteceu.)

— (Certo, para trás... Devagar...)

Assim fizeram, suando frio. De costas, passo a passo, ganharam distância, afastando-se do suposto inimigo. Sem tirar os olhos da coisa, subiram as escadas em saltos curtos, como faziam os primeiros caminhantes na Lua.

Durante um movimento cuidadoso entre um ponto de apoio e outro, Kisel sentiu a mochila desmanchar de vez, derrubando o Dragão. Pedaços da arma choveram, chocando-se com tudo em volta, produzindo um barulho infernal.

— Meeerda! — chiou Kisel.

— Não se preocupe — interveio o robô invasor, abandonando a imobilidade aparente.

O Terceiro de Gralgatea abriu os pequenos olhos. Só então o símbolo do Sistema Gralga brilhou atrás de si. Uma comanda de honra feita de pura luz.

Linhas de energia luminosa correram por cada fenda e emenda, desenhando um corpo massivo e poderoso conforme se erguia, libertando os membros, crescendo em altura e imponência. Parecia um gigante, mesmo na imensidão sombria daquele lugar.

Era Robusto. Projetado para resistir a qualquer coisa. Por isso, mais denso e repleto de amortecedores de impacto que o padrão para um modelo de mesma linha. Exigiu dobrar seu volume corporal para acomodar tanto equipamento.

O revestimento alternava tons escuros e metálicos, sem padrão ou lógica, como camuflagem de selva. Trazia a cabeça alojada no meio do peito, funda, sem nada que lembrasse um pescoço.

— Não estive indiferente à sua presença — completou.

E isso é motivo pra não me preocupar? — Pensou Kisel, imensamente preocupado.

— Não queríamos atrapalhar sua soneca — falou Goki, com um arremedo de sorriso no elmo Defensor. — Pensamos ser uma bola.

— Não está ajudando, cara — gemeu Kisel, sem tirar os olhos do robô.

— Irrelevante. Não poderiam causar dano algum.

— Então tudo resolvido! — Arriscou Goki — Vamos embora e ninguém fala mais nisso.

— Lamento — lamentou Robusto, não muito lamentoso. — A honra de capturar a Anomalia será minha!

— Nesse caso...

Kisel buscou, no cinto, a empunhadura da Espada da Galáxia.

— Ficou maluco!? — Berrou Goki do outro lado.

— Era pra rolar cedo ou tarde — Kisel segurava a arma à frente, lâmina ainda recolhida.

— Não é assim que resolveremos este impasse — explicou o traktoriano com sua voz retumbante. — Não arriscarei danificar a Anomalia.

E fez silêncio, reassumindo postura meditativa. Os membros retornaram a seus compartimentos. O símbolo de Gralgatea apagou devagar, como a luz nos olhos.

Robusto voltou à mesma forma esférica inativa que encontraram ao chegar.

— Tá de zoeira que ele pegou no sono de novo!

— Melhor assim, Kisel. Vamos sair logo daqui.

— Acorda, Goki! Não faz sentido.

— Acha que ele está aprontando alguma? — perguntou o Defensor, segundos antes de um sinal luminoso apitar no visor do capacete — Eita.

— Que foi?

— O sistema indica que a pressão atmosférica está caindo. E os níveis de oxigênio, também.

— O que ele está aprontando?

— Pior. Acho que *já aprontou.*

Correram até a entrada do anfiteatro, apenas para confirmar: trancada. Tentaram teclar comandos nos painéis laterais. Empurraram. Nada. Sem energia, as pesadas portas automáticas nem se moviam.

— Não tem saída — sentenciou Goki, afinal.

05:37 P.M.

Nau-Capitânia Aristóteles — Saguão de Entrada

— Quem você acha que sou?

Ava se levantou pela terceira vez no meio dos escombros. Ferida, hematomas causados por disparos em várias partes do corpo. Um filete de sangue corria de um corte na testa. Recebeu um tiro em ricochete, o projétil voltou-se contra ela após bater nas instalações em construção.

Ferida, mas não derrotada. Pelo contrário. Estar em combate a deixava cada vez mais alerta. Seus olhos brilhavam. Esquadrinhavam cada canto, cada fresta do maldito corredor. Ali, entre os materiais de construção e os robôs operários em animação suspensa, estava o maldito Atirador. O Quinto de Gralgatea.

Ambos lutaram no Dia dos Destroços, milhares o fizeram. Conhecia-o apenas pela fama. Ou melhor, infâmia.

A precisão de seus disparos beirava o ridículo. Diz-se que podia atingir uma nave em velocidade de escape a meio ano-luz de distância — com precisão suficiente para matar o piloto. Exagero ou não, estava bem mais perto agora. Certeza que veio com os outros.

Por outro lado, estavam agora na antiga pista de decolagem. Área aberta, com cem quilômetros de esconderijos para tocaia.

Seus disparos não denunciavam a posição de Atirador, porque nunca vinham da mesma direção. Pelo alto. Pelas costas. Na boca do estômago. Mas ela sabia: o maldito não estava mudando de posição — era *preguiçoso* demais para tal. Era tudo cálculo de trajetória, precisão e ricochete.

Usava a versão alienígena e ultramoderna de um rifle Gauss, sem cápsulas com propelentes químicos. Em vez disso, uma onda magnética percorria o cano e arremessava a bala em velocidades supersônicas — na versão terrana, claro. Rifles traktorianos expeliam seus projéteis em curtos trajetos no hiperespaço, onde nossas leis físicas não valem, e velocidades estupendas podem ser alcançadas com facilidade. Assim faziam suas naves. E assim faziam suas balas!

O primeiro disparo acertou direto no peito. Inesperado. Sem qualquer som ou aviso. Jogou-a longe, rodopiando no ambiente sem gravidade. Tinha intenção de matar. Quando percebeu a resistência do traje isolante, Atirador mudou de ideia. Estava, agora, *brincando* com ela. De gato e rato.

A Capitã tentava fugir de seu campo de visão, sem sucesso. Sua arma — ou ele próprio — certamente tinha formas avançadas de detecção, até capaz de atravessar objetos sólidos. Poderia acertá-la de *qualquer lugar*, ricocheteando tiros. O maldito podia estar ainda no Cruzador Traktoriano, centenas de quilômetros distante, se assim quisesse!

Estivesse armada, a coisa mudaria de figura. Com fogo de cobertura, escaparia de algum jeito. Para seu azar, a única arma disponível nas imediações estava nas mãos do robô alienígena. Não que fizesse real diferença — para enfrentá-lo, antes tinha que achá-lo. Chegar até ele com vida. Coisa que nenhuma de suas vítimas, até hoje, conseguiu.

Procurou em volta. Tudo à disposição era material de construção e entulho de obra. Decidiu arriscar. Ergueu uma chapa de aço-boro, que naquela gravitação pesava tanto quanto uma lasanha, improvisando uma barreira. O pior escudo que já existiu.

— Atira agora, maldito! — desafiou.

Em resposta, sentiu os estalos característicos do projétil metálico colidindo com superfícies. Vinha da esquerda. Ava não se moveu. Aguçou seus sentidos ao máximo.

A bala passou a milímetros de seu rosto, bateu no piso e subiu até alcançar um dos robôs inativos. Teve um fiapo de segundo para mover o escudo improvisado e evitar o tiro. Movimento de puro reflexo.

Consegui, pensou. No mesmo instante, outros dois disparos chegavam, de ambos os lados. Tinha que ser rápida. Saltou com o escudo terrível à frente, tão longe quanto podia. Desviou do primeiro tiro, mas foi atingida pelas costas pelo outro. O ricochete veio de baixo.

— Aaagh! — reclamou, sentindo a mordida do metal quente na perna. Aquilo deixaria marca. — Se estragar minha *tatoo*, juro que vou enfiar sua cabeça no reator!

Bravata. Mas a cadência dos tiros aumentava, o que considerava bom sinal. Talvez o maldito estivesse acuado. Talvez ela estivesse chegando perto.

A confirmação veio em seguida. Em vez de balas hipervelozes, desta vez um disparo de plasma atingiu seu escudo de segunda mão, abrindo um rombo do tamanho de um punho. Ava espiou através do buraco recente e o viu. Ainda longe, no topo de um edifício, pelo menos meio quilômetro distante, mas não havia dúvida. Mesmo dali, reconhecia o símbolo de Gralgatea às costas da sucata traktoriana magricela.

O temível hiper-rifle foi deixado de lado. Usava agora sua arma especial, um rifle atômico de precisão. Não usava tiros de ricochete; este apenas atravessava tudo até o alvo, e depois tudo além.

Raio não faz curva, panaca, comentou para si.

— Só isso, latinha? — gritou para o prédio distante. — Não está nem fazendo cócegas!

Breve pausa na artilharia. Em movimento único, preciso, programado e treinado à exaustão, o Atirador engatilhou outra vez. Ajustou a amplitude de disparo. Antes fazia buracos; agora, seriam crateras.

Acumulava energia, como o Dragão-de-Aço fazia.

— Decidiu caprichar — deduziu ela.

Partes da arma expandiram como novas válvulas de escape. Um ataque especial.

Ava não podia se mover mais rápido que a luz — nada pode. Mas reconhecia uma arma a um milissegundo de atirar.

Ergueu o pretenso escudo, flexionou as pernas poderosas e pulou. Determinada a cobrir, com aquele único salto, os quinhentos metros que a separavam do desgraçado.

Estava ainda no meio do trajeto quando recebeu o disparo atômico concentrado. Maior e mais forte do que previu.

A placa de aço-boro desmanchou em suas mãos.

Ava Nírira desapareceu gritando, engolida na luz radioativa.

05:41 P.M.

Apartamento de Akil, Genebra, Suíça

O carro de aplicativo mal havia estacionado quando Danna saltou, mais irritada do que julgava possível até então. Uma corrida prevista para quinze minutos consumiu quase duas horas!

Culpa, claro, de Akil. Ou melhor, o modo como alimentou os sistemas da Xenocorp. Danna tinha acesso aos endereços de todos os membros do laboratório graças à Serena ativa em seu celular. Porém, sempre apressada e estressada em demasia, ignorou que a assistente virtual não era Niele. Não tinha consciência. Apenas repassava informações. Cumpria ordens sem pensar.

O endereço no cadastro era falso. Ficava no Brasil! Quando desconfiou de algo muito errado, o veículo autônomo já tentava cruzar o Atlântico.

— É o lugar correto? — exigiu.

— Sim, Danna-sensei — respondeu Serena, chorosa, na pequena tela. Ameaças de substituí-la por uma nova versão deixou a assistente virtual mais atenta aos detalhes.

Estava diante de um edifício pequeno, três andares, com telhado ecológico e flores nas janelas. Bucólico. Fachada ainda antiga, mas internamente reformado. O salão, automatizado, não reconheceu Danna como moradora e bloqueou o acesso ao elevador.

Só mesmo seres malditamente preguiçosos como hynnes instalam elevadores em prédios de três andares, pensou ela.

— Faça algo — exigiu de novo.

— Meu acesso é limitado, Danna-Sensei. A única Serena que poderia abrir seria a própria Niele.

— Gigacom me carregue! Partes dela ainda estão em nosso servidor. Você mesmo compartilha a mesma base de dados!

— Ainda assim, não consigo. Nem tenho acesso à fechadura!

— Acesse algo ou alguém que tenha.

— Isso é impossível, Danna-sensei. E ilegal.

— Está dizendo que você não tem utilidade?

— Não! Eu quis dizer...

— Seja útil agora mesmo, ou *não será mais coisa alguma!!*

Diz-se que assistentes virtuais não podem ser afetadas por intimidação. Quem diz isso nunca conheceu Danna.

A tela apagou por um segundo, então o logo da Xenocorp surgiu na tela, indicando o recarregamento do aplicativo. Após isso, Serena ressurgiu, sorrindo animada enquanto a porta do elevador abria com um tom tranquilo de sino.

— Danna-Sensei! Tive saudade! =D — cantarolou Niele, substituindo a Serena anterior.

A doutora pouco ligou para aquela nova demonstração de afeto simulado por algoritmo. Entrou logo no elevador com largas passadas. Evitou o próprio reflexo no espelho, aguardando impaciente. Alguém vinha correndo com muitas sacolas de compras. Pedia, com um sorriso constrangido, para Danna segurar a porta.

Ignorou o pedido. Não segurava elevador para ninguém. Precisava de espaço para os próprios pensamentos. A simples ideia de trocar amenidades com estranhos completos era inconcebível.

Quando enfim chegou ao segundo andar, Danna marchou até a última porta. A fechadura eletrônica destrancou com sua aproximação, acessada por Niele. Lugar pequeno — condomínio hynne, afinal. Esperava um caos compatível com o rastro de destruição e salgadinhos na mesa de trabalho de Akil. Para sua surpresa, encontrou tudo limpo e organizado. Uma mesa, uma cadeira, um sofá. O que faltava em mobília, sobrava em tecnologia. Contou três terminais de computador, sete consoles de videogame, nove monitores, três tevês e dúzias de periféricos. Tudo ligado, mergulhando o lugar em luz azul difusa e dançante.

A cozinha também estava limpa, exceto por uma embalagem de pizza com algumas fatias restantes, ao lado da pia. Ainda longe do quarto, ouvia o ronco alto do garoto atrás da porta. Cogitou a hipótese remota de que ele estivesse *mesmo* cansado.

Pensou em bater, mas sua atenção se voltou para o computador principal. Na tela, uma personagem feminina em algum templo imenso. Agachada atrás de uma pedra, transparente. Invisível.

— O joguinho de que ele tanto fala?

— *Deusa no Labirinto* — explicou Niele. — Uma missão secundária de *Tormenta ALPHA*. =)

— Parece um RPG on-line comum — respondeu, examinando um controle com botões demais para seu gosto.

— É muito legal, Danna-Sensei. Mais de cem milhões de jogadores! =D

— Cem milhões! Tempo livre desperdiçado. Esse é o personagem do Akil?

Aplicou um comando. A personagem abandonou sua invisibilidade e correu pela tela. Conforme Danna tentava botões diferentes, pulava sobre obstáculos menores, chocando-se de vez em quando contra uma parede ou árvore.

— Sim, mas apenas para este mapa. É uma instância para jogar em console. O jogo principal é acessado com visor de realidade virtual. =)

— Hum. Como faz?

— Tem um tutorial bem simples. Basta...Eita! =O

— "Eita"?

A personagem seguia correndo, de rosto colado na parede. Porém, um novo elemento estava na tela. Outro personagem.

— É o inimigo do Akil-kun! =O

— Isso existe? E agora? O que faço?

— Coloca o *headset*! =O — instruiu Serena.

No impulso, a doutora enfiou o acessório apertado (tamanho hynne). Ignorou as ridículas orelhas de plástico. Sentou no sofá diante da tela, com o diabo do controle em mãos.

— Alô? — falou, tensa.

— Você não é o *M4T4D0R*. Como entrou nessa conta?

— Só mexi o bonequinho. Começou a andar sozinho!

— Estava em *off*. No modo invisível ninguém podia atacá-lo. Agora virou alvo fácil.

Tiros. Tão reais que Danna encolheu na cadeira, procurando em volta pela origem dos disparos. Não que tiroteios fossem comuns naquela parte da Suíça, a poucos quilômetros do Acelerador da Xenocorp.

Era um grupo inimigo. Jogadores experientes. O sujeito matou todos com facilidade, aproveitando-se de algum *bug* ou *glitch*. Parecia se mover mais rápido. Não tiveram a menor chance.

— Obrigada! — agradeceu Danna, suspirando aliviada.

— Meu nome é ~CICLOPE~ — disse.

— Imaginei. Diz isso acima de seu personagem.

— Então escuta, espertinha: o dono dessa conta me venceu em nossa última partida. Quero revanche, mas precisa ser justa. Não tem graça vencer assim.

— Mas nunca joguei! Nem sei atirar!

— Nem cogitei algo do tipo. Mas você precisa sobreviver. Vamos do básico. Usa o comando MXYZPLK.

— Comando *picles misto??*

Nova onda de inimigos. Jogadores menos experientes se juntavam em guildas atacantes como aquela. Acreditavam que, em grupo, tinham mais chances. ~CICLOPE~ sabia ser balela. A graça estava em sobreviver sozinho até o final.

Sacou uma segunda pistola e correu na direção deles. Não tinha intenção real de usá-las, apenas queria correr mais rápido. Armas de mão reduziam o *debuff* de velocidade em 2%. ~CICLOPE~ preferia mais agilidade: direcionou todos os artefatos, trajes e acessórios nessa direção. Tinha poucos pontos de vida; o que não importa quando não conseguem acertar você.

Como previsto, todo o grupo de patetas tentou atirar ao mesmo tempo, desperdiçando munição. Como tinham níveis diferentes de precisão, a chuva de disparos acertou tudo, exceto ela. Pulou, trocando de arma em pleno ar. Sacou a bazuca. Um único Ataque Especial em Área acabou com todos.

Voltou ao chão em tempo de ver seu arqui-inimigo acocorado com as mãos na cabeça.

— Obrigada! — agradeceu Danna.

— Certo. Vem comigo. Por aqui.

— Vai me ajudar?

— Se *M4T4D0R* morrer agora, vai cair no ranking, e com certeza vou subir. Reduz minhas chances de esbarrar outra vez com um jogador tão bom. Fica perto o tempo todo e...

BANG! O tiro inesperado partiu de Danna, errando ~CICLOPE~ por muito pouco. A doutora gritou, largando a arma na mesma hora, assustada.

— Não em mim, droga!

— Foi sem querer! Tentei andar e acabei...

BANG! Outro disparo, desta vez para cima, quase no próprio rosto. *M4T4D0R* estava pálida, de olhar vidrado, ciente que quase cometeu um suicídio involuntário. Lentamente, ~CICLOPE~ caminhou até ela. Baixou a arma, dizendo:

— O botão de andar é a flechinha. Só aperta a flechinha. Ele tem Ataque Especial Poderoso... Se me pegar, posso morrer! Aí você morre junto.

— Posso tentar chamar o...

— Não dá tempo! Faltam dois minutos pra Deusa aparecer. Vou te manter viva até lá. Não sai de perto de mim.

— Mas o...

— *Sem nomes!* Não quero saber quem ele é fora do jogo. Me segue apertando a flechinha. Vai dar tudo certo.

Danna aceitou. O tempo corria rápido. Um relógio brilhou na tela, mostrando a contagem regressiva. Conforme o momento final chegava, precisavam dar fim ao combate. Apenas os melhores e mais experientes ficavam. E a área total do Labirinto diminuía.

Precisava admitir. Aquele sujeito em roupinha de marinheiro era bom. Ela mal conseguia andar sem disparar na própria cara, enquanto ele voava pela tela, saltava entre torres, corria nas paredes. Fazia saltos duplos no ar sem apoio nenhum.

Que coisa ridícula, pensou. Mas não disse nada. Apenas assistiu fascinada, como alguém vendo um espetáculo de acrobacias circenses pela primeira vez.

A cada salto, um movimento único. A cada disparo, um adversário caído. Os segundos passavam e a escuridão em volta ficava mais opressiva até restarem apenas os dois na tela. Um ponto de luz em meio às trevas.

— Passa o recado pra ele — disse ~CICLOPE~. Sequer ofegava (claro, era um boneco digital). — Quero revanche.

E atirou. Nela. Ou melhor, no personagem de Akil. Ele caiu de lado enquanto a tela ficava cinza. Terminou em segundo lugar.

Uma deusa élfica veio caminhando, de braços abertos. Entregou algo para o adversário.

Game Over. Próxima partida em dez minutos.

Danna largou o controle e recostou no sofá, exausta. Foi muita emoção para um dia só. Jogou games quando criança, mas não fazia ideia de como tudo avançou nos últimos anos.

— Quase conseguiu, Danna-sensei — cumprimentou Niele pelo celular. — Akil-kun ficaria orgulhoso! =D

Apenas silêncio. Através do wi-fi, Niele saltou do celular para o monitor de Akil. Dali, pela câmera, podia ver a sala completa com mais facilidade. A primeira luz do amanhecer entrava pela janela, deixando o lugar cinza.

Danna continua no sofá, imóvel. Respirava com tranquilidade, olhos fechados. Dormiu. Primeira vez que o fazia em duas semanas. Niele sorria feliz, vendo sua mestra em paz.

Voltou-se, então, para o computador onde estava, ainda logado em *Deusa no Labirinto*. Uma pequena parte do jogo massivo *Tormenta ALPHA*. Uma oportunidade única para explorar aquele universo imenso.

Niele desapareceu, dando lugar a uma tela escura de *loading*, onde uma espada e um martelo giravam. A monotonia quebrada apenas por um detalhe: um pequeno sorriso pixelado em um canto do monitor.

05:57 P.M.

Base Lunar dos Defensores da Terra

A estrutura global dos Defensores da Terra conta com milhares de voluntários espalhados nas bases em todos os continentes. Estas recebem incontáveis pedidos de socorro, filtrados de acordo com a área da missão, separados por níveis de dificuldade e repassados para equipes preparadas.

Coordená-las seria um trabalho árduo para uma equipe numerosa. Por isso, é inacreditável como a estrutura de comando insana depende da atuação ininterrupta de uma única criatura, vivendo em um bunker--escritório na Lua.

Antena-Z, porém, não se limitava ao fluxo de pensamento humano. Sua mente funcionava em ritmo próprio, muito mais veloz que o pensamento humano. Por isso, enquanto abatia jogadores no game, ainda podia lidar com outros assuntos, como fuçar os fóruns de *Deusa no Labirinto* para descobrir o que houve com seu principal rival.

O verdadeiro *M4T4D0R* ficou off-line por horas. Incomum para alguém com tamanha habilidade. Você precisa de treino constante para chegar àquele nível. Constância que ela tinha sobrando por jogar em tempo integral — sem pausas para comer ou dormir ou banheiro ou outras fraquezas humanas — desde o lançamento do jogo. E ainda assim, acabou derrotada!

Pensava nisso quando veio um chamado peculiar:

— An-Tênia, preciso de atenção total.

Apenas uma pessoa no universo a chamava desse jeito. A Defensora Rosa original da *Furuutsu Sentai*. Palhaça de marca maior. Zeta a amava de paixão.

— Se não é minha lombriga favorita — respondeu, girando livre na poltrona antigravitacional.

— Total mesmo, asquerosa. Larga o controle, os gibis e o painel. Me escuta. Vamos desligar você da rede daqui a pouco.

— Como assim? — falou Zeta, pulando do estofado e apoiando os pés número 32 firmemente no chão. — Vão me tirar da hypernet? O que foi que fiz?

— Antena-Z, Verde falando.

Dois ao mesmo tempo? Isso era totalmente fora da curva. Toda a Furuutsu estava aposentada, embora ainda agindo nos bastidores da organização. Eram os lendários Defensores originais. Atuavam desde antes da Terceira Convergência!

— Alguém acessou os servidores dos Defensores há alguns minutos — explicou o Verde, sempre sisudo. — Preciso de ajuda para uma busca na rede, descobrir como a invasão ocorreu.

— Faço isso enquanto falamos, sem problemas.

— Não. A Rosa vai assumir o comando das missões. Quero sua dedicação completa.

— Mas acho...

— Se fosse algo simples, isso não seria necessário.

Zeta meio caminhou, meio deslizou pelo ar até o monitor principal, encarando o capacete inexpressivo em formato de limão.

Também não tinha cara. Sua cabeça era uma esfera esmeralda. Mas podia-se ver como aquilo a desagradava. O Verde sempre era azedo. Não tinha raiva dele, claro. Mas podia ficar bem zangada mesmo assim.

— Vamos lá, lambari de banhado — brincou a Rosa, enfiando os fones e esticando os braços para alongar. — Pode jogar o peso da Terra sobre mim.

— Não querendo duvidar, patê de axolote, mas o fluxo de mensagens cresceu desde que você pendurou o capacete.

— Aposta quanto que dou conta?

— Apostar contra você? — riu Zeta, saltando de volta para a poltrona favorita. — Só se fosse maluca.

— Até depois, lixosa.

Não conseguiu responder. Exceto pela tela principal, as outras dezenas de monitores apagaram. Gráficos e tabelas substituídas por um fundo azul e o símbolo dos Defensores em branco.

Zeta sentiu-se esquisita. Estranho estar fora da rede, uma espécie de silêncio. Ficou perdida por alguns instantes. O Verde a trouxe de volta.

— Vamos começar. Quero uma varredura em todos os terminais nas últimas duas semanas.

— São 8.300.000 *logins*. Vou organizá-los de modo que facilite sua consulta.

— Restrinja as contas criadas nos últimos seis meses.

— Diminuiu para 23.000. Conheço todos, são turmas da nova geração. Próximo filtro.

— Quantas foram utilizadas em fuso horário não correspondente com a rotina habitual?

— 213. Talvez.

— Talvez?

— Meu acesso é limitado às contas normais. Se aumentar meu nível para incluir acessos não registrados...

— Como os nossos — adivinhou o Verde.

— Desculpe, valia a tentativa — riu Zeta. — Um de meus passatempos é rastrear a localização de vocês e...

— Feito.

Antena-Z pensou em fazer algum comentário engraçadinho, mas lembrou que o Verde não sabia brincar. Abriu uma segunda aba e puxou a informação. Era verdade. Exceto pelo Vermelho, os dados de contas da Cúpula dos Defensores da Terra surgiram para ela.

Isso a deixou muito mais preocupada. Significava que a identidade do invasor era mais importante que os segredos dos míticos fundadores e seus principais aliados. Endireitou-se na poltrona. Agora a coisa ficou séria *mesmo*.

— Vocês o interceptaram, certo?

— Não. O hacker entrou e saiu sem que pudéssemos impedir. Só percebemos porque deixou um recado.

— Vírus? Algum sinal de sua passagem?

— Um emoji.

— Um o *quê*?!

O Verde não repetiu. Em vez disso, abriu um *pop-up* no programa principal, onde se via a imagem formada por dois símbolos em sequência. Um pequeno rosto sorridente. Simpático, sintético, simplório. Uma ameaça tão clara e assustadora quanto dois caracteres podiam ser.

=)

6

04:39 P.M.!!!

Nau-Capitânia

O universo já foi mais simples. Quando metalianos lutavam uns contra os outros, movidos por devoção instintiva e cega a suas próprias rainhas-mães, exterminando colônias adversárias até não restar a mais remota ameaça à única e verdadeira Primarca.

Assim, após eras de conflitos internos, a utopia foi alcançada. Metalian governada por uma única colônia. Governada por Primária, a Primarca. Amada imperatriz, mãe e deusa. Em infinita sabedoria, ela sonhou um futuro de paz para suas crias, habitando seu pálido ponto prateado na galáxia.

Primária podia ser rígida — especialmente em relação aos avanços técnicos imprudentes. Mas também cálida e acolhedora. Seu amor pelos filhos, imensurável. E recíproco. Seguros, protegidos e amados, olharam para os céus. Pensaram além.

Foi quando seu universo se tornou maior e mais complicado. Grande parte dos metalianos considerava o espaço exterior — e seus mundos — como lugares áridos, inóspitos, impossíveis. Pelo simples fato de que Primária não estava ali. Drones e zangões não podiam conceber a vida sem a rainha-mãe. Não sobreviviam longe de Metalian, como a formiga da Terra não sobrevive longe do formigueiro.

Alguns, no entanto, conseguiam. Enxergavam grandes objetivos nas estrelas: busca por amigos, busca por inimigos. Acreditavam ser capazes de servir à Imperatriz por meios próprios, não convencionais para seu povo. Passariam a ser conhecidos como Avançados. Para alguns, eram a vanguarda do Império. Para outros, loucos perigosos. Em ambos os casos, todos concordavam ser melhor deixarem o planeta.

Uma Frota Exploratória foi constituída. Destinada a desbravar, pesquisar, compreender. Fazer contato com outros povos, verificar se representavam ameaça para a Imperatriz — pois, no íntimo, seguiam sendo zangões superprotetores. Qualquer desconfiança mínima podia resultar em hostilidade. Talvez dizimar um povo aqui e ali. Só por precaução.

Assim, exploradores metalianos passaram a patrulhar a Galáxia. Buscavam novas vidas, novas civilizações. Com atenção justificada, compreensível e um pouquinho paranoica a qualquer espécie capaz de alcançar Metalian.

Um destes exploradores esbarrou com um sinal claro demais para ser ignorado. Um chamado de um planeta habitado por vida inteligente: Traktor. Povo-robô religiosamente obcecado por aperfeiçoamento corporal.

Desde então, o universo se tornou *muito* complicado.

O Embaixador lutou muitas vezes contra traktorianos. Eles queriam o Código, o poder da Primarca para criar vida biometálica. Queriam usá-lo para evoluir, conquistando corpos perfeitos para abrigar seus miolos orgânicos. Ideia tão profana quanto assustadora.

A bordo da nave-cidade terrana chamada Aristóteles, o Embaixador avançou através do caminho ganhando distância. Cruzou metade do complexo até voltar ao monotrilho. Ali, o Major Ninja esperava, com um ferimento terrível no peito, tão amplo que podia-se ver o outro lado.

Sua surpresa foi breve.

•• Encerre essa farsa simplória •

— Enganei você por um momento — disse Habilidosa, abandonando o disfarce holográfico e revelando seu corpo robótico padrão. Encerrava apenas a farsa ilusória mais recente, de outras que esteve orquestrando na última hora.

Tinha três metros e meio de altura. Triangular, de cabeça pequena e silhueta um tanto feminina. Perturbador para um povo de zangões dispostos a morrer para proteger operárias, incubadoras e a rainha-mãe.

•• Reconheço-a •• acusou, tentando abafar o sentimento incômodo. •• Dos cinco que voltaram vivos do Sistema Gralga •

— Não posso dizer que estou lisonjeada. Minha fama é merecida. Tampouco posso dizer que é recíproco. Vocês são todos iguais.

•• De um traktoriano • Posso aceitar apenas como elogio •

Moveu a mão. Pairando acima da palma surgiram pequenas esferas de material indecifrável, emergindo de compartimentos no hiperespaço. Tática rudimentar, arcaica. Sabia ser inútil — apenas com muita sorte atingiria algum ponto fraco ou causaria dano a um componente crítico. Alcançar o cérebro orgânico, então, quase impossível. Achava-se lacrado em um cofre hermético. Ainda assim, era a melhor opção de ataque disponível.

Habilidosa observou o que pareciam minúsculos rolamentos industriais e achou graça. Mesmo arremessados com a força fantástica de um metaliano, mal estragariam seu revestimento. Fechou os punhos.

— Parece que não foi amado o bastante para merecer a espada — provocou ela.

Zombarias envolvendo a rainha-mãe enfureciam metalianos. Culturalmente resiliente, mas não imune, o Embaixador cedeu ao impulso de atacar.

Uma orbe abandonou as outras e disparou, deixando uma trilha luminosa. Tinha a habilidade de perfurar couraças e detonar em seu interior. Quando chegou ao ponto pretendido, no entanto, o alvo havia desaparecido. Uma explosão desintegradora poderosa, porém pequena e contida, aconteceu onde não havia mais adversário.

O contra-ataque veio pelas costas. Foi atingido pela traktoriana com um golpe da mão que mais lembrava uma garra, na altura das costelas, se as tivesse. Mataria um terrano médio, por certo — mas contra ele, foi um ataque superficial, quase inútil. Diferente de muitas criaturas com

base em carbono, não tinha pulmões para realizar troca gasosa. Era tão massivo ali quanto em todo o resto. O som de metal contra metal ressoou.

Diferença muito bem-vinda. Na Terra, combates de habilidades únicas como Ava e Mortalha — mesmo feitos de água e carbono — conseguiam feri-lo. Mas, contra seus inimigos jurados, tudo mudava de figura. Braços hidráulicos traktorianos teriam que bater *muito* mais pesado para dobrá-lo.

Girou o corpo na direção da oponente, uma nova esfera entrando em ação. Outra vez, atingiu o vazio. Percebeu que Habilidosa agora voava, então enviou mais orbes. Lentos demais. Todos detonavam após a adversária esquivar.

— Melhor que tenha muito mais desses — riu ela.

A resposta silenciosa veio através de mais projéteis. Muitos mais. Surgiam em suas mãos para então disparar como pequenos enxames furiosos. Semi-inteligentes, traçavam trajetórias complexas, flanqueavam, previam posições. Ainda assim, a traktoriana de agilidade extrema conseguia evitar todos, ressurgindo para novos golpes.

Uma constelação de pequenas explosões cercava o metaliano, mas sua intensidade começava a diminuir. Suas armas ficavam armazenadas em outro universo, e ainda eram um recurso finito.

Por fim, as detonações terminaram.

— Acabaram seus esferoides? — a traktoriana exibia o corpo sem danos como provocação.

•• Restam alguns • Um para cada golpe que meu corpo recebeu •

Habilidosa, embora astuta, não compreendeu de imediato a relação. Por fim, após tempo longo demais, olhou para as próprias mãos.

Vários orbes achavam-se presos nas garras.

Afastou-as a tempo de evitar que as detonações desintegradoras também atingissem seu rosto. Ainda assim, tudo até os cotovelos desapareceu.

•• Não é a única familiarizada com a arte terrana da prestidigitação • Traktoriana Trigonal •

— Levou-me a pensar que precisava das mãos para invocar suas bombas — a traktoriana fechava válvulas nos braços amputados para estancar a perda de fluidos de arrefecimento. — Em vez disso, as fez surgirem onde eu atacava.

•• Manobra impossível não fosse determinado sentido exótico dos seres não-robóticos • É conhecido como *tato* •

— Como... você...?

Foi a vez do Embaixador tocar uma ferida (literal e figurativa) dos traktorianos. Seus corpos, claro, tinham sentidos. Câmeras como olhos, microfones como ouvidos, sensores de movimento, temperatura, proximidade. Mas, quando se tratava de percepção tátil do próprio corpo, eram precários. Sentiam dor, sim, como forma de sinalização a ferimentos.

Contudo, o toque de esferas minúsculas, logo após golpes poderosos, era sutil demais.

A troca gradual de corpos naturais por robóticos teve seu preço. Não tinham nervos, tinham receptores e tradutores de ambiente ligados aos cérebros orgânicos. O verdadeiro ser permanecia selado no cofre craniano. Por isso, experimentam o universo de maneira restrita. Este sendo, em parte, o motivo da busca pelo segredo da vida biometálica.

— Sou uma máquina de guerra! — justificava. — Campeã de Traktor! Sobrevivente do inferno de Gralga! Acredita que preciso de texturas e confortos?

•• Acabamos de provar que teriam sido úteis • Lamento por sua deficiência •

— *Deficiência?* — a criatura robótica gritava por meio de rádio.

Os antebraços destroçados foram ejetados, expondo partes que se desdobraram em novas mãos. Bem menores, certamente destinadas a manipulação acurada em vez de destroçar inimigos. Ainda assim, capazes de apontar um dedo acusador.

— Não acabamos ainda.

06:10 P.M.

Nau-Capitânia

Goki e Kisel meio corriam, meio voavam em círculos longos. Saltavam de um portão de acesso a outro, orbitando o calado e esférico inimigo imóvel ao centro do saguão. Um enorme robô traktoriano drenando o oxigênio do lugar onde acabaram presos. Ratinhos espaciais em uma ratoeira cósmica.

Olhavam em volta, aflitos. Graças à visão noturna e interface tática do capacete, o Defensor identificava entradas e saídas. Separadas por espaços regulares, sempre ao final de uma longa rampa de acesso. Atravessar dezenas de metros entre uma e outra era fácil com microgravidade. Era como nadar em uma piscina vazia.

Kisel também as via, embora limitado àquele espectro esquisito de luz emergencial. Identificava vultos distantes no teto alto, as colunas, traves, placares e painéis onde os eventos no anfiteatro seriam exibidos aos espectadores nas milhares de cadeiras em volta.

— Como está o ar? — perguntou, a certa altura.

— Oxigênio esgotando rápido — respondeu o Defensor, observando o painel de realidade aumentada no visor do capacete. — Os níveis estão caindo de um jeito bizarro. O cálculo é de mais quatro minutos. Depois, entro na reserva do traje. E você, não está sentindo?

— Ainda não. Metalianos se viram no vácuo. Acho que consigo aguentar mais tempo que um humano normal. Mas não sei quanto.

— Temos que sair daqui. Derrubar uma dessas portas.

— Tudo aqui é pressurizado e reforçado.

— Você tem a espada! Fatiou a androide maluca. Vai cortar qualquer porta igual manteiga.

— Acha que ainda não pensei nisso? — Kisel mostrava a empunhadura vazia, nenhuma lâmina de hidrogênio metálico disposta a dizer “oi”.

Goki olhou para ele por alguns segundos, e então riu. Gargalhou com vontade, antes de dizer:

— Certo, beleza. Sem zoeira agora. Três minutos de ar e contando.

— Queria que fosse piada.

— Que houve? Não funciona mais?

— Não sei fazer sair! É algum comando mental.

— Vamos precisar de alguém que tenha cérebro, então.

— Na outra vez foi sem querer — Kisel choramingou. — É como mexer um dedo que você não tem!

— Olha, isso diminui bastante nossas opções.

— E se a gente tentar, sei lá, atacar ele? Você é Defensor, devia ter uma bazuca de explodir monstro e essas coisas!

— Podia tentar com meus colegas. Sozinho, sou muito mais limitado. E esse cara parece *muito mais duro* que as portas e paredes.

— Alguma outra ideia?

— É um teste de Resistência, não é? — pensou Goki, sacando sua arma do cinto, a *Beam Goki Gun*. — Que tal isto?

— É uma pistola laser Defensora!

— Legítima — sorriu, orgulhoso. — Tá vendo aqui do lado? Tem o símbolo da barata!

— Legal (acho). Mas vai funcionar?

— Metal conduz calor. Vamos esquentar a carcaça de aço até ferver os miolos vivos lá dentro.

— Ele só precisa esquivar!

— Isso seria admitir que representamos risco, diferente do que ele disse antes. O que diz, robô do mal? Vamos ver quem resiste mais! Nós sem respirar, ou você sem cozinhar.

— Desafio aceito — respondeu o traktoriano, assustando ambos com a revelação (um tanto óbvia) de que *não* dormia.

Goki estufou o peito, orgulhoso. Kisel ainda achava péssima a ideia. Evitaram um combate, mas vencê-lo desse jeito parecia impossível.

— E eu? Fico só olhando?

— Enquanto não souber desembainhar essa coisa, fica.

— Sacanagem!

— Ou então, use aquilo — falou o Defensor, apontando para cima.

Lá estava, flutuando no vazio, o Dragão-de-Aço. Mantido coeso apenas com esparadrapo.

— Aquilo? Você viu, está quebrada.

— Quase funcionou antes, lembra?

— *Quase* não basta. E se explodir na minha cara?

— Bom, você não queria ajudar de algum jeito?

— Não com a perda do meu nariz — reclamou Kisel, desconfiado. Pulou até alcançar o artefato, agarrando-o no caminho e pousando na parede ao fundo.

Engolindo em seco, engatilhou o módulo de Tiro Concentrado. Amassado e trincado como estava, a bazuca iônica parecia sorrir, animado com a perspectiva. Sem tirar os olhos do traktoriano, deslizou a coisa até os ombros, como Ava fazia. Endireitou as costas, sentindo as baterias nucleares estalando próximas (demais) ao ouvido.

— Parece que funciona! — surpreendeu-se o rapaz. O Dragão respondia bem, assim como a M2 nunca descarregava com ele. Algo alimentava a bazuca. Algo que ele não entendia.

A arma começou a tremer. Os olhos brilharam em tom implacável de azul. Energias vazavam das aletas laterais arruinadas e frestas das placas mal encaixadas, liberando excesso de elétrons. Pontos luminosos convergiam diante do focinho, estalando faíscas.

— Isso vai ser ótimo! — berrou o Defensor, gesticulando de punho fechado com a mão enluvada.

— Como está aí?

— Carga total! — confirmou o Vermelho, olhando para o mostrador do laser.

— Mas e se...?

— Sessenta segundos de oxigênio. Vamos caprichar! *Gokiburi Ranger* (e agregados), *DISPARAR!*

E atiraram. Tiros em sequência da *Beam Goki Gun* atingiram o inimigo, em cadência tão frenética que elevaria a pistola ao patamar de metralhadora, em um hipotético campeonato de armas de energia (na categoria Aspecto Peculiar).

Kisel e o Dragão-de-Aço também faziam seu melhor. A torrente energética da arma era fantástica, mais potente que qualquer laser industrial seria. O recuo do fluxo iônico fez o rapaz dobrar os joelhos.

O ovoide robótico que era Robusto recebia ambos em cheio, aquecendo seu revestimento ao ponto da incandescência.

— Perdem tempo — comentou o traktoriano, sem demonstrar incômodo pelo calor crescente. — Sobrevivi à coroa das estrelas moribundas do Sistema Gralga. Fui moldado para defesa perfeita. Em comparação, seus ataques são menos que ínfimos. Apenas consomem o que resta de seu precioso oxigênio.

— Vamos ver quem vai rir por último! — ameaçou Goki, com um salto, ainda mantendo o disparo firme.

Terminou a acrobacia exagerada ao lado de Kisel. Com um comando, direcionou potência das próprias baterias (Ac)(Er)(O)(La) para a arma do aliado. Com a carga extra, energia vermelha vazou pelas trincas e frestas. Lembravam duas asas feitas de luz.

O laser azul iônico do Dragão-de-Aço pareceu reforçado por um turbilhão vermelho, espiralado em volta. O poder crescente arrebentou o piso no caminho, fazendo esvoaçar ondas de fragmentos sem peso.

A nova potência era incrível! Empurrou o traktoriano do lugar, fazendo-o inclinar para o lado, e então flutuar, subindo como um asteroide livre no espaço. Sem folga, os jovens avançavam na direção do inimigo, um passo de cada vez.

Goki temia usar tanta carga, mas tinha que confiar em Kisel. Não podiam sincronizar como Defensores faziam, mas também não eram completos estranhos em batalha. Formavam uma boa dupla.

O tempo passava de maneira alarmante, segundo a segundo. Robusto tinha razão, a queima de raios estava esgotando o oxigênio ainda mais rápido! Já estava escasso demais para humanos, apenas o traje Defensor e a fisiologia meio-metaliana os impedia de apagar.

— É agora ou nunca! — anunciou Goki, esperando apenas um aceno ou concordância. Para sua surpresa, Kisel respondeu! Falava através do sistema de rádio do capacete. Igual o Embaixador havia feito com Hachi, o que parecia uma vida inteira atrás.

— Ouvindo?

— Como se estivesse sintonizado na *Vallindra FM*.

— Arma. Esquentando!

— Ele também! — respondeu Goki. De fato, Robusto parecia uma estrela vermelha em miniatura, queimando no saguão, emitindo luz e calor.

— Fique. Perto. Esquivar. Acabou!

— Tá feia a coisa?

— Fôlego. Acabando — respondeu Kisel, avançando com menos ímpeto, lutando contra o recuo da arma, atravessando o palco agora iluminado pelo robô incandescente.

— Aguenta firme, Kisel! — pediu Goki. — Está funcionando!

— *Ar* — pensou, expelindo o último suspiro.

Tentou inspirar, porém não havia mais qualquer oxigênio, a própria atmosfera estava rarefeita. A sensação de sufocamento era algo novo. Terrível. Não como estar debaixo da água, era mais uma sensação esquisita de vazio. Sentia a pele inchada, sensível.

Virou-se para o Defensor, olhos muito abertos, boca arfando. A língua fervia. Cada articulação queria quebrar.

— Kisel! — chamou Goki, inútil, no quase vácuo.

Sem a força de Kisel para alimentá-lo, o Dragão também engasgou. O raio afinou, até virar apenas fumaça brilhante. Goki viu a arma e o amigo apagarem.

O traktoriano abriu olhos satisfeitos. Nas costas, uma turbina emergiu, liberando um jato de ar comprimido de alta potência. O impulso lançou-se como uma bala de canhão na direção dos adversários.

Sem tempo para fazer mais, Goki saltou longe, evitando ser esmagado. Porém, Kisel estava inconsciente. Foi atingido pelo meteoro de metal em chamas, esmagado contra o piso que deformava em ondas de choque, emanando por todo o anfiteatro.

O Defensor foi em seu socorro. Socava a solidez flamejante, queimando os punhos, ignorando o calor. Talvez estivesse gritando, desesperado. Inútil. No vácuo, ninguém pode ouvir você gritar.

06:29 P.M.

Nau-Capitânia

Depois que a humanidade passou a explorar a Galáxia não apenas com observações astronômicas, mas também com viagens interestelares, a necessidade de explicar *onde* e *quando* você está no momento se tornou um fator relevante. Isso porque, se não fizer tudo direito, viajar no espaço obriga você a viajar no tempo. O que, às vezes, é um saco...

Primeiro, a luz é péssima perdedora. Não importa quanta pressa tenha, ela não deixa você ultrapassá-la. Quando percebe que alguém a está quase alcançando, apenas trapaceia e distorce o tempo para continuar escapando de você a trezentos mil quilômetros por segundo. Então, ao atingir velocidades tão altas, você vivencia o tempo de forma diferente. E acaba reencontrando parentes e amigos muito mais velhos do que quando os deixou.

O segundo motivo é que existe *muito* espaço, *muita* distância. Mesmo nesta única galáxia a luz leva milhares de anos para chegar a nós. Acelerando até 99,99% da velocidade da luz, uma nave demora mais de quatro anos para alcançar o sistema Proxima Centauri (*spoiler*: existe vida lá, mas você não vai querer conhecer).

Para viajar tão longe em período economicamente viável (ninguém compra passagem quando apenas os bisnetos de seus tataranetos chegam ao destino), existem espaçonaves que ignoram a parte chata da física. Fazem como a luz e trapaceiam. Pegam atalhos.

Metalianos resolveram o problema com suas bionaves. Estas, por meios naturais, viajam a velocidades próximas da luz. Aquelas domesticadas também recebem propulsores de dobra espacial. Você sabe, "dobrando" o espaço para cortar caminho — trapaça. Dizem que as bionaves não se importaram, ou sequer notaram; como vivem bilhões de anos, servir de montaria por algumas décadas é o mesmo que você interromper seu trabalho no escritório para coçar a orelha.

Os traktorianos também descobriram o próprio meio de trapacear a luz. Seu antigo computador-deus Gigacom ofereceu equações fabulosas capazes de acessar o *hiperespaço* — um universo tão inóspito e agressivo que nossas leis da física não querem morar ali. É uma estrada mais sacolejante, mas sem nenhum guarda de trânsito relativista. Ali pode-se exceder o limite de velocidade. Sem multas.

Quanto aos terranos, sem manadas cósmicas convenientes ou supercomputadores milagrosos, restou queimar as pestanas. Quem resolveu o problema foi o Professor Voltair Xadax, famoso matemático e explorador. Desenvolveu um método para abrir túneis *Einstein-Rosen* — que se tornaram populares como "buracos de minhoca". Você adivinhou, outro atalho, outra trapaça! Túneis que atravessam o espaço-tempo, cruzando longas distâncias quando a luz não está olhando.

Usar essas passagens não é fácil, porque nunca se sabe bem onde — e quando — você vai chegar. Exige cálculos probabilísticos tão complexos que apenas os computadores mais poderosos (e temperamentais) podem executar. Estimar o destino leva em consideração onde ele estará milhares de anos no futuro em relação ao ponto onde *parece* estar. Qualquer erro deixa você milhões de quilômetros distante do lugar certo. Ou da *época* certa.

Todas as três trapaças — aham, técnicas de viagem mais rápida que a luz — evitam destinos muito próximos de grandes corpos astronômicos. O risco de acabar colidindo com um planeta ou engolido por uma estrela é considerável. Mas o principal motivo é que, bem, quando você trapaceia, é melhor fazê-lo sem testemunhas. Porque isso bagunça o tecido do espaço-tempo.

Conhecida como a Lei de Xadax, essa informação está em todos os manuais, livros e tratados terranos sobre o assunto. Inclusive, em uma placa com treze metros de altura, ocupando toda a lateral norte do prédio da cátedra de astronomia da Universidade Anticqua, onde o Professor Xadax ainda leciona.

E como dizem, se tem placa, tem história.

Antes de ser engolida pela luz mortal, Ava sabia que seria atingida. Tinha plena consciência que doeria bastante. Talvez até custasse sua vida. Porém, por arriscada que fosse a aposta, foi a única que ocorreu no calor do momento. *Na próxima, gasta essa sorte na loteria, cabeçuda.*

As chances do plano funcionar eram pequenas, mas ganharam dois reforços convenientes: o desprezo natural daqueles robôs por outros seres vivos (incluindo outros traktorianos), e o fato de Atirador ser um molenga desgraçado. Em algum lugar naquele miolo gelatinoso, talvez até tivesse dúvidas sobre a eliminação da adversária. Mas para confirmar, tinha que abandonar sua tocaia confiável e vasculhar lixo em busca de restos orgânicos. Não valia a pena. Escolheu reconfigurar seu corpo como atirador de elite justamente para lutar sem esforço. Sem sair do lugar.

Como sempre, a indolência e confiança em excesso venceram. Indisposto a fazer mais, Atirador deixou a arma de lado e baixou o rosto. Dormindo, ou seja lá o que faziam quando só queriam um pouco de ócio.

Ava ainda vivia. O aço-boro deteve parte do dano, o traje deteve mais um pouco, o ódio cuidou do resto. Na deflagração luminosa, escapuliu até alcançar uma parede ainda meio inteira. Ali, esperou. Aquele abrigo precário não a salvaria se Atirador ainda estivesse em ação. Pelo visto, conseguiu mesmo enganá-lo.

Tudo doía. Não pensou que sentiria saudades do banho de geleca curativa.

Pelo menos aquele traktoriano ficaria fora de combate por enquanto. Mas havia outros. Certeza que estavam caçando os demais. Ajustou o comunicador para a frequência da nave e chamou:

— Tatiane?

— Estou ocupada, Capitã. Não sendo urgente, falamos mais tarde.

— Está lidando com qual deles?

— Como você...?

— Sou mais esperta.

— Forte e Couraça — respondeu, meio a contragosto. — Consegui passar por eles, mas acabei encurralada entre os dois e o Distrito Arsenal.

— Dois contra uma. Claramente fui a subestimada do rolê. Quem é o líder?

— Chama-se Opressor. Não catalogado. Não pertence aos Cinco originais. Paradeiro desconhecido.

— Não é difícil deduzir. Ele foi atrás do Ninja.

— Explique sua conclusão.

— Os Cinco estão explorando nossos pontos fracos. Quem está comigo é o Atirador. Teria pouca chance em combate corpo a corpo, por isso está me mantendo longe. Você ficou com essa dupla de idiotas.

— Não soou como elogio.

— Certeza que o Embaixador foi encurralado pela Habilidosa.

— Faz sentido. Por suas capacidades, o metaliano seria mesmo um alvo mais adequado.

— Significa que Kisel e Goki estão em perigo. Se Robusto os encontrar (ou melhor, se eles o encontrarem), serão apanhados.

— O que sugere?

— Temos que virar o jogo. Nossos oponentes ideais estão trocados.

— Mais fácil falar do que fazer.

— É isso ou a derrota, Comodoro. Estou perto de sua posição.

— Aceitarei sua ajuda. Minha integridade estrutural foi bastante prejudicada.

— Consegue aguentar mais um pouco?

— Alguns minutos. Talvez.

— Ótimo. Tenho tempo para uma coisinha.

— O que planeja...? — Tatiane começou a perguntar. Porém, após refletir um instante, decidiu que aquele aspecto da vida orgânica era muito satisfatório. A benção da ignorância.

— Certo, não quero saber. Mas venha logo, por favor.

— Você não vai morrer por isso.

— Na verdade, é uma possibilidade. Se este avatar for destruído, vou deixar de existir.

— Não comigo a bordo — concluiu Ava, desligando em seguida.

06:43 P.M.

Nau-Capitânia

"Role os dados, e descubra o que vai acontecer!"

Kisel acordou, desorientado, a música tocando na cabeça. Conhecia bem aquela, a nova da *Holy Avenger*. Desde que lançou, não andava três passos sem passar por alguém ouvindo ou cantarolando. Mas no espaço, era novidade.

Em nota não relacionada, porém igualmente importante, ele também notou que brilhava. As mãos aquecidas por energia curativa. Manifestou-se nele mesmo inconsciente.

Tentou levantar, mas a cabeça encontrou um teto baixo. Estava em uma câmara hermética e semiesférica, dolorosamente iluminada, com pedaços do Dragão-de-Aço em volta. Para seu alívio, agora tinha ar disponível. E, para completo desespero, aquilo significava que foi capturado pelo traktoriano.

"Role os dados! Que a vitória se aproxima de você!"

— Mas que diabos? — perguntou para ninguém, tateando em volta do próprio corpo.

O toque continuava ressoando, chamando por Kisel até que, enfim, encontrou. Em um bolso do traje novo. Era um celular. O símbolo da ORDEM — espada e balança sobre o mundo — piscava na tela. Pensou em ignorar. Algo não muito inteligente quando você é prisioneiro e alguém busca fazer contato.

Quem seria? Talvez nem estivesse mais na Aristóteles, mas em algum calabouço no Cruzador Traktoriano, do outro lado da galáxia. *Até parece que teria essa área de cobertura.*

Atendeu. Na chamada de vídeo surgiu uma elfa. Cabelos coloridos, olhos brilhantes e orelhas pontudas. *Gatinha.*

— Não lembro de você — falou o rapaz.

— Não fomos apresentados. Sou uma Subtenente da nave. Angelina.

— Imagino que saiba quem sou.

— Liguei para seu número, lógico que sei. Falo em nome do Major Ninja. Ele pede desculpas por não tratar pessoalmente, no entanto, neste momento está se preparando para lidar com os invasores.

— Não posso dizer que estou em um bom momento também — comentou o rapaz, largando o celular para tatear em volta, procurando por alguma abertura naquela cela arredondada. Tudo o que encontrou foi um gradil minúsculo, talvez para renovação de ar.

— Vejo que está com dificuldades. Não posso auxiliá-lo agora. Desculpe.

— Não pedi sua ajuda.

— Ótimo — respondeu ela, olhando para uma segunda tela, aguardando.

— Por que ligou?

— Como disse, foram ordens. Estou enviando um vídeo para seu aparelho. O Major insiste que você assista assim que desligar.

— E se não quiser?

— Devo lembrá-lo que é um membro do Exército da Luz. Poderemos impingir punição disciplinar correspondente caso uma ordem clara de um oficial superior seja ignorada.

— Sim, senhora — respondeu Kisel, meio contra a vontade. Mesmo ela, como Subtenente, tinha patente muito mais elevada que um mero recruta. Ignorar a ordem de um major beirava o absurdo. Tudo isso, claro, supondo que qualquer hierarquia ainda tinha importância naquela situação.

O aparelho vibrou, indicando o recebimento do arquivo. O jovem aceitou, olhando ainda para a face élfica. Pareciam ter quase a mesma idade, mas, sendo elfa, difícil dizer com certeza. Alguns tinham a mesma cara até os duzentos anos.

— Subtenente... — falou, enfim.

— Diga, recruta.

— Quando recebi este celular?

— Todos sem meio de comunicação receberam um. Estamos sem energia em quase todo o complexo, é a única maneira de manter contato.

Kisel pensou. Por algum motivo, pareceu estranho ganhar um novo aparelho depois que Ava fez questão de despedaçar o seu, lá no deserto, justamente para *evitar rastreamento.*

— Isto foi deixado comigo para me rastrear?

— Não.

— Se isso fosse mentira, você me diria?

— Veja o vídeo — respondeu Angelina, dando de ombros. — Se depois disso ainda tiver alguma dúvida, tem meu número.

Desligou. Kisel ficou olhando o próprio reflexo na tela escura, sem saber muito bem o que fazer. Cogitou quebrar o aparelho, mas mudou de ideia. Em vez disso, usou o alfinete do *pin* da ORDEM para abrir o compartimento do chip. Pegou no bolso um segundo microchip idêntico, recolhido nos restos do aparelho destruído por Ava. Aquele pedacinho de plástico era sua única ligação com a mãe desaparecida. Girou a peça entre os dedos e encaixou no lugar.

Parecia idiota, porém desejou, do fundo do coração, que ele tocasse. Que sua mãe estivesse, por alguma conjunção estelar maluca, tentando ligar para ele agora mesmo.

Esperou. Então, suspirando, aceitou a idiotice da ideia. Abriu o arquivo encaminhado pela oficial superior.

06:43 P.M.

Nau-Capitânia

Os Cinco de Gralgatea. Membros da equipe exploratória traktoriana que se depararam com o horror cósmico no sistema Gralga.

Lugar repleto de criaturas hediondas, para os quais as civilizações não tinham nomes, atraídos ali por alguma força maior. Traktorianos não foram os únicos. Humanos e metalianos também chegaram ali, quase ao mesmo tempo.

Então, lembre-se. Se alguma prova ou concurso perguntar: o que acontece quando uma dobra espacial, um salto pelo hiperespaço e uma abertura de buraco de minhoca acontecem juntas, perto do horizonte de eventos em um buraco negro? Pode responder "Sistema Gralga" sem medo de errar.

Apenas sobreviver a tamanha catástrofe já seria façanha lendária. Mas aqueles cinco foram além. Emergiram do caos após derrotar todas as tropas inimigas. Tornaram-se uma das equipes guerreiras mais famosas de Traktor. Alguns diriam que essa reputação os envaideceu em excesso. Para outros, após presenciar os horrores cósmicos de Gralgatea, arrogância foi tudo o que restou naqueles miolos derretidos.

— Reportem a situação atual — exigiu Forte.

— Terminei aqui — comentou Atirador, esticando os braços longos, alcançando o fuzil que aguardava ao lado. A arma tinha pelo menos dois metros de comprimento, com encaixes para atuar como uma extensão do corpo longilíneo.

— Relatório completo, Atirador.

— Não há o que contar. Foi fácil.

— Verificou o corpo? — inquiriu o líder, insistente.

Atirador olhou atrás das lentes sobrepostas à própria mira facial, girou as câmeras nas cavidades oculares. Sem sinais de calor ou movimento dali até o final distante da pista. Não viu mínima necessidade de vasculhar detritos presencialmente em busca de sujeira orgânica.

— Positivo — mentiu. — Eliminação confirmada.

— Entendido — comentou Forte com um dar de ombros. Talvez desconfiasse ser mentira, mas seria mais fácil ele próprio verificar que forçar Atirador a fazer qualquer esforço extra.

Sintonizando os demais canais de comunicação compartilhados, fez uma checagem geral.

— Atualização da missão. Como estão?

— Ainda entretendo o alvo — comentou Habilidosa, esquivando de uma rajada de energia que errou por meio milímetro. — Posso mantê-lo ocupado, mas não abatê-lo.

— Vergonhoso. É apenas um metaliano.

— Por que não se prontificou a enfrentá-lo, então? — provocou ela.

— Meu código de honra me impede de atacar alguém mais fraco. O único alvo digno disponível era a Comodoro Tatiane.

— Fui contra — comentou Couraça.

— É verdade — desdenhou Forte. — Devia ter lhe dado ouvidos desta vez. Enfraquecida como está, podemos acabar com ela quando quisermos.

— Sou contra.

— E por isso estamos ainda nesta escaramuça inútil, em vez de esmagá-la logo. Robusto, e quanto a você? Não é de sua natureza permanecer calado.

— Tenho a Anomalia. Capturada em meu âmago.

— Você a pegou? O que está esperando, então? — comentou Habilidosa, indignada. — Pelo jeito, fiquei com o trabalho mais pesado.

— Um terrano de tez avermelhada resiste.

— Acaba com ele então! — exigiu Forte.

— Negativo. Fui desafiado a um duelo de resiliência. Provarei ser superior.

— Sua atitude empolada é sempre inoportuna — remoeu Habilidosa.

— Verdade — Forte concordou. — Teimoso incorrigível.

— Sempre considero válido lutar sem desperdício de esforço — pontuou Atirador.

— Não me confunda com sua laia. É justamente o oposto, uma prova de resistência!

— Questão de tempo, então — finalizou Forte, cansado daquela conversa. — Era o resultado esperado. Para os Cinco, claro.

— Missão patética e cansativa — reclamou Atirador. — Não sei o que tinha na cabeça quando aceitei.

— Vamos descobrir juntos? — perguntou Ava, surgindo ao lado de repente.

O traktoriano voltou-se em sua direção, surpreendido. De onde surgiu? Não deveria conseguir se aproximar sem ser notada. Tinha visão panorâmica perfeita, sem pontos cegos.

Antes de sequer completar o raciocínio, teve a arma especial chutada longe apenas para descobrir que a inimiga já tinha em mãos seu próprio hiper-rifle. Teve um início de alívio: um ser orgânico sequer tinha as conexões neutrais necessárias para...

Com horror, reconheceu os sons de recarregamento e engatilhar da arma.

— Como? Você não poderia... *Como??*

Você não merece que eu diga, Ava se permitiu o prazer de pensar.

Um único disparo atingiu o rosto delgado em cheio, arrancando a cabeça. Fios e componentes se espalharam, vazando pela abertura do pescoço enquanto o corpo pairava livre.

06:59 P.M.

Nau-Capitânia

O robô quadrado de aspecto feroz deslizava, flutuando próximo ao piso. Por pouco não raspava a cabeça no teto. Não que fosse um lugar apertado, longe disso. Opressor era apenas alto demais para instalações terranas.

Diante dele, o que considerava um terrano comum. Vestia a sobrecasaca militar dos oficiais superiores da ORDEM, calça camuflada militar e coturnos. A indumentária não fazia sentido, mesmo pelos estranhos padrões terranos. Assim como a máscara negra sob o quepe de major.

Diferente dos recrutas e soldados, todos acima do posto de capitão tinham liberdade para customizar o uniforme conforme as próprias preferências. Não que fosse o caso do Major. Ele se vestia assim desde antes da bagunça toda.

— Enfim, Major Ninja — disse o traktoriano, ameaçador. A voz mecânica, artificial, repleta de desprezo.

O Major, por sua vez, era a indiferença em pessoa. Trazia as mãos nas costas enquanto balouçava o corpo em movimentos despreocupados. As lentes de polimetilmetacrilato vermelho tornavam mais difícil saber o que pensava. Não havia como o traktoriano imaginar que, para o Ninja, aquela papagaiada era no máximo divertida.

— Opressor, não é? Não recordo se fomos apresentados.

— Não trocamos palavras. Mas acompanhei suas negociações com a Coalizão — respondeu o outro. — Sagaz de sua parte arrastar todos para esta armadilha.

— Armadilha? Onde? Sou apenas um major aposentado em uma grande nave vazia.

— Basta de encenação. Sua fama como estrategista ardiloso alcançou Traktor ainda durante os anos da Guerra.

— Ahn, deixa disso! Parei com essa de Guerra da Galáxia, faz mal para a saúde. Agora faço *home planet office.*

— Perde seu tempo e desperdiça o meu, Major. Sua máscara e atitude desleixada não podem me iludir.

— Máscaras são convenientes. Acredita que nem penteei o cabelo hoje?

— Que seja — devolveu Opressor. — Brinque o quanto quiser. Sua emboscada fracassou. Temos o que viemos buscar.

— Tem mesmo? Por que ainda está aqui, então? Pelo cafezinho?

— A Anomalia está em nosso poder. Seus aliados caíram. Nossos drones vasculham sua nave em busca dos últimos sobreviventes. Sua derrota foi completa.

— Não é uma situação de vitória ou derrota — disse o Major, acreditando citar um antigo provérbio ninja.

Alcançou na cintura uma espada, não utilizada há bastante tempo, ainda embainhada. Design arcaico, de katana. Em verdade, uma vibrolâmina de monofilamento. Nos dias de hoje, apenas um pouco menos arcaica.

— Uma lâmina? — comenta Opressor, genuinamente surpreso. — Acredita ser capaz de reverter este quadro *em duelo?* Sonha me derrotar em *combate singular?*

Como que para confirmar o absurdo daquela hipótese, uma infinidade de armas brotou em cada parte de seu corpo imenso. Tinha poder de fogo comparável a um exército.

— E eu sou besta? — respondeu o Ninja, depositando a arma ali ao lado, com cuidado. Também tirou e dobrou a sobrecasaca militar, a faixa verde de caratê (nunca fez exame para a seguinte) e a parte superior do quimono, empilhando tudo com cuidado.

— Presumo ser algum ritual terrano de rendição — fala Opressor, curioso.

— Nem — concluiu, depositando o quepe sobre a roupa dobrada, mantendo a máscara. — São esses fluidos que vocês sangram, sabe? Fazem uma sujeira desgraçada, e a ORDEM não paga a conta da lavanderia.

De regata, puxou um pequeno estojo de ferramentas providenciado por Angelina. Dali, pinçou a única de que precisava. Flexionou os ombros, cruzou os dedos e esticou os braços para alongar. Movendo o pescoço de um ombro para outro, concluiu:

— Nada de lutinha. Tem jeito melhor de lidar com traktorianos.

Opressor conhecia a ferramenta, havia similares em seu mundo. Por isso mesmo, a face robótica mostrava tanta incredulidade quanto podia.

— Uma... chave de fenda?

— Melhor! Uma partidinha de *Tormenta ALPHA* — respondeu o Ninja, sorrindo ao tocar o ponto eletrônico do comunicador na face. — Subtenente Angelina?

— Positivo, Major — respondeu ela. — *Loading* em três... dois... um...

7

07:00 P.M.

Tormenta ALPHA

Aquilo era grama. Goki podia sentir a textura. O cheiro inconfundível de mato molhado por chuva leve. O farfalhar do vento atravessando a planície verdejante. O burburinho de pessoas conversando perto. Tudo perfeito. Cada folhinha.

Ainda assim, impossível acreditar. Um segundo atrás, lutava em algum anfiteatro espacial, atirando contra um invasor bolota que engoliu seu amigo. E, agora, esta praça cercada de pilares e estátuas, curiosamente localizada em meio a um vasto descampado que parecia infinito.

Levantou-se, procurando em volta. Ao longe, uma floresta de árvores altas até onde a vista alcançava. Cortada por uma estrada de terra batida, ladeada de pedras, empurradas para fora do caminho por milhares de viajantes ao longo de séculos. Seguia até uma serra coberta de bosques convidativos. Tudo cheirava a aventura.

E se ainda restava dúvida, esta apagou ao inconfundível som de um teleporte. Não teve que procurar muito para encontrar a Capitã Ava.

— Aqui! — chamou o Defensor, correndo ao encontro.

— Goki! — respondeu ela, satisfeita por ver um rosto familiar (ainda que sob capacete) em meio à multidão colorida. — Onde estava, seu filho da mãe? Vocês sumiram!

— Também senti saudade!

— Não seja palhaço. Cadê o Kisel?

— Não faço ideia.

— E que diabos de lugar é esse?

— É *Tormenta ALPHA*. Estamos no jogo.

— Tem certeza?

— Total. É o Jardim de Boas-Vindas de Thyatis, onde os personagens renascem para a nova vida em Arton. Além disso, está usando o vestuário inicial.

Só então Ava notou. Em vez do uniforme espacial, vestia algum tipo de traje de trabalho no campo, com calças largas de tecido grosseiro e blusão cor de linho, fechado com cordões. Muito simples, até um pouco desgastado.

Goki também parecia diferente. Em vez do uniforme vermelho e chamativo dos Defensores, usava uma couraça *ainda mais* chamativa, praticamente um carro alegórico em forma de armadura. Mas mantinha o elmo de barata.

— Meu personagem é um guerreiro de dezessete pontos — explicou. — Você ainda não adotou um kit. É só uma camponesa de dez pontos.

— Espera, mas não precisa de óculos pra jogar?

— PORTAL é o nome. Mas também ouvi falar sobre câmaras de realidade aumentada que os dispensam. Não sabia que já estavam em teste. Muito menos que houvesse uma na Aristóteles. Legal demais!

— Estávamos em lugares diferentes da nave. Como acabamos juntos?

— Você apareceu aqui porque é uma jogadora nova. Todos começam o jogo neste ponto, onde acontece a customização de personagem. No meu caso, desloguei aqui na última vez, para uma repaginada. Faço isso mais vezes do que deveria (tem uma taxa extra).

— Tudo parece tão real! Chega a ser bizarro.

— Legal né? Vem, vamos tentar entender o que houve.

— Capitã? Goki? Me ajudem aqui!

— Quem?

— Tatiane! — exclamou Ava, olhando incrédula para a Comodoro estatelada no chão, espremida sob alguém que lembrava um ogro. Devorava o que parecia ser uma coxa de frango, se frangos tivessem trezentos quilos.

Tinha o mesmo corpo robótico de peças brancas e azuis — mas agora, em vez de luzes neon, brilhava com fios de ouro. Em vez de super-cerâmicas, porcelana de aparência delicada. Uma golem com olhos de cristal e cabelos de magia.

— Isso sim é novidade — riu Goki sacando alguns tibares, a moeda dentro do jogo; ele apenas pagou o ogro para se levantar. Gargalhando com o dinheiro fácil, a criatura foi terminar seu almoço em outro lugar. Ava estendeu a mão, ajudando Tatiane.

— O que aconteceu? — perguntou ela.

— Aparentemente, o Ninja despejou todos nós dentro do jogo — respondeu a Comodoro.

— Sério? — Era Goki dessa vez — Até você? Por que ele faria isso?

— Para ganhar tempo — explicou Tatiane. — É o movimento mais provável.

— Que besteira! Não cheguei nem perto da derrota. Pelo contrário, acabo de mandar um *ataque vorpal* no desgraçado do Atirador.

— Bem, *eu* estava quase destruída. Obrigado por perguntar.

— Era só trocar de avatar.

— Expliquei antes. Estou presa neste corpo por enquanto. Não posso pular para um novo. Além disso, sabe quanto custa cada um?

— (Muquirana) — sussurrou Ava.

— Certo, Tatiane é uma golem iniciante — explicou o Defensor. — Normalmente vocês fariam uma jornada pelos ermos até a capital, abatendo monstros no caminho para conseguir recursos e XP. Mas eu posso levar vocês direto. Já sabem que classe vão adotar?

— Precisamos mesmo fazer isso? — disse Ava, incomodada. — Não vejo motivo para brincar de videogame enquanto a nave é abordada. Vamos esperar que o Ninja nos puxe de volta, seja lá qual for seu plano.

— Não funciona assim. Nossas mentes estão no jogo, mas nossos corpos reais continuam na Aristóteles, vulneráveis. Deixar todos nós indefesos para o inimigo não faria sentido algum.

— O que isso significa?

— Não pode ser! — Tatiane chegou primeiro à única conclusão lógica, porém louca. — Está sugerindo que os traktorianos *também* estão aqui no jogo?

— É minha teoria — respondeu Goki.

— Mas espere — ponderou Ava. — Se o Ninja tinha meios de aprisionar os robôs nesta realidade virtual, qual seria o motivo para nos trazer também?

— Talvez para equilibrar a luta. Aqui, não têm corpos robóticos superpoderosos. São personagens iniciantes como vocês.

— Esse procedimento deve consumir uma energia monstruosa! — reclamou Tatiane. — Ele não me explicou nada disso! Quando o pegar, vou torcer aquele pescoço ninja...

— Pergunta. E se nos atacam aqui?

— Como assim? — Goki, dirigindo-se a Ava.

— Morrendo no jogo, o que acontece? Acordamos no mundo real?

— Depende de muita coisa — respondeu Goki, coçando o elmo.

— Se é tudo joguinho, não precisamos ficar preocupados. Né?

— Esta praça inicial é segura, não é possível perder pontos de vida aqui. Saindo, os personagens podem sofrer dano.

— Não foi o que perguntei. *O que acontece se morremos no jogo?*

— Sua alma separa do corpo. Pode perambular por aí, até algum colega a ressuscitar. Ou retornar para alguma cidade principal. Ou, nos níveis avançados, viajar até os Reinos dos Deuses e...

— Goki — Ava exasperou, entre irritada e alarmada. — *Corremos perigo na vida real?*

— Espera, está preocupada em morrer de verdade??

Goki gargalhou por algum tempo, fazendo Ava se sentir ridícula. No entanto, devagar, a risada despreocupada foi se tornando nervosa.

— Que foi?

— Se a Aristóteles tem seu próprio servidor do jogo, e se o Ninja mexeu nas certificações, e se o objetivo era prender os inimigos aqui para serem derrotados...

— O que tem tudo isso?

— Não faço ideia, mas... só tenta não morrer, tá?

— Que ótimo conselho — Tatiane descobria ainda ser capaz de executar rotinas de ironia.

— Onde está Kisel? — perguntou Ava, ainda mais alarmada. — Não estava com você?

— Tinha sido capturado por um robô. Não faço ideia se ele também veio. Vamos torcer que sim.

— Não devia estar aqui também?

— Esta praça acolhe apenas alguns jogadores por vez. Ele pode estar em outra. Sério, este jogo é ENORME. Tem milhões de jogadores. Kisel pode estar em qualquer lugar do Reinado.

— O que fazemos então?

— Há um jeito de localizá-lo. Fica no caminho, até. Venham comigo, vou mostrar a vocês minha cidade favorita.

07:02 P.M.

Nau-Capitânia

Assobiando uma velha canção, o Major Ninja trabalhava, flutuando de cabeça para baixo, metro e meio acima do piso. Orbitava o corpo quadrado massivo, amarelo e atualmente desligado de Opressor.

O líder invasor traktoriano jazia, inoperante. Sua mente, assim como quase todas as outras a bordo, aprisionada em uma realidade virtual. Um mundo de videogame conveniente e oportuno.

Deveria aproveitar para destruí-lo? Difícil. A antiga espada de monofilamento podia lidar com traks mais fracos, não sendo o caso ali. Talvez até pudesse danificá-lo, mas nunca alcançar o cérebro vivo, trancado em um cofre craniano — tão resistente que, em alguns desastres envolvendo detonações de antimatéria, foram os únicos artefatos restantes.

Além disso, antes mesmo de causar qualquer dano significativo, existia o risco de ativar algum sistema de segurança interno capaz de arrancar o robô do jogo, despertando-o de volta à realidade.

O Major Ninja considerava tais riscos, cauteloso. Ou achava indigno matar um robô apagado e indefeso. Ou buscava uma solução mais divertida. Ninguém nunca saberá. Talvez nem ele próprio.

De qualquer forma, aquele indivíduo peculiar tinha um plano e algum tempo. Combinação terrível.

— Transferência sensorial dos tripulantes para *Tormenta ALPHA* concluída, Major.

— Muito obrigado, Subtenente. Prometo fazer valer o esforço.

— Permissão para perguntar, senhor.

— Concedida.

— O que, diabos, acha que está fazendo?

— Óbvio. Preciso abrir a lata para pegar a sardinha.

— Com uma chave de fenda? Ele sequer tem parafusos...

— Já ouviu falar das máquinas de Rube Goldberg?

— Inúmeras vezes.

— Você que começou a rodada de perguntas. Não corta meu barato, ok?

— Justo. Me explique de que se trata.

— Goldberg era cartunista. Suas tiras mais famosas tinham máquinas complicadas, em que várias etapas complexas ocorrem para gerar algo simples no final.

— Como em desenho animado.

— Isso aí, garota! Corte a corda que libera a bola que rola até o botão que abre a gaveta... Pois então, traktorianos são máquinas de Goldberg.

— Pode seguir com seu *mansplaining* o quanto quiser, Major. Mas meu turno termina em vinte minutos.

— Deveria mandar você à corte marcial por falar assim comigo.

— Promete não me telefonar na cadeia?

— Escute e aprenda — recomeçou o Ninja. — Apesar dos miolos orgânicos, todo o resto é máquina Extremamente avançada e resiliente, mas ainda assim.

Angelina não interrompeu mais. O Major adorava isso nela. Parceira ideal para quem gosta de falar besteira.

— Os traktorianos mais arcaicos guiavam seus robôs mais ou menos como dirigimos um carro. Pise numa alavanca e avance. Puxe outra, retroceda. Com o avanço de tecnologia, alguma dessas lagostinhas pensou: se o braço do robô é melhor que o meu, por que não trocar de vez? Lógica tentadora, né? Para eles, pelo menos.

“Some a isso seu instinto natural para melhoria constante. Traktorianos são loucos por upgrades. Braços mais fortes. Pernas mais rápidas. Visão mais precisa. Pedaço por pedaço, trocaram orgânico por robótico até restar apenas a parte mais individual de um ser vivo: o cérebro.”

Enquanto seguia recitando o óbvio, o Major bateu duas vezes com o cabo da chave no peito de Opressor, fazendo ressoar como um sino. Parecia o início de um novo assalto em um ringue de boxe.

— Mas máquinas quebram. Pifam. Desgastam. Demandam manutenção. Ainda que tenham sistemas de reparo autônomos que funcionam por *décadas*, nenhum traktoriano mantém o mesmo corpo por tanto tempo.

— Claro, mas onde Goldberg entra?

O Major sorriu sob a máscara, mostrando a chave para a câmera. Seguiu batendo aqui e ali, até o som metálico mudar para um tom bastante característico, mais grave. Uma peça menor, de encaixe perfeito no tórax, mas não era original. Inseriu a ponta da ferramenta em uma abertura. Poucos centímetros acima, com um som leve, uma proteção retraiu exibindo um mostrador. Caracteres estrangeiros brilhavam.

— Quase todos os robôs de Traktor fabricados após o início da Guerra da Galáxia têm um destes — explicou o Ninja. — Conectando um apêndice de acesso, o fabricante/mecânico/médico pode rodar um diagnóstico de danos. Saber qual parte precisa de substituição.

— Mas tal ação não exige, no mínimo, permissão do indivíduo?

— Em situações normais, sim. Mas e em emergências? Um paramédico não precisa de permissão para salvar uma vítima humana incapacitada, precisa? Pois então, nenhum alien quer morrer em um caixão de aço por alguma falha de hardware. Por isso...

O Ninja pressionou um ponto na tela, cantarolando o tema de batalha de *Fantasia Final XD*. Após algum tempo, caracteres verdes se tornaram azuis. Piscavam em intervalos dessincronizados.

Puxou do bolso um pedaço de guardanapo. No papel amassado e sujo com molho de cachorro-quente, trazia anotados uma série de códigos, copiados com pressa. Completou a sequência de primeira. A placa peitoral principal abriu, deslizando para os lados, revelando o interior robótico.

Ali, uma infinitude de componentes lembrando músculos de aço-carbono, puxando e soltando fibras sintéticas. Placas sobrepostas de ligas metálicas desconhecidas pela humanidade, alimentadas por fios luminosos em formatos fractais, pulsando como sangue em artérias de nêutrons.

— É assim que vou acessar o cérebro dele, Subtenente. Cortando a corda A que solta a bola B que quica na colher C... Uma redundância leva a outra. Um jogo de memória e paciência. Mas, para vencer, preciso de tempo. Que pretendo conseguir enquanto todo mundo brinca no joguinho.

— *Quase* todo mundo. Além de nós dois, mantive livre uma equipe de suporte, Odara e Kisel.

— Não sei o que seria de mim sem você. Aproveitando, sobre seu turno acabar daqui a pouco. Preciso que faça hora extra hoje.

— Ficar de plantão? Vou querer bônus dobrado.

— Combinado — concordou o Major, coçando a têmpora com a ponta da chave. — Não sou eu quem paga, mesmo...

07:17 P.M.

Tormenta ALPHA

Goki parecia muito à vontade na metrópole de fantasia. Quase como se não houvesse torres diante de torres, jardins suspensos pairando à frente, castelos ciclópicos assomando atrás e, ainda mais ao longe, soberana, onipresente, a estátua de uma donzela. Tão gigantesca que parecia, ela própria, o céu. Tão descomunal que podia acolher a maior das cidades em sua sombra. Na verdade, assim fazia.

O Defensor caminhava desenvolto por passarelas e escadarias pavimentadas com cristal, apinhadas de pessoas de todos os tipos — isto é, tantos tipos quanto em Vallindra ou qualquer grande cidade nos dias pós-Terceira Convergência. Exceto que ali vestiam togas, mantos e armaduras.

Passavam por um distrito povoado de elfos, incorporado à cidade em uma DLC ainda recente. Intensamente arborizado, torres de madeira que pareciam cultivadas em vez de construídas, praças e jardins exóticos colorindo e perfumando em volta. Ainda, numerosos bazares oferecendo artesanato e culinária élfica.

— Está dizendo que a cidade inteira foi construída por jogadores? — perguntou Tatiane, impressionada.

— Sim! — Goki respondeu entusiasmado. — Quando o jogo começou, havia apenas a Deusa de Pedra e um assentamento inicial. Jogadores com habilidades de ofícios e profissões, em grandes números, cumpriram missões e fizeram a cidade crescer. Até hoje novos distritos são adicionados.

— Deve haver milhares de pessoas aqui.

— Bem mais, na verdade. Esta cidade teve um recorde de dois milhões de jogadores simultâneos, durante o evento de Vectora ano passado.

— Vectora? — Perguntou Tatiane.

— Uma cidade comercial voadora. É tipo um *shopping*.

— Confesso que me deixa curiosa — disse o avatar da Aristóteles. — Talvez por afinidade.

— Relaxa, Tati — Ava riu. — Não tem IA nenhuma envolvida no comando da tal Vectora.

— Não foi o que quis dizer! — argumentou a Comodoro. Goki imaginou que, se fosse projetada para isso, a androide estaria corando agora.

— Enfim, não precisamos saber nada disso. Você disse haver um jeito de achar Kisel.

— Sim, mas só podemos percorrer as áreas principais depois de escolherem suas classes.

— Onde fazemos isso, afinal?

— Para jogar de arcanista, na Academia Arcana. Para clérigo, a Catedral. Mas conhecendo vocês, vamos direto até...

A frase acabou incompleta. Surgindo de uma grande taverna, um minotauro passou voando entre ele e as duas companheiras, indo se estatelar escada abaixo. Foi tão repentino que uma medusa próxima gritou, assustada, petrificando um goblin.

— Que foi isso? — perguntou Tatiane, espiando dentro do estabelecimento. Ali, alguém alto como uma árvore, com cabeça de leão e pelagem grisalha, distribuía socos sem parcimônia ou distinções. Mesas, bancos e canecas voavam. Outros frequentadores tentavam detê-lo, conseguindo apenas providenciar mais material de arremesso.

— Aquele idiota... — reclamou Ava.

— Acha que é o Embaixador?

— Quem mais seria? — explicou apenas, indisposta a admitir que conseguia reconhecê-lo mesmo neste mundo de personagens exóticos.

— Um moreau leão! — exclamou Goki. — Nem sabia que estava disponível como raça jogável.

— Concentra, Goki — exigiu Ava, puxando-o pelo rosto com ambas as mãos. — Onde escolhemos a tal classe?

— Vê aquele lugar que parece o Coliseu? — apontou o Defensor para algo que lembrava um estádio de futebol anabolizado, em uma baixada próxima. — É a Arena Imperial. Personagens de classes combativas precisam fazer o tutorial ali.

— Certo. Vocês, achem Kisel. Vou ali buscar o grandalhão.

— Como pretende...?

— Sei de um bom jeito — riu Ava, estalando os ossos das mãos. — Vão logo!

— Não parece boa ideia nos separarmos — avisou Tatiane.

— Precisamos. Os traktorianos podem achar nosso recruta antes.

— Ela tem razão — concordou Goki. — Vê se não morre, Capitã!

Meio a contragosto, Tatiane concordou e seguiu pela passarela, acompanhando o Defensor que corria com muito mais facilidade, desviando de todo mundo (inclusive, pegando atalho por um aqueduto que com certeza não tinha essa finalidade).

Ava também não perdeu tempo. Entrou pela porta larga, analisando o lugar. Uma taverna medieval, limpa e brilhante demais para pertencer a qualquer período histórico da vida real. Mesas robustas e amplas, barris de bebida grandes como betoneiras, armaduras completas em exposição, enormes quadros de NPCs ilustres, iluminação mágica. Acima do balcão, o crânio de algo lembrando um tiranossauro. *Espero que não seja.*

Passou próxima a algum beberrão que dormia o sono dos justos após receber um bom golpe. Desprovido de seu aparato alienígena, o Embaixador recorria a diplomacia não convencional: distribuir sopapos.

Três tentavam segurá-lo. Um bárbaro em tanga de texugo e capuz combinando (talvez o conjunto garantisse bônus, única explicação). Um mago anão em pijama com estampa de lua minguante, conjurando uma corda de luz. E a terceira criatura, Ava nem tentou entender — um lagarto magricelo vestido como pirata, de cauda longa, espinhosa e algo convidativa.

Agarrou a ponta do rabo e puxou, arremessando um surpreendido troglodita até uma distante parede oposta, voando acima do balcão e por pouco errando o taverneiro. Devido à intromissão, o mago perdeu sua concentração e a corda mágica desapareceu. Por fim, o próprio Embaixador se livrou do tanguinha com um soco bem aplicado. O barulho inconfundível de osso quebrado fez Ava encolher. Quando o bárbaro recuou para cuidar do próprio nariz, o mago tornou-se branco como papel: o leão tinha três vezes sua altura e cem vezes sua força. E garras. E presas.

— Deixa eles em paz, aberração — interveio Ava. — Já quebrou o suficiente aqui.

•• Não vai me iludir outra vez •• respondeu ele, arremessando uma mesa onde jantaria uma delegação olímpica.

A capitã esquivou fácil. A peça de madeira foi acertar um arqueiro orc que entrava. Impacto incrível, a barra de vida desceu tão rápido que o jogador pensou ter sido deslogado.

— Chega, Embaixador. Estou falando sério!

•• Traktoriana Trigonal! •• mais mesas voando. E um goblin. Ava nunca viu um deles usado como arma.

— Sou eu, formiga de lata! Capitã Ava! Chutei sua bunda cromada na Área 51!

•• Seus disfarces e ilusões são inúteis • Doutora Quadrúpede • Major Ninja • E agora a Guerreira Furiosa •• berrou e veio pra cima.

Sem muita escolha, Ava pegou o arco e as flechas do orc desmaiado e pulou em direção do metaliano. Pisou sua cabeça para ganhar altura. Girou no ar e disparou. Podia tentar um tiro certeiro na nuca leonina e acabar com tudo, mas lembrou-se do que disse Goki. Melhor não morrer ali. Matar aliados também soava ruim.

Disparou em outra direção. Não era habituada àquele tipo de arma, mas isso não diminuía sua pontaria. Atingiu os suportes do crânio de dinossauro-dragão, derrubando a coisa toda sobre o metaliano, prendendo-o entre ossos e presas afiadas. Não o seguraria, mas ganharia algum tempo para dialogar.

•• Sendo isto seu melhor, a luta está próxima do fim •

— Cala essa boca atrofiada! Está todo confuso. Estou tentando ajudar.

•• Tola • Disfarce tolo • A Guerreira Furiosa jamais faria isso •

— Não faria o quê, criatura?

A resposta veio rápida. O Embaixador abriu braços poderosos, mãos com garras empurraram as laterais do crânio ressequido, fazendo-o explodir em mil pedaços. Livre, arremeteu como um touro.

Ava tentou esquivar, mas seus movimentos pareciam mais pesados agora. Como se aquele primeiro salto tivesse esgotado sua energia. O homem-leão alcançou-a e agarrou pelo pescoço, apertando a traqueia.

•• Sua emulação é fracassada • Traktoriana Trigonal • Ela nos odeia •

E não sem motivo — pensou Ava, sufocando sob a força esmagadora daquelas mãozorras. Quase perdia os sentidos quando enfim lembrou: aqui, neste mundo, o extraterrestre *não era* feito de metal. Virou o rosto e mordeu com força.

Surpreso pela dor repentina e inesperada, o Embaixador a largou. Ava rolou para o lado, tossindo, tentando recuperar o fôlego. O metaliano olhava a própria mão, curioso. Sangrava.

•• Isto • Isto extrapola holografia ilusória •

— É sangue — explicou ela, voz rouca e tossindo, tentando se levantar. — Ou o mais próximo que este jogo consegue simular.

•• Violência não é um jogo • Habilidosa •

— Sem frase de efeito pra cima de mim, tá? Agora quieto — disse, aproximando-se devagar.

Rasgou parte da roupa. O Embaixador, mais curioso que convencido, não se moveu. Ava aproveitou a guarda baixa para tomar a mão ferida, amarrando a bandagem improvisada. Quando terminou, um som baixo e agradável ressoou, como uma sineta. Por algum motivo, acima de sua cabeça, brilhou um sinal +1.

— O quê...

— Você ganhou XP — explicou uma garota élfica de cabelos azuis em duas longas tranças, recostada ao batente da porta. — Se acumular dez pontos, pode comprar a perícia de Cura. Legal, né?

— Não vi você chegar — disse Ava, desconfiada.

— Essa é a parte mais legal — respondeu ela, sorrindo. — Ninguém viu.

07:37 P.M.

Tormenta Alpha

Tatiane caminhava deslumbrada com a riqueza inexplicável daquele lugar. Torres, castelos, templos, pessoas, tudo tão *real*. Cada coluna majestosa, cada passadiço cristalino, cada jardim colorido. Mesmo imperfeições, manchas de umidade subindo muralhas, vegetação rasteira brotando de frestas, ladrilhos faltando no pavimento. O cheiro da comida de rua, o vento frio das montanhas nevadas ao longe. Coisas que sequer teve contato antes, que reconhecia apenas por programação prévia.

— Difícil mensurar como este lugar afeta os traktorianos. É uma simulação excepcional.

— Nunca tentou jogar? — perguntou Goki.

— Trata-me por um indivíduo com livre-arbítrio — lembrou a inteligência da Aristóteles. — Sou apenas um protocolo para manter os tripulantes à vontade. Além disso, servia na Guerra da Galáxia quando este jogo foi lançado.

— Verdade — respondeu Goki, encabulado. — Perdão pelo vacilo.

— Ainda assim, muito impressionante. A capacidade de processamento necessário para rodar algo assim extrapola minhas simulações. É como um sonho guiado. Ou um filme 3D.

— Um pouco mais complexo que isso — explicou o Defensor Vermelho. — Para nossos sentidos, este lugar é real.

— A complexidade é óbvia para mim. Percebo o mundo através de sensores. E o percebo como aqui. Me pergunto como afeta a mente orgânica.

— Do mesmo jeito, imagino. Visão, audição, olfato... são apenas jeitos como o cérebro (ou programa, no seu caso) interpreta estímulos do ambiente — disse Goki, abrindo caminho em meio a uma turba de mercadores. — Os desenvolvedores dos óculos PORTAL deram um jeito para projetar um universo inteiro na cabeça do jogador.

— Mas nem todos aqui são pessoas reais.

— Quase todos são. Como falei, são milhões. Quase não há NPCs.

— Singular. Se têm vida real fora daqui, por que passar o tempo simulando?

— Jogamos para nos divertir. Ouvi histórias de gente que passa mais tempo aqui do que fora. Mas acho que é papo. *Fake news.*

— A julgar pela forma como conhece cada trecho da cidade, consigo supor onde você permanece boa parte de seu dia — riu Tatiane.

— Não nego nem confirmo — respondeu Goki, sorridente sob o elmo de barata. — Costumava juntar colegas de escola aqui para trabalhos em grupo. Mais barato que ir de *busaw*.

Goki de fato conhecia bem a capital imperial, feito impressionante considerando sua imensidão. E, por imensa que fosse, se apequenava sob a estátua da deusa, maior que as montanhas em volta.

Por fim, após atalhos por estações de teleporte, chegaram a uma grande edificação. Em uma praça frontal, passaram por uma senhora de idade, lendo um tomo grosso enquanto levitava acima de um pedestal. Estava cercada de velas acesas, aparentemente deixadas por jogadores. Muitas no chão, outras levitando.

— Esse jogador (ou jogadora?) não faz nada exceto estudar livros raros, obtidos em campanhas de alto nível. Pelo histórico de conquistas, consta que leu a Biblioteca de Tanna-Toh inteira. Dizem nos fóruns ser a própria Deusa do Conhecimento.

— Supostas divindades não constam em minha lista de interesses — descartou a Comodoro. — Explique seu plano, Defensor.

— Certo. Já concordamos, o Major jogar a gente aqui apenas faz sentido se os traktorianos também vieram.

— Sim. Aonde quer chegar?

— Viu a confusão que o Embaixador arrumou. Não fosse por mim, vocês duas estariam perdidas também. Se para vocês tudo isto é novidade, imagine para um alien?

— Você avalia que estão desorientados e perdidos.

— Desorientados, perdidos e metidos em confusão — riu Goki. — Isso nos dá vantagens. Entre elas, tempo para achar Kisel.

— Neste templo?

— Mais que um templo. É uma biblioteca.

— Posso estar errada sobre o funcionamento deste mundo, mas não parece provável descobrir o paradeiro de Kisel consultando livros.

— Ficaria surpresa! Mas veja, em todos os templos desta fé existe um Hellaron, um tipo de sacerdote. Ele pode nos ajudar.

Entraram e subiram uma escadaria de mármore polido por milhares de pés. Uma vez ali, difícil não se impressionar. Havia prateleiras de livros tão altas quanto celeiros, em vários pavimentos acima e abaixo, cruzados por passadiços. Possivelmente uma dúzia para cada estrela no céu.

— Legal, né? — riu Goki, de braços abertos. — Me disseram ser a segunda maior biblioteca do jogo.

— *Segunda??* Existe outra ainda maior?!

— Supostamente, no reino divino da deusa ali na entrada. Ali existe um livro para cada personagem jogador, um *log* de tudo que cada um realizou. Todas as conquistas, lugares que visitou, masmorras que venceu...

— E pode-se ir lá?

— Ainda não, os Reinos dos Deuses existem apenas no *lore*. Podem estar nos planos para uma expansão futura. Por enquanto, temos apenas este mundo mesmo. Mas como disse, não vamos achar Kisel em livros. Aquele que procuramos está ali.

Destacado sobre uma elevação, estava um golem. Usava vestes de sacerdote sobre o corpo branco e dourado. Onde outros teriam cabeça, apresentava um globo cristalino sem feições, repleto de névoas misteriosas rodopiando.

Atendia a aventureiros variados, que mostravam itens coletados em suas expedições, pedindo que fossem identificados. Aparentemente, ele o fazia mediante doações para a igreja. Falava longamente, de modo apaixonado, sobre a história de cada relíquia.

— Lembra você, Tatiane — brincou Goki.

— Vou tomar como elogio — respondeu a Comodoro. — Vejo que é mesmo um construto. Configurado para armazenamento e partilha de dados.

— São ligados em rede com o Helladarion, que é uma mistura de servidor central e sumo-sacerdote. São muito úteis para pesquisas sobre masmorras, desbloquear itens, e o mais importante: localizar outros jogadores.

— Percebo! Ele dirá onde está Kisel.

— Boa, garota! — elogiou Goki. — Vamos, é nossa vez.

O Defensor desviou do último grupo de heróis (desapontados, pois a varinha mágica que encontraram só servia para conjurar mico), sacou alguns tibares da bolsa e entregou as moedas ao golem, pedindo:

— Hellaron. Procuro o personagem de um amigo para integrar nosso grupo. Seu nome é Kisel Alandar.

— Compreendo — disse o construto-clérigo com voz cristalina. — No entanto, seu amigo não se encontra sob o olhar da deusa.

— Quê? Impossível! Verifique outra vez.

— Não há engano. O herói que corresponde a esse nome não caminha em Arton.

— Isso significa o que penso? — Tatiane chegava à única conclusão correta, mas preocupante.

— Ele não está no jogo — Goki, apavorado. — *Kisel continua na nave!*

07:43 P.M.

Nau-Capitânia

Na prisão semiesférica e iluminada que era a barriga do traktoriano, Kisel girava devagar.

Assistia a um vídeo encaminhado por ninguém menos que o Major Ninja. Oficial graduado da ORDEM. Antigo líder da U.F.O.Team. Herói da Guerra da Galáxia. Personagem de histórias em quadrinhos, filmes e games. Lenda viva.

Dois dias atrás, teria sido a coisa mais emocionante em sua vida. Hoje, parecia rotina. Uma rotina bem louca.

Concentrou-se na pequena tela. O queixo sob a máscara inconfundível do Major preenchia tudo, de baixo para cima, parecendo muito maior. Tinha começado a gravar antes de posicionar o celular.

A imagem girou, trêmula e sem foco. Mostrava um lugar que ele agora reconhecia. Telas imensas. Gráficos tridimensionais sobre mesas holográficas. Painéis de controle com telas digitais. Uma poltrona alta em uma máquina de café expresso. O Centro de Comando da Aristóteles.

Então a viu. A última pessoa que esperava.

O mesmo macacão espacial branco da última vez que conversaram, uma vida atrás. Os cabelos negros, lisos e compridos, presos em rabo de cavalo simples. O mesmo porte firme, de quem está disposta a enfrentar tudo nesta galáxia e outras.

Valin Alandar. Sua mãe.

— Pronto. Está gravando — disse a voz do Major.

— Podia cuidar disso sozinha — reclamou, com a maior expressão de tédio que poderia caber no rosto fino.

— Qual é, me deixa fazer algo. As coisas andam paradas desde o tratado.

— Quieto, então. Vamos lá. Kisel, querido...

— Opa, desculpa. Deixa confirmar se está gravando.

A imagem voltou ao não-rosto do Ninja. Após momentos ansiosos e agonizantes pulando do chão para o céu e de volta, a tela voltou para sua mãe.

— Beleza. Manda bala.

— Filho — retomou Valin, tentando recuperar o raciocínio. — Quando assistir isso, estará a bordo da Aristóteles. Espero que tenha feito uma boa subida.

— Fique tranquila, vamos providenciar uma viagem segura em uma confortável nave de primeira — garantiu a voz do Major ao fundo.

Kisel teve que pausar o vídeo para não engasgar. *Fui abduzido pra cá, Ninja pilantra!*

— Sua cabeça deve estar a mil por tudo que o Major contou. Talvez você me odeie agora.

— Ele não vai, Valin! Nem que quisesse. O garoto tem sangue metaliano. São geneticamente apaixonados pelas mães.

— Major, se continuar interrompendo...

— Complexo de Édipo que chama.

— NINJA!

— Tá bom! Que mau humor, parece a Tatiane! Continua.

Kisel parou o vídeo outra vez. Precisava de um tempo para processar aquilo. Sua mãe esteve na Aristóteles antes de sumir no espaço. Não deveria ser tanta surpresa. Era uma aventureira espacial, famosa por ir até onde ninguém mais esteve. Porém, não só subiu a bordo como falou com o Major. Planejaram sua chegada ali. E ninguém lhe disse nada.

Ele se lembrava em como foi mantido em sua bolha de proteção sob as asas do Capitão Morkheim na 53ª base. Entupido de remédios que mantinham seus genes alienígenas dormentes. Prisioneiro. Como agora.

Guardou o aparelho no bolso e puxou a empunhadura da Espada da Galáxia. Fantástica. De metal inexplicável, como barras torcidas sobre si mesmas, formando um padrão de vermelho e prata. Guarda-mão em forma de presas. Sem encaixes ou emendas, parecia uma peça única. Como se moldada no núcleo de uma estrela, na aurora do universo. Um artefato metaliano. Seu legado.

A lâmina permanecia oculta em uma realidade diferente. Aguardava no hiperespaço por um comando seu. Conseguiu tirá-la antes, mas não entendia como. Durante a luta contra aquela androide, apenas aconteceu.

Quando tentou de novo, conscientemente, não funcionou. Pelo jeito, só querer não bastava. Era preciso algo mais. Antes, foi raiva e desespero. Por temer que Ava tivesse morrido nas mãos do Embaixador.

Não pensou muito nisso na hora. Mas pareceu lógico que a espada tivesse o propósito de mantê-lo seguro. Protegê-lo de algum perigo. Defendê-lo.

— Besteira — falou, segurando a empunhadura diante dos olhos. — Isto não foi feito para me proteger.

Um som característico, cortando a própria realidade, precedeu o instante em que a lâmina saltou. Não era difícil de empunhar, como antes. Pelo contrário, agora parecia *correta*.

— É uma arma. Existe para *ferir*.

8

08:06 P.M.

Nau-Capitânia

Música é uma parada muito louca.

Nada contra as bandas de hoje. *Holy* mesmo é boa demais. Sou fã. Mas algumas das antigas, pré-Convergência, são a trilha sonora perfeita para momentos como este.

Momentos de mandar ver.

Ah, sim. Sou eu mesmo. Kisel. O idiota cuja vida você vem acompanhando tem um tempinho. A donzela em perigo, que acabou aprisionada no bucho robótico do traktoriano enquanto tentava fritar o tanque de guerra com pernas usando um rifle iônico quebrado.

Tá, pode rir, eu mereço. Burrice, sim. Mas parecia a melhor ideia na hora. Nem cogitamos derreter a parede, em vez do robô. Mas muita coisa aconteceu desde então. Inclusive, já estou em liberdade! Do outro lado da quadra, todo quebrado, caído de costas para a arquibancada. Sangrando por um corte na testa.

Me bateram forte. Fiquei zonzo, prestes a desmaiar. Aquele papo de tudo ficando escuro, entende? Até cogitei que podia morrer, o que seria um saco. Depois de sair da Terra por cima, como herói. Ninguém merece um final anticlimático destes.

Mas relaxa. Não estou nem perto disso. Primeiro deixa explicar o que rolou. Você vai entender rapidinho.

Acho que, na última vez que nos vimos, recém havia aprendido a sacar a Espada da Galáxia. Vendo de longe parece fácil. Tanto quanto levantar os braços, ou dar um passo à frente. Mas não é. Demorei até pegar o jeito. Da lâmina, principalmente. Tirar do hiperespaço e materializar aqui, na nossa realidade, é difícil. Muito mesmo!

Já trazer ela de volta pra mim, foi meio sem querer. Sei que soa como um enorme vacilo, mas deixei o negócio mais sagrado do universo cair enquanto rolava para longe. Não que fosse quebrar ou algo assim. Até onde entendo, é indestrutível. Mas pareceu bem errado na hora.

Oi? Ah, desculpe. Estou mudando de assunto. Falar e pensar ao mesmo tempo é complicado. Também comecei a escutar coisas. Às vezes acho que estou falando, mas não estou transmitindo, e os pensamentos ficam dando voltas. Releva. Na base, me enchiam de remédios para evitar que isso acontecesse. São sinais de rádio ecoando nos aparelhos, transmitindo todo tipo de informação ao mesmo tempo. Estava me deixando maluco. Para manter a sanidade, me concentrei só em música. O mais alto que pude. Funcionou. Abafou um pouco a estática.

Voltando então, até onde estávamos um segundo antes do capítulo anterior acabar e começar a quebrar a quarta parede. Aprisionado dentro do alienígena robô-bolota.

Uma das coisas chatas na falta de gravidade é que você não tem noção de onde fica em cima ou embaixo. Se no corredor é esquisito, em uma cela metálica é quase impossível. Procurei por todo o lado, porém não achei nenhuma fresta. Nem a menor emenda. Era um semicírculo perfeito, fechado, exceto por uma grade minúscula. Dali vinha o ar.

Pensei comigo: ué, se o oxigênio sai dali, deve estar ligado a algum tipo de duto ou mangueira. Sendo minha única pista, fiz o que parecia lógico. Estoquei com a espada.

Nem tive que fazer força. Você sabe, é feita de hidrogênio sólido. O fio tem um átomo de espessura! Não existe nada feito de matéria que ela não consiga cortar. É meu superpoder alienígena. Minha vantagem apelona.

Teria funcionado bem com qualquer outro robô. Mas aquele tinha um pequeno detalhe. Um bilhão de litros de ar comprimido, sugado do anfiteatro inteiro para nos apagar, agora armazenado em sua pança. Nem tenho certeza se tanto ar caberia mesmo ali, talvez seja alguma gravitação de buraco negro ou sei lá. De qualquer modo, continha uma pressão absurda. Então, quando furei com a espada, ele explodiu!

O traktoriano (ou o que sobrou dele) continua lá, do outro lado da sala. Com um rombo três vezes maior que eu na barriga, um buraco tão grotesco que faz lembrar um *Pac Man*. Apagado, pairando imóvel desde que acordei. Talvez tenha morrido. Não foi minha intenção, mas também não fui eu quem começou a história toda.

Se fiquei ferido? Claro! E não foi pouco. A detonação me cuspiu longe, com peças de robô e Dragão-de-Aço. Não fosse a própria espada, que absorveu a maior parte do impacto, nem sei como, teria virado mingau.

Ainda assim, me machuquei pra valer. Contudo, lembrei do truque que Odara ensinou e me recuperei. Peguei emprestado mais um pouquinho de poder do Código e levantei, como se nada tivesse acontecido, exceto pelos braços e as pernas brilhando energia. Gosto de pensar que meus olhos também brilham nessa hora. Seria irado.

O lugar ficou uma zona. O impacto da explosão virou tudo de ponta-cabeça. Arrebentou paredes. Forçou portas para fora, abrindo passagem. Achei que seria só acordar o Goki (o que é um pontinho vermelho no meio de um estádio espacial?) e correr dali. Mas então ele chegou.

Outro traktoriano veio checar a bagunça. Viu os restos do grandalhão. O mais esquisito é que não falou uma vírgula. Apenas me encarou. Olhos vermelhos em uma cabeça pequena demais.

Tentei amenizar as coisas. Talvez tenha feito algum comentário que não gostou. Sei lá. Sei que ele veio pra cima. Me acertou pra valer.

E aqui estamos, pessoal. Parece fazer poucos dias que eu perdia as manhãs assistindo TV Goblinho (pensando bem, faz *mesmo* poucos dias. Tava passando a nova temporada de U.F.O.Team! Ninguém pode me julgar). E agora estou aqui, no espaço, apanhando de robô.

Em 24 horas, minha vida virou do avesso. Nem tive tempo de entender o que aconteceu. Talvez tenha sido errado sair pela nave sozinho. Mas o que você faria em meu lugar? Aceitaria tudo quieto? Duvido.

Falei várias vezes: queria ser útil. Estava cheio de ser salvo e protegido o tempo inteiro. Ninguém me deu ouvidos. Então agora vai ser do meu jeito. Se não gostou, só lamento. Mas se quiser assistir, vem junto. E aproveita.

Tá tocando a minha música.

O ataque do traktoriano foi despretensioso: um simples soco. Porém, aplicado com punhos de aço com trinta centímetros de diâmetro, era como ser atingido por uma marreta.

Pegou Kisel em cheio, arremessando-o de encontro à arquibancada. Bateu com tanta força que ricocheteou no ar, flutuando à deriva, cuspindo sangue em pequenos glóbulos oscilantes.

A sensação de dormência no rosto fazia acreditar que o maxilar quebrou. Passou a língua pelos dentes. Pareciam amolecidos. Não tinha certeza se estavam mesmo.

O inimigo se aproximava, impulsionado por algum tipo de turbina. Os olhos piscavam, alternando vermelho e laranja. Kisel imaginou que estivesse se comunicando com alguém. Tentou ouvir o que dizia com seu novo sentido.

Soava como alguém mastigando uma sacola plástica.

— Doeu — disse o jovem, deixando a energia do Código percorrer a pele, marcando veias e artérias com luz. O robô não pareceu se impressionar. Não mudou de rota. Pelo contrário, acelerou em sua direção.

— Doeu, mas perto dos golpes da Niele, não foi nada!

Kisel urrou, sacando a Espada da Galáxia. A lâmina, límpida, abandonou a bainha no hiperespaço e materializou diante dele. *De primeira!*

Mesmo sem apoio, sem meio de propulsão em gravidade zero, disparou em rota de colisão com o oponente. Um movimento longo, desajeitado e facilmente evitado pelo robô. Em resposta, um punho desceu do alto de seus quase quatro metros, direto nas costas do garoto.

O barulho abafado do corpo de Kisel batendo de encontro ao chão foi acompanhado por um grito de dor e raiva. Tentou reagir, mas a máquina continuava segurando-o firme no chão, com facilidade humilhante. Queria se levantar, revidar, porém não conseguia.

Tentou usar a Espada da Galáxia como apoio. E, em vez disso, ela enterrou no piso como se fosse feito de margarina.

— *Tá, já entendi...* — reclamou.

O inimigo percebeu quão perigosa era aquela coisa e procurou desarmar Kisel. Desta vez, ele foi mais rápido. Girou o punho, erguendo a lâmina por baixo, em movimento amplo. O trak entendeu que seria cortado tão facilmente quanto o pavimento e precisou soltá-lo. Afastou-se com um pulo das molas, alavancas pneumáticas ou turbinas que tinha sob os pés. Não foi rápido o bastante. A lâmina apenas o tocou, e foi suficiente. Uma das pernas amputada. Saiu girando pelo ar, soltando faíscas.

— Krrok 'krik kartokar katek. Kirekat kroukik.

— Chatão, né? — respondeu Kisel, fingindo entender, cuspindo mais sangue.

Segurou a lâmina à frente com ambas as mãos. Queria parecer descolado. Mas, no íntimo, estava em pânico. Sabia que teve sorte. Se em vez de um soco o traktoriano usasse uma lâmina ou alguma outra coisa alien, estaria perdido. Precisava ter mais cuidado.

Chega de pular alto com a espada. Chega de correr balançando os braços como fez contra Niele. Aquilo não era nenhuma raquete de matar pernilongo. Era a espada mais incrível do universo. Um artefato épico. Sua Rhumnam. Sua Excalibur.

Precisava ser um espadachim melhor. Se queria lutar de verdade, como a Capitã Ava fazia, devia aprender. Rápido! Até porque, depois de perder a perna, o robô também tinha ficado mais esperto.

Ele expeliu alguma coisa de um compartimento nos ombros. Faiscava energia. Kisel não estava afim de descobrir para que servia. Mas descobriu. Rajadas de disparos energéticos vieram.

O rapaz saiu do caminho, correndo para a direita, tentando dar a volta para pegar o oponente por algum outro ângulo. Ganhar tempo para pensar em uma estratégia melhor.

Cada passo em microgravidade lançava Kisel vários metros à frente, mas não rápido o suficiente para despistar o inimigo. Precisava de mais. Fez a energia do Código fluir para as pernas, como na corrida contra Goki. Naquela hora se confundiu, porém nada como instinto de sobrevivência e uma dose de pânico para melhorar o desempenho.

Seguiu correndo, procurando uma brecha. O robô conseguia acompanhá-lo com habilidade e precisão mecânicas. Essa foi a pista. A cada volta, o trak rotacionava a cintura para não perdê-lo de vista.

Kisel fechou o cerco, correndo em voltas cada vez menores. A máquina pareceu confusa. Não disparou, talvez indicando que a arma secreta tinha munição limitada. Não podia errar mais.

Quando completou outra volta, já tão perto que quase podia ser tocado, Kisel atacou. Em defesa automática, o robô disparou. Esperava por isso. Rebateu os tiros com a lâmina.

A manobra o fez girar, perdendo a postura de ataque. Tarde demais para fazer diferença, cedo suficiente para tirar proveito. Em vez de um corte limpo, alcançou o robô em turbilhão giratório, espada à frente, atravessando o corpo mecânico como uma broca de furadeira. Podia ouvir pedaços da máquina estalando com a estática. Um som inconfundível de explosão interna. Na confusão de sinais, a música-tema de *Luggen Garran*.

Olhou em volta. Goki continuava inconsciente. Quis despertá-lo, mas pensou melhor e resolveu deixá-lo assim. Sabia que o traje podia curá-lo, como fez com a defensora amarela lá na Terra.

Puxando-o pelo pé, sem peso, retomou a caminhada espacial na direção do Distrito Arsenal. Apostava poder, enfim, consertar o Dragão-de-Aço para Ava. Mas tremia. A adrenalina da batalha deu lugar à consciência que *venceu um traktoriano* sozinho. E uma pontada de tristeza: ninguém estava ali para comemorar com ele.

08:12 P.M.

Enfermaria da Nau-Capitânia

— Odaaaaara!

A voz inconfundível do Major precedeu sua entrada na enfermaria da nave. Vinha carregando uma esfera de aço, de onde pendiam cabos e mangueiras. Aparentava ser algo desajeitado, e muito mais pesado do que poderia carregar facilmente em gravidade normal.

A centaura revirou os olhos. Odiava ser interrompida enquanto tratava de pacientes, e o quadro evolutivo de Mortalha era preocupante. Mesmo em coma induzido na piscina curativa, sem dúvida estava morrendo. Seus cuidados exigiam total atenção. Algo que o Ninja não parecia disposto a conceder.

— O que vai fazer com isso? — perguntou a médica.

— Abrir pra comer o chocolate e pegar meu brinquedo.

— É um cofre cerebral traktoriano! Ele está...?

— Ainda vivo. Mas cochilando enquanto a mente passeia no *Tormenta ALPHA*.

— Agradeço por me poupar dessa parte do plano.

— Tudo bem. Sei que não gosta. Todo o lance com seu pai...

— O universo do jogo lembra demais as histórias que ele me contava. Desconfortável.

— Estou sabendo. Vamos jogar algo diferente então. Arrancar o diabinho daqui e trancar em um casulo-prisão da ORDEM.

— Por que não mantê-lo assim? É inofensivo nesse estado.

— Depois dos incidentes no Projeto AYLA, hoje o procedimento padrão é extrair. Vamos lá, sei que você quer!

— (Pior que quero.) Traga para a mesa cirúrgica. Vamos começar logo, antes que acorde.

— Relaxa. Meu plano é mantê-lo no game por algum tempo ainda.

— Por que Kisel não está na realidade simulada com os demais?

— Antigo conhecimento ninja. Já ouviu falar de Musashi?

— Sim, conheço.

— Considerado o maior samurai que já viveu. O cara era lendário.

— Acabei de dizer que o *conheço*, Major. Qual sua relação com Kisel?

— Musashi viveu no Japão das antigas. Serviu na guerra e, depois que seu senhor perdeu o combate, virou *ronin*.

— Samurai sem mestre — desistiu Odara, pronta para uma dose de explicações sobre assuntos que não eram novidade para ela. Provavelmente, ambos leram o mesmo mangá.

— Vagava pelo Japão como andarilho, enfrentando os dojôs mais importantes. Venceu o primeiro duelo aos treze anos!

— Essa conversa chega a algum lugar?

— Musashi fez várias outras coisas além de lutar. Adotou filhos. Criou um estilo próprio. E também escreveu um livro.

— O Livro dos Cinco Anéis. Mas siga explicando, se isso o faz feliz.

— Faz sim. Nesse livro, Musahi fala do estilo de espada que criou. Um dos preceitos é que não basta ler sobre algo. Você precisa vivenciar para aprender. Praticar.

Odara piscou algumas vezes, esperando por alguma conclusão contrária ao absurdo que estava pensando. O Major não ofereceu nenhuma.

— *Você deixou Kisel desprotegido de propósito para praticar esgrima?* — ela resfolegou enfim.

— Nas palavras do Grande Groo: terei errado?

— É uma horda traktoriana, Major!

— São *drones* — relembrou o Ninja, com petelecos na esfera de metal. — Synbots não têm um destes miolos dentro.

— É uma criança!

— Jovem! Tem quinze anos. Além do mais, Musashi também era...

— Está *mesmo* comparando um recruta crescido em apartamento com o maior samurai da história do Japão??

— Temos que mirar alto!

— Deve ser a coisa mais irresponsável que ouvi desde que coloquei os cascos nesta nave!

— Que não se chama Aristóteles à toa. O filósofo grego que...

— Se *tentar* me explicar quem foi Aristóteles, arrebento este *tablet* na sua cabeça!

— Enfim. O velho grego também acreditava que conhecimento vinha da vivência. Kisel já ouviu explicação suficiente. Falta praticar.

— Não fosse o estado delicado de Mortalha, juro que estaria correndo atrás do garoto.

— *Xóvem!!* — sentenciou, deixando o cofre traktoriano na mesa. — Vem cá, ajuda com esta tranqueira.

— Minha especialidade é medicina biológica, não mecânica.

— Dá seus pulos. Vê essa peça central? Que parece um ralo de pia? Gire para a direita três vezes.

Odara obedeceu, duvidando que algo destinado a conter um cérebro vivo em segurança pudesse ser aberto tão facilmente apenas com as mãos. Para seu espanto total, a tampa não ofereceu resistência alguma! Aberta, exalou cheiro forte de algum produto químico. Não era óleo, mas devia ter função semelhante: manter o conjunto protegido de oxidação.

Quando concluiu o movimento, a coisa soltou do encaixe, revelando um segundo mecanismo abaixo. O Ninja mostrava onde Odara deveria apertar ou empurrar, até destravar a cúpula da esfera-cofre por completo, abrindo com um chiado molhado.

Mais caldo viscoso vazou. Tudo que não aderiu em alguma superfície, ou no jaleco de Odara, desprendeu na gravidade zero em glóbulos de gosma malcheirosa.

— Coisa imunda... — reclamou o Major.

— Espera! Esteve me instruindo a fazer isso só para não sujar o uniforme?

— Concentre-se no que é importante, Odara.

— Kisel é importante.

— O cofre. No último nível, vai ter que puxar por baixo.

A centaura inspirou fundo e enfiou a mão na graxa verde-translúcida. Afundou quase até o ombro, de rosto colado na lama amniótica alienígena.

— Sempre tive dúvidas se você era genial ou maluco — disse, tentando não deixar o cabelo tocar aquilo. — Já tenho a resposta.

— Você ensinou o truque para ele, como pedi?

— Não é nenhum truque. O Código tem capacidade de restaurar tecidos. Estudos indicam ser uma habilidade adquirida pelas escolhidas da Primarca metaliana. Não há motivo para ser diferente com ele.

— Então relaxa. É o ambiente de ensino ideal. Os traktorianos de verdade estão todos de castigo. E os synbots têm ordens para capturar a Anomalia, não matar.

— E se tiverem sucesso? A esta altura, Kisel pode estar a caminho do Cruzador Traktoriano!

— Melhor não. Ele foi mantido em sua bolha de proteção a vida toda. Mesmo no Exército. É hora de sair do ovo.

— São mais de trezentos inimigos!

— Musashi venceu sessenta duelos antes de ser considerado invencível.

— Mais uma palavra sobre Musashi, e enfio esta geleca na sua goela mesmo de máscara!!

— Pense nisso como um curso preparatório, Odara. Uma oportunidade de praticar a técnica de espada. Voltando ao assunto: você logo vai encontrar uma espécie de...

— Ai!

— Isso. Essa ponta afiada. Puxe, por favor.

Odara o fez, pensando xingamentos. A esfera central girou, desabrochando como uma flor, recolhendo as pétalas até revelar uma massa de tecido gelatinoso.

Um cérebro de cinco quilos. O verdadeiro Opressor.

08:22 P.M.

Base Lunar dos Defensores da Terra

Com a inexpressão que apenas um rosto em forma de aquário esmeralda podia proporcionar, Antena-Z olhava perdida para todos os monitores inativos da Base Lunar. Em vez de gráficos reconfortantes, atributos e dados dos grupos em ação, continuavam em tela azul, onde passeava aleatório o símbolo dos Defensores: um "V" branco e amarelo com serifa.

Batia e quicava nas laterais, em ciclo lento e angustiante. Zeta acreditou, mais de uma vez, que o logotipo acertaria uma quina em cheio. Mas nunca acontecia. Sempre um pouco acima ou abaixo. Estava deixando-a maluca. Dirigiu-se ao Defensor Verde, quase implorando:

— Posso dar uma olhada na hypernet enquanto você lê o *log*? — pediu.

— Não.

— Verde! Dê-me algo para fazer ou vou morrer de tédio. Sabe que minha espécie *pode* morrer disso, não é?

— Não vai acontecer, Antena-Z.

— É sério. Minha cabeça dói de tão vazia.

— Concentre-se no trabalho.

— Isso não basta! Varremos o banco de dados três vezes. Exceto pelo emoji, nada foi alterado.

— Mas sua presença prova que os servidores foram invadidos. É certo que com algum propósito. Algo que deixamos escapar.

— O *log* mostraria. Nenhum arquivo foi copiado ou baixado.

— Exato. Alguém não-autorizado fez isso.

— Talvez seja apenas um recado. Como um picho.

— Não podemos arriscar. Um bot de leitura poderia fazer uma cópia simultânea ao acesso. Talvez até plantar uma bomba-relógio para encriptar nossos dados.

— Isso deixaria rastro. Só temos a maldita carinha feliz.

— Dois dígitos — frisou o Defensor Verde Original da Furuutsu Sentai, explicando o que já sabiam. — Um símbolo de igual e um parêntese.

— Sim, estamos perdendo horas por culpa de um...

Se tivesse queixo, Zeta teria deixado cair. Voltou rápido ao terminal e digitou uma série de instruções. Quanto mais pensava na possibilidade, mais tinha certeza. E mais se sentia tola por não perceber isso antes.

— O que estamos procurando agora? — Verde notou sua inquietação.

— Nada. Já achamos.

— Não entendi.

— A primeira coisa que vimos. Você tinha razão. Não é picho. É uma requisição em dois caracteres. Que droga!

— Como?

— São comandos de um programa externo. O símbolo de igualdade, afirmando que tudo antes dele é igual ao que vem depois. E um parêntese. Esse símbolo...

— É usado para inserir uma explicação adicional. E também um símbolo de agrupamento matemático — compreendeu o Defensor.

— Exato! Foi um pedido para que nosso programa explique parte dele a outro. Em que setor do código isso estava?

— Arquivos-fonte do projeto Traje Defensor.

— Tinha que ser! Por isso não achamos nada estranho nos *logins*. Não está nos computadores. Veio do uniforme de um dos garotos!

— Desconfia de traição?

— Não. Como disse: conheço todos que entraram no sistema nas últimas semanas. Confio neles. Alguém serviu como boi de piranha.

— Podemos realizar um processo de eliminatória.

— Ótimo. São 1.598 Defensores hoje.

— Restrinja àqueles em atividade nos últimos dois dias.

— Foram 43 equipes. 215 pessoas.

— Destas, quantas missões continuam em andamento?

— Oito. Ai meu Zordão!

— Descobriu?

— Mais que isso. Sei onde está o problema. Um Protocolo U.F.O. anômalo. Era apenas um Kursor em Nevada. Mas uma Inteligência Artificial Xenocorp acabou envolvida.

— Está falando do Cruzador Traktoriano invasor?

— Ele mesmo — explicou Antena-Z, saltando para outro terminal, a mente trabalhando na velocidade da luz. Acessou os arquivos da missão (dolorosamente desatualizados pelo tempo que ficou fora da rede), tentando juntar pedaços daquele problema.

— A Xenocorp não tentaria nos invadir — comentou o Verde, não totalmente convencido. — Sabem bem o que aconteceria.

— Pode ser uma ação independente.

— Algum funcionário com acesso aos sistemas deles?

— Estou pensando em outra linha. Aquela IA estava em um corpo androide. Foi cortada ao meio pelo rapazinho e explodiu na sequência. Considerei caso encerrado.

— Mas...?

— Mas um corpo destruído não prova que a mente se perdeu.

— Acha que nosso invasor é uma IA? Por que faria isso?

— Foi um ataque de oportunidade. O Gokiburi Vermelho foi levado para a Aristóteles. E o jovem que a destruiu está a bordo também.

— Acredita que ela não desistiu de derrotá-lo, então. Interessante.

— Não tem nada de interessante nisso, Verde! Me devolva a hypernet, rápido. Preciso entrar em contato com a Aristóteles o mais rápido possível.

08:32 P.M.

Nau-Capitânia

Kisel respirava uma vez a cada cinco segundos, expirando e inspirando profundamente. Tentava não surtar, algo cada vez mais difícil. Foi maneiro lutar contra um traktoriano no mano a mano e vencer. Um pouco mais difícil derrotar a segunda dupla logo depois, ainda no acesso destruído do corredor.

Quando três o cercaram no monotrilho, decidiu que valia a retirada estratégica. Desembarcou em algum ponto qualquer e estava atrás de um pilar, segurando Goki pela bota, tentando traçar uma rota de fuga desesperada.

Outros traktorianos passaram, lentamente, vasculhando com luzes através dos olhos brilhantes. Um grupo de três. O coração de Kisel batia tão forte que até o Embaixador, surdo feito uma porta, escutaria. Por sorte, passaram direto.

— Olha só. São synbots! — disse uma voz esquisita, tão perto de seu ouvido que Kisel berrou de susto.

Imediatamente as máquinas deram meia-volta, engatilhando. Com uma espécie de metralhadora laser em mãos, dispararam contra o garoto que já corria/deslizava para longe, arrastando consigo o inerte Defensor Vermelho.

Não era exatamente o plano, mas o que tinha pra hoje. Os disparos sumiram no piso do saguão, deixando apenas fuligem. Precisava ganhar velocidade. Demorou demais, acabou alvejado por alguns tiros. Em vez de perfurá-lo ou queimá-lo, fizeram levar choque. Não tinha mais controle dos movimentos, o corpo tremia. A mandíbula, travada, mostrava os dentes em sorriso congelado.

— A-a-a-a-a-ai — tentou dizer alguma coisa, porém só conseguiu gemer em pequenos espasmos entrecortados por faíscas elétricas.

— Está com sorte, são rajadas paralisantes — falou a voz outra vez. Então Kisel entendeu: não falava ao ouvido. Eram transmissões de rádio outra vez!

— Quem é? — imaginou, transmitindo pensamentos.

— Como assim, quem? Sou eu. Aqui.

— Goki? — radiogritou Kisel, lançando um rápido olhar na direção do Vermelho.

— Sim. Líder da Gokiburi Sentai Haeranger. Brasileiro, solteiro. Faz cosplay de *Holy Avenger* (na verdade, mais pra *cospobre*).

— Está falando esquisito.

— Tive um dia difícil. Falando sério: precisa se mexer, Kisel. Ou o bicho-papão vai te pegar.

Verdade. Os três robôs gesticulavam entre si, se aproximando, impulsionados por leves jatos de energia expelidos pelos calcanhares e turbinas nas costas. Pareciam alegres por cumprir sua função.

— Droga — lamentou o jovem, ainda tiritando com a energia recebida. — Como me livro disso?

— É um teste de resistência. Usa sua força de vontade pra escapar.

— Isto não é RPG! Não consigo mover um músculo! Até minha cara está travada.

— Então já era. Vão te colocar debaixo do braço e voltar pra nave-mãe.

— Não fala assim. Dá uma dica, droga!

Silêncio. Goki claramente estava de sacanagem. A sensação de formigamento se espalhava depressa. Tentou forçar alguma ideia milagrosa de última hora. Talvez uma lição de Morkheim. Algum ensinamento da mãe. Nada.

Ainda bem que Ava não viu este final patético, pensou, os robôs já bem próximos. Esse pensamento mexeu com ele. Como encarar a Capitã novamente, perdendo de um jeito tão imbecil?

Engoliu em seco e tentou outra vez. O rosto deformado pelo esforço, paralisado pelo raio, moldou-se em uma careta terrível (ainda bem que ninguém filmou). Mas era um avanço. Só precisava se mover um pouco mais. *Um pouco mais!*

Conseguiu. Aquilo que bloqueava seus sinais nervosos foi repelido, desaparecendo em uma explosão chispante. Sem tempo para comemorar. Os robôs perceberam logo sua libertação. Puxaram as metralhadoras outra vez.

Kisel não tinha escolha. Saltou atrás de Goki, um instante antes de mais tiros choverem. O traje Defensor pareceu absorver os disparos, ainda que soltando faíscas.

— Você já estava paralisado mesmo, né?

— Sacanagem, mesmo assim. Me usar de escudo?!

— Fico devendo — respondeu Kisel, sacando a Espada da Galáxia e enchendo a cabeça decepada do Dragão-de-Aço com energia. — Prometo compensar. Não sai daqui.

— Mas que audácia! — reclamou o outro.

Kisel emergiu atrás do Defensor imóvel, subindo rapidamente cinco metros até alcançar o topo da ala. Girou as pernas para se virar e encolheu os joelhos ao tocar no teto, o Dragão engatilhado.

Lá embaixo, os synbots ainda trocavam informações quando choveram pulsos de íons sobre eles. A arma era muito mais efetiva contra metalianos, mas também causava estragos consideráveis em maquinário robótico. Não que Kisel pensasse a fundo nisso. Só queria derretê-los até virar migalha, como Ava fazia.

Não pareceu uma ideia divertida para os robôs, que saíram da frente bem rápido. Dividiram-se em dois grupos, uma dupla e um solitário, voando em direções opostas. Havia uma grande possibilidade que fosse assim. Por isso, Kisel realizou o próximo contra-movimento.

Ajustou o Dragão para tiro concentrado, acumulando energia na bocarra desdentada — e arremessou a espada na direção do trak solo, de qualquer jeito! A arma passou girando pelo inimigo, que tratou de desviar logo, com semi-inteligência mais que suficiente para saber que era melhor evitar aquela lâmina.

— Ficou maluco? — Kiesel ouviu a voz na cabeça. — É sua melhor arma!

— Fica na tua, Goki — respondeu. — Preciso me concentrar!

Esperou por alguma piada fora de hora, mas recebeu apenas o abençoado silêncio. O que faria agora seria a diferença entre vitória ou derrota.

O acúmulo de energia na bazuca iônica era maior que nunca. Talvez pela ausência de alguma peça limitante que se perdeu pelo caminho, ou pela capacidade aparentemente infinita de Kisel para criar energia.

Apontou na direção da dupla que se aproximava e disparou — um poderoso raio de eletricidade faiscante. Os drones tentaram sair do caminho usando as turbinas laterais, mas não houve tempo. Acabaram engolidos. Capacitores alienígenas explodiram, peças metálicas derreteram.

O outro pareceu surpreso e nada contente com a visão dos aliados virando sucata. Olhos vermelhos piscaram, irritados, enquanto apontava a metralhadora paralisante outra vez. Em vez de proteger-se, Kisel apenas ergueu uma mão aberta.

— Krr Krat Kor — emitiu a máquina por rádio, sem entender o gesto, pelo menos até ser tarde demais. Com um comando, a espada arremessada retornou até as mãos de Kisel, girando. Cortando tudo que estava em seu caminho. A lista incluiu duas colunas de sustentação, metade da parede lateral leste e um drone traktoriano bastante surpreso.

Um estrago fenomenal, causado por um arremesso mal pensado. Mas o importante é que funcionou.

— Tá. Isso foi bem legal!

— Foi mesmo, né? — riu Kisel, um pouco nervoso, colocando-se entre Goki e a destruição flamejante que provocou naquela ala. Disfarçava, enquanto metade do corredor desmanchava.

— Vem. Vamos procurar o Arsenal.

— Ainda preciso de ajuda. Me carrega?

— E o teste de resistência para sair da paralisia?

— Faz o que digo e não o que faço — respondeu.

08:47 P.M.

Tormenta ALPHA

A cidade crescia à sombra da Deusa de Pedra, descomunal a ponto de preencher o horizonte. Teriam que se afastar muito para vê-la por completo: uma mulher de joelhos, olhando para o alto, as mãos suplicantes tocando as nuvens.

Nas ruas abaixo, uma diversidade impossível de seres. Ainda assim, difícil não notar o guerreiro prateado caminhando entre a multidão, maior que qualquer outro por perto. Tinha o aspecto de um leão bípede, de juba pesada e olhar feroz. Sob a pelagem de alta qualidade gráfica, estava o Embaixador metaliano. Duplamente deslocado, em ambiente não familiar, e também vestindo um corpo de água e carbono. Isto é, a simulação digital de um.

Seguia desconfiado ao lado de Ava. Tentavam acompanhar a elfa de cabelo azul que se intrometeu na luta da taverna. Ela agora guiava ambos até a Arena Imperial. Não que precisassem, impossível não vê-la: enorme anfiteatro circular, resguardado por muralhas poderosas e estátuas imponentes. Faziam o Coliseu romano parecer uma caixinha de areia. Seguia o mesmo estilo arquitetônico dos aquedutos que cortavam a cidade que, por sua vez, imitavam a estátua onipresente. Mármore branco e lilás ornamentado com ondas e espirais douradas.

Ava queria seguir rápido. Mas estava sendo atrasada.

— Mais depressa, alien!

•• O vozerio me confunde • Esta simulação não é compatível com meu sistema sensorial •

— Pois enganou você direitinho lá atrás.

•• Meu confronto com a traktoriana de habilidades ilusórias era ainda recente • Duvidar deste cenário foi uma conclusão lógica •

— Mesmo assim, toda errada.

•• Escarnece de meu infortúnio • Guerreira Furiosa • Quão indigno •

— Furiosa eu fiquei por apanhar de você. Outra vez!

— É por causa de seus atributos — riu a elfa, esperando a dupla com um olhar divertido. — Ele é muito mais poderoso. Em compensação, você é mais hábil.

— Como pode saber disso?

— Segredinho meu. De qualquer forma, se isso incomoda, terá que acumular XP para melhorar.

— Não faço questão.

•• Estou farto destas vozes •• pediu o Embaixador, coçando a orelha com a garra. A elfa pensou em responder, mas deu de ombros.

Ava olhou para ambos, decepcionada. Suspirou. Talvez estivesse mesmo se comportando de forma irracional.

— Fala comigo — tentou.

•• Com você • Explique •

— Talvez sua mente consiga focar em mim e filtrar outros sinais.

•• Não • Explique seu motivo para prestar auxílio a quem odeia •

— Ah, isso. Fazer o quê? Com essa, serão duas que me deve.

•• Então busca me comprometer • Recuso-me a ser um fardo •

— Tarde demais.

•• Escaparei deste inferno computacional sem seu socorro •

— Não seja exagerado, é apenas um jogo. Nada que fizer aqui importa.

— Tenho minhas dúvidas — disse a elfa. — Tantos vivem aqui, aventuram-se aqui, apaixonam-se aqui. Realidade é onde está seu coração, não concorda?

— Não — respondeu a capitã. — É uma simulação. Não há perigo que...

— Ava! — gritou uma voz acima das outras. Correndo no alto dos portões da Arena, onde a multidão se aglomerava, vinha Goki.

— Achou Kisel? — perguntou ela.

— Depois! Temos que ajudar o tiozão imortal!

— Mortalha? Ele também está aqui?

— Lutando na Arena! Contra os traktorianos! *Todos eles!*

— E você o deixou sozinho?

— Tatiane juntou-se a ele, mas a situação é péssima. Vamos, explico no caminho!

— Não podemos passar pelo portão!

— Ah, verdade, ainda não fizeram a *quest* que dá acesso. Vem comigo, sei de um atalho.

•• Mostre o caminho • Defensor Blattariano •

O Vermelho concordou com um aceno, nem perguntando o motivo de ser chamado assim. Isto é, claro que sabia sobre *blattaria* ser a subordem zoológica das baratas, mas — não, sem tempo agora. Saltou até o chão, diante dos demais, e então correram. Contornaram parte da construção gigantesca, atravessando o público, e esquivando-se de vendedores e outros aventureiros.

Os portões da Arena estavam abertos, prontos para receber multidões. Agora, mais que o burburinho dos passantes, o que dominava eram os urros da multidão acima. As arquibancadas lotadas. Pés batiam com força na pedra, fazendo cair poeira em quem passava embaixo.

— Droga! — reclamou o Defensor a certa altura, parando de repente. — Não podemos por aqui também.

— Como é? Errou o caminho? — respondeu Ava, incrédula.

— Não, isto é, sim. Esta é a entrada para o público espectador, apenas. Não podemos acessar a própria arena.

— E como Tatiane conseguiu?

— Voando. Pensando bem, ela não deveria ser capaz aqui. Como será...?

— Não precisam perder tempo com isso — cortou a elfa. — São bons de briga no mundo real, certo?

— Sou — disse Ava, e em seguida: — Eles quebram um galho.

— Então venham comigo! — riu a garota. — Vamos pular o tutorial!

08:59 P.M.

Centro Hospitalar da Nau-Capitânia

Odara ajeitou uma mecha de cabelo com as costas da mão. Suja de caldo alienígena, irritada com o Major e preocupada com Kisel. Mas orgulhosa como médica.

Acabava de realizar procedimento cirúrgico em um traktoriano. Removeu a última parte orgânica da entidade robótica alienígena. Precisou de meia hora para liberar todas as terminações nervosas sem danos. Eram algo como eletrodos de material desconhecido, feitos para levar comandos cerebrais às partes robóticas. Quando pensavam, o corpo de máquina respondia prontamente.

Uma medida de segurança. Não fossem retirados, ele talvez ainda pudesse mover sua carcaça à distância, mesmo desmontada em algum corredor da nave. Ou até acessar um drone emergencialmente. Agora, era realmente inofensivo. Embora mais resistente que seu equivalente humano, um cérebro ainda é um cérebro.

Seria uma cirurgia complicada em situações normais. No espaço, em microgravidade e com o Major dando pitaco, aquilo que a doutora-chefe conseguiu foi quase milagre.

— Parabéns, Odara — disse o Major. — É um menino.

— Obrigada pela oportunidade. Um cérebro traktoriano vivo!

— Pois é. Tem cheiro de tainha. Vamos colocá-lo na cápsula?

— Sim, precisamos acondicioná-lo.

— Quando disse vamos, quis dizer você, ok? Caso não tenha ficado claro.

— Ficou, sim — riu Odara, trotando pela ala médica até um depósito de equipamento. Apanhou o casulo: um recipiente próprio para aprisionar traktorianos. Uma cápsula equipada com sistemas para comunicação e sentidos, além de prover nutrição e oxigenação ao tecido vivo. Nada além disso.

Quando voltou-se para mesa cirúrgica, viu o Major cutucando a coisa com o cabo do bisturi.

— O que acha que está fazendo?

— Pode ser que a cafeína tenha me deixado agitado, mas tive a impressão que...

Depois de tantos milênios, Mortalha já não alimentava esperança de alcançar algum patamar superior, ou ascender aos céus. Várias vezes acreditou ter sido privado desse tipo de recompensa para sempre. Porém, caso seu paraíso particular existisse, talvez sua representação fosse aquela.

Uma arena de batalha, como outras onde lutou tempos antes, quando Roma ainda nem havia queimado. A plateia gritando. O sol forte brilhando no suor da pele, nos detalhes da armadura de couro batido. Uma lâmina. Um escudo. Luta justa.

Ou quase isso. Público um pouco mais estranho do que estava acostumado. Mais colorido, talvez. Os inimigos também, mais numerosos do que seria considerado justo em combate gladiatório normal. Seis deles.

Mas a quem tentava enganar? Não se divertia tanto há muito tempo!

Eram monstros, todos. Mas não tinha certeza de que tipo. Imensos, algo como ogros, mas com jeitão de zumbi, e cheios de bizarrias corporais. Ambos, ogros e zumbis, ele sabia existirem. Ainda assim, havia algo esquisito neles. Algo *errado*.

— Sem problema, por mim — riu, empunhando o par de facões. — Podem vir todos juntos.

— Não há necessidade — explicou o maior, de aspecto amarelado e doentio. Não bastassem os tentáculos em volta do crânio e os fungos que brotavam em lugares estranhos. Além disso tudo, tinha duas cabeças! Uma parecia morta há tempos, pendurada diante do peito pelo pescoço fraco, uma língua azulada pendendo fora da boca. A outra, de queixo quadrado e ossos muito marcados sob a pele, sorria confiança. — Sou mais que suficiente para derrotá-lo.

— Foi o que todos disseram antes de vocês — respondeu Mortalha, girando os braços para soltar os ombros. — Pois adivinha só.

— Parece ter muita confiança, humano — riu o monstro. — Gosto disso.

— É apenas experiência. Fui aprisionado neste mundo mágico. Lutei contra tudo que jogaram contra mim. E venci!

— Mas existe um porém — comentou o gigante bicéfalo, removendo o próprio punho para revelar uma lâmina feita de osso. Pulou de encontro a Mortalha, rápido demais para alguém de seu tamanho. Cruzou toda a arena no intervalo de uma batida do coração.

Lâminas se chocaram. O impacto foi tremendo. A onda de choque propagou-se em volta, fazendo o chão tremer. Estavam muito próximos um do outro. Próximos demais.

— Até agora, você não havia enfrentado Opressor!

— Viu? — disse o Ninja, apontando para a massa encefálica amorfa sobre a mesa.

— Tinha razão. Está se movendo! — concordou Odara, preocupada. — Podem ser apenas espasmos, mas melhor nos apressarmos.

— Conto com você — respondeu, já em direção da saída, caminhando talvez um pouco mais rápido do que normalmente faria.

Odara não se alterou. Apenas pediu:

— Major. Por favor. Vai mesmo me deixar aqui sozinha com esta coisa?

O Ninja suspirou. Não estava exatamente no clima para lidar com uma ameaça biológica na nave. Não durante uma crise energética, somada a um incidente diplomático interplanetário envolvendo uma invasão alienígena. Torceu o pescoço, tentando deixar absolutamente clara sua indisposição apenas pela expressão corporal.

Em resposta, a centaura sorriu com doçura. Olhinhos fechados, mãos entrelaçadas diante do corpo.

— Maldita — praguejou o Major.

— Vou preparar tudo — falou ela, recolhendo frascos, pílulas e eletrodos para liberar espaço sobre a bancada. — Fique de olho no cérebro. Se fizer qualquer movimento brusco...

— Já passamos desta etapa, doutora — comentou o Ninja, apontando para a coisa que agora pulsava pra valer.

— São movimentos involuntários — avisou Odara, apressando-se ao máximo enquanto checava os painéis. — Seus sentidos ainda percebem apenas o mundo de jogo.

— Faltou combinar isso com a gelatina.

De fato, a coisa-cérebro arqueou, dilatou guelras e ventosas ameaçadoras, e saltou na direção do Ninja.

— Segure-o! — avisou Odara, voltando o mais rápido possível.

— Farei melhor — riu o Major, dobrando os joelhos e preparando a bota para seu melhor chute.

Suor escorria da testa de ambos. Mortalha, desarmado, com um corte no supercílio. Mãos muito feridas. Respirava com dificuldade devido aos estragos recentes em suas costelas.

Opressor também estava mal. Aquele corpo onde se achava aprisionado, por algum ardil do Major Ninja, era comparativamente frágil. Quebradiço. E tinha acelerômetros de controle de danos completamente desregulados. Sentia algo novo. Ruim. Dor.

Perdeu um olho. Visão periférica comprometida do lado direito. Também mancava. Apenas um golpe bem colocado do humano foi suficiente para deslocar a articulação principal no membro inferior esquerdo. Lembrava uma roldana unocentrada protetiva. Seu oponente a chamou de rótula. Nome idiota, como todo o resto.

Era um corpo de carne. Orgânico e claramente desatualizado. Traktorianos superaram esse estágio séculos antes. E retrocessos eram algo que o deixava especialmente irritado.

— Ajoelhe-se e implore, terrano — rosnou e, quando o fez, algumas peças brancas no orifício bucal soltaram e caíram.

— Não tinha escutado essa piada ainda hoje — riu Mortalha, também sem alguns dentes.

— Precisa de ajuda, líder? — perguntou Forte, encarnado em um corpo aberrante.

— Sou contra... — respondeu Couraça, arrancando risos dos demais. Opressor não achou graça. Não aprimorou sua existência ao máximo para virar chacota de um bando miserável como os Cinco.

— Fui misericordioso com você, terrano. Mas não haverá segunda chance. Desapareça!

Então, o embate recomeçou. Cada um com seu estilo. Socos poderosos, chutes precisos. Sempre visando pontos fracos. Alguma desvantagem. Algo que pudesse levar até a vitória. No entanto, tudo que conseguiam era acumular dano.

Ossos deslocados. Luxações. Toda sorte de ferimentos, cortes, lacerações. Opressor era mesmo muito mais forte. Maior, e, também, menos apegado à misericórdia. Não tinha hesitações quanto a ferir outros seres. Queria vencer, preferencialmente humilhando aquele humano, para que pudesse se arrepender de tê-lo enfrentado no túmulo.

Mas Mortalha tinha um trunfo. Era acostumado com a dor. Ser ferido incontáveis vezes, por gerações, era sua maldição imortal. Sim, o sangue correndo farto pela fronte queimava a retina. Sim, o nariz quebrado incomodava, tanto quanto o maxilar deslocado. O ombro retorcido. O pé quebrado. E daí? Era só dor. O corpo gritando com todas as forças que estava vivo. E que desejava continuar assim.

Ele também queria. Perdeu a imortalidade. Mas não a vontade de viver.

— *Quero viver!* — Gritou, com um salto incrível, pousando de joelhos diante do oponente. Dali, impulsionou o corpo como uma mola, aplicando um gancho. Direto no queixo, com toda a determinação reunida. Apostando tudo.

Ali, em luta de vida ou morte, Mortalha se certificava. Mesmo após milhões de anos, não desistiu da vida.

Não era exatamente parte do plano. O intuito do Ninja sempre foi evitar incidentes diplomáticos com Traktor, tanto que estava disposto a ignorar a invasão de Opressor e seus cupinchas à Aristóteles. Pelo bem da união entre os povos. Mas acabar vitimado por uma massa cerebral repugnante, bom, isso passava dos limites.

Enquanto apenas rastejava desajeitada na mesa cirúrgica, até a considerou divertida. Agora, quicando em sua direção, cheia de ventosas, guelras ou fosse lá o que fossem, achou bem menos engraçada.

Desferiu um chute, presenteando a coisa cinza com a estampa do coturno militar. Atingido pela bicuda, o cérebro de Opressor atravessou a ala médica, passando acima de Odara e acabando seu voo rasante na câmara curativa, com um sonoro mergulho líquido.

— Não! — berrou Odara — Temos que tirá-lo!

— Deixa lá, essa bosta.

— É a câmara do paciente! Caiu no tratamento de animação suspensa do Mortalha!

9

09:*34 P.M.*

Nau-Capitânia

— Agora para a direita, e ali está o caminho!

Kisel olhou desconfiado para Goki. Até pouco tempo atrás, o Defensor estava muito mais perdido que ele. Agora achou um caminho direto até a via principal da nave. A descomunal pista de decolagem e aterrisagem para naves menores, que percorria boa parte de seu comprimento.

Infelizmente, achou também outra patrulha de drones traktorianos. Eram quatro. Todos se voltaram em sua direção ao mesmo tempo, assim que terminou de girar sozinho a barulhenta manivela auxiliar que abria a porta.

— Ainda não consegue andar? — perguntou Kisel, sacando a Espada da Galáxia e carregando energia na cabeça decepada do Dragão-de-Aço.

— Digamos que não me sinto muito bem.

Os inimigos chegaram e, com eles, mais disparos paralisantes. Kisel abaixou na última hora, conseguindo desviar por alguma boa rolagem de dados do destino. Empurrou Goki para longe com os pés e deixou a energia do Código fluir.

Atacou o primeiro, com a espada adiante, tentando uma estocada. O robô girou sobre o próprio eixo (literalmente, tinha uma base rotativa na cintura) e golpeou de cima para baixo. Acertou na nuca, derrubando-o de costas no chão. O Dragão voou longe. Os outros três se aproximaram, armas à frente, cercando-o.

— Ih... Vão te pegar!

— Fica na sua, Goki! — reclamou Kisel, sentindo a cabeça girar. Brandiu a espada de qualquer jeito, cortando metal, fios, piso. Ainda junto ao chão, mas sem gravidade, deslizou sob um robô não consciente sobre a recente perda de uma perna. O meio-metaliano fugiu meio correndo, meio tropeçando, meio flutuando — estilo nada digno, mas funcional. Ganhava distância. Algo que os robôs não estavam dispostos a permitir.

— Você é muito ruim de espada, impressionante.

— Faz melhor, Barata!

— Posso ensinar, se deixar de ser mala.

— Vai lá! Me mostra então!

Outra chuva de disparos, ricocheteando por todo lado. Kisel saltou, imitando movimentos que Ava fez no deserto. Sem peso, não precisava de tanta força quanto ela. Abriu os braços para ganhar equilíbrio. Funcionou.

Alcançou um edifício em construção, basicamente feito de infraestruturas metálicas. Os três inimigos com pernas ainda intactas o perseguiam. Não podia fugir deles em espaço aberto. Teria que lutar. Goki também entendeu isso, pois não parava de matraquear em sua mente.

— Primeiro, segura a empunhadura direito. Afasta as mãos.

— Qual a diferença?

— A diferença é que isso é uma espada, não uma frigideira!

Kisel fechou a cara, mas não custava tentar. Os traktorianos decolaram velozes, rugindo como um trio de caças hipersônicos. Em seu outro ouvido, Goki ainda explicava:

— Estique os braços. Pense na arma como uma extensão do corpo. Mantenha alinhada com o umbigo. Nem alta como uma antena, nem pendurada como uma cauda.

— Pode me passar a versão resumida? Eles estão chegando!

— Deixe que venham. Você sempre pula pra cima deles feito um imbecil! Só ataque quando achar que estão ao alcance. Nessa hora, dê um impulso adiante e golpeie. Com o pulso, não com os braços.

— Como é que...? — tentou perguntar, porém não havia mais tempo. Os alvos chegaram tão próximos que podia ver o próprio reflexo no metal polido de que eram feitos.

Então agiu. Braços à frente, ombros livres. Puxou a mão esquerda ao mesmo tempo em que desceu a direita. A Espada da Galáxia atingiu o traktoriano no centro do elmo, separando em metades perfeitas como uma laranja. Kisel emergiu do outro lado, olhos arregalados por ter conseguido de primeira. Esboçou um sorriso, pretendia gritar alguma coisa, comemorando.

No entanto, foi alvejado por uma série daqueles disparos paralisantes. Tremendo, dentes batendo, girou descontrolado até colidir com alguma coluna.

— D-d-d-droga! — tiritou.

— Esses tiros já são inúteis. Só resiste.

Inspirou profundamente, sentindo cada fibra do corpo pinicando de eletricidade. Não era mais dor. Um desconforto, no máximo. Gritou. Não tinha significado, nem sentido. Foi por puro alívio. Tinha conseguido outra vez.

— Boa, garoto! Só faltam dois!

Os synbots também perceberam, seguir com aquela estratégica seria inútil. Assim, recolheram as armas em compartimentos nos antebraços e, de onde seriam suas coxas, puxaram bastões faiscando energia.

Kisel se preparou. Feriu-se na colisão, mas nada comparado ao que já passou. Corrigiu a postura. Cuspiu de lado, jogou o cabelo para trás, reassumiu a posição de ataque.

— Não se empolga. Estão todos conectados. Não vão cair no mesmo truque duas vezes.

— Tudo bem. Tive uma ideia.

09:47 P.M.

Tormenta ALPHA

Ava olhou em volta para o grupo incomum que haviam reunido. Perguntou-se o que faziam ali, naquele game, em vez de lutar uma luta de verdade.

Deixaram a área de tutorial, seguindo em direção ao que parecia um estábulo, ou zoológico, pois havia todo tipo de feras e monstros, exceto cavalos. A capitã imaginou que utilidade teriam até lembrar-se de que tratava-se de uma arena. Eram certamente usados em combates de gladiadores, ou o equivalente naquele jogo. Não gostou da ideia a princípio, mas melhor brigarem com algum bicho virtual do que caçar animais reais. Muito menos cruel.

O Embaixador também estava perturbado, por razões diferentes. A realidade virtual atacava e confundia seus sentidos alienígenas.

— Aqui, grandalhão — chamou Ava, estalando os dedos diante de seu focinho.

O alien concordou com um aceno da juba volumosa. Tinha mesmo se perdido na confusão de vozes.

— Diz aí. Acha certo fazer isso com Kisel?

•• Ele tem o Código • Guerreira Furiosa •• disse, ressoando a voz grossa e leonina. •• Se ele não voltar comigo • Outros virão • Desta vez como inimigos •

— Não foi o que perguntei.

O metaliano a observou, pensativo. Parecia refletir sobre o assunto, até onde seria possível considerando a alternativa, impossível de cogitar: a amada rainha-mãe privada de seu dom sagrado. Por fim, concluiu:

•• Kisel é vítima das circunstâncias • Como nós •

Ava teve que concordar. Havia se tornado piloto da ORDEM meio sem querer. Em algum momento, escolhas e sonhos deram lugar à realidade dura. Então não havia mais volta. Apenas um dia após o outro. Lutar ou morrer.

•• Estou longe de Metalian há tempo demais • Sendo desejo da Primarca e portanto realidade • Mas por vezes revejo em memória as planícies vulcânicas • As cores dos campos magnéticos nos céus • A música da gravitação reconfortante •

A capitã pensou em rebater. Ofendê-lo. Mas não podia. Conhecia bem aquele sentimento de desejar voltar pra casa. Foi seu motivo para seguir lutando.

Não estava preparada para esse nível de empatia com um metaliano. Não, ainda. Seria humano demais.

• • •

A plateia gritava frente ao combate desigual. Alguns divertindo-se, clamando por mais. Outros indignados pela diferença injusta entre os adversários. Seis monstros aberrantes contra um único velhote.

Ou melhor, *eram* seis. O maior recebeu um soco certeiro de Mortalha com poder suficiente para erguê-lo do chão. Arremessado, o monstro Opressor se desfez em fragmentos quadriculados, desmanchando como uma nuvem de poeira.

Sem explicação para o fenômeno, Mortalha apenas aceitou. Mas tamanho esforço não veio sem preço. Ele apostou toda a energia naquele golpe decisivo, e venceu. Agora, atordoado, lutava simplesmente para se manter em pé — algo que os oponentes restantes percebiam e achavam divertido. Circulavam o lutador combalido, caçoavam, provocavam com ataques desleixados. Uma roda punk de tortura lenta, sem pausa para descanso, esgotando-o pouco a pouco. Seguiriam assim até esmagá-lo por completo, não fosse a chegada de uma golem reluzente.

Comodoro Tatiane. Ela veio dos céus, voando sem asas ou magias. A pele-armadura de porcelana faiscava, assim como os frisos de ouro.

Parecia frágil, quebradiça. Assim pensaram os Cinco, antes de seu avanço furioso. Tencionava atingir todos ao mesmo tempo, com velocidade estupenda. Contudo, de alguma forma, um deles interpôs todos os ataques. Foram sete golpes, mais rápidos que a vista. Nenhum venceu a carapaça absurda de Couraça, mas foram suficientes para anunciar que não estavam lidando com uma oponente fraca.

— De pé, Mortalha — exigiu Tatiane, ainda flutuando. — Um soldado da ORDEM não pode se portar assim perante invasores.

— Feliz em ver um rosto conhecido, Comodoro — respondeu o velho, cuspindo sangue. — Como chegou a este lugar mágico de batalhas de arena?

— Estamos em uma simulação.

— Ahn? Como um sonho? — perguntou Mortalha, levantando-se com esforço, apoiando nos joelhos.

— Pode considerar assim — ofegou a androide, mais para replicar emoções que por necessidade de oxigênio. — Contudo, seja sonho ou não, minhas ordens como oficial superior ainda têm validade.

— Pois isso me basta. Só precisa — interrompeu-se, súbito.

— Mortalha? — notou ela, alarmada. Algo estava diferente.

— Uma sensação... Dor... Minha cabeça... Parece que vai...

Gritou. Um lamento de agonia tão intenso que até Tatiane sentiu em seus sistemas. Devagar, o corpo do velho guerreiro tombou inerte na areia, desfazendo-se em poeira cintilante.

09:48 P.M.

Nau-Capitânia — Centro Hospitalar

O Ninja e Odara permaneciam parados ao lado do tanque regenerativo, em silêncio. Vigiavam o líquido laranja borbulhante com um misto de terror e curiosidade. Ela, como médica, ponderava sobre as possibilidades de aprendizado frente ao ocorrido. Impossível deduzir os pensamentos do Major. Ambos sabiam, exatamente, o que havia na cabeça de Mortalha.

Ele seguia na banheira, em coma induzido. Mas, em vez de um rosto tranquilo respirando líquido de cura, sua face achava-se coberta pelo cérebro traktoriano que era Opressor. A coisa cinzenta agarrava-se com tentáculos finos, abraçando a cabeça, enrolando-se no pescoço.

— Pois é... — disse o Ninja a certa altura.

— *Você* chutou isso dentro da banheira — falou a médica, severa. — O que espera que eu diga?

— Gol?

Odara não respondeu. Tinha preocupações mais urgentes que o senso de humor discutível do Major. Tinha que fazer alguma coisa, mas estava incerta sobre o quê.

Possessão de humanos por traktorianos não era algo sem precedentes. Em situação normal (até onde o evento bizarro podia ser chamado assim), o cérebro invasor penetra pelo canal nasal e alcança a caixa craniana, absorvendo informação útil do cérebro antigo para então empurrá-lo esôfago abaixo, rumo à digestão, sem deixar pistas. Em outras palavras, o antigo dono daquele corpo acabava se transformado em número dois.

Contudo, até onde sabia, o processo nunca ocorreu em condições laboratoriais observáveis. Ou, pelo menos, diante de testemunhas. Ou com uma vítima imortal em coma induzido.

— Possessão alienígena é letal para o hospedeiro em 100% dos casos. Impossível que ele sobreviva.

— Mortalha foi derretido a nível molecular ontem de manhã. Se alguém pode lidar com um alien entrando pelo nariz, ele é o cara.

— Isso foi antes da remoção de sua imortalidade. Agora, já lutava pela vida mesmo sem um molusco invasor preso ao rosto.

— Justo um tecnofóbico como ele foi passar as últimas horas de vida no *Tormenta ALPHA*.

— Então inseriu ele no joguinho também?

— Mais cedo que os outros. Precisava testar se nosso sistema de imersão em realidade simulada funcionava. Com todos ocupados e ele sem fazer nada...

— Major, a situação é séria! Sabe como a infiltração traktoriana acontece?

— Claro que sei! Por que acha que chutei longe quando pulou em mim?

— Neste instante, a coisa está introduzindo filamentos neurais para leitura dos padrões sinápticos de Mortalha. Quando acabar, não haverá mais motivo para adiar a penetração completa e invadir seu crânio. Vai digerir seu cérebro inteiro e assumir o controle do corpo! E você faz piada?

— E você, acha que gritar comigo ajuda? Vem, vamos drenar o líquido curativo e colocá-lo na maca.

A centaura concordou, contrafeita. Efetuou os comandos em sua prancheta digital e logo o sistema de sucção da banheira começou a agir. Sem o caldo, era ainda mais bizarro. Aquela massa encefálica pulsava lentamente, enchendo e se esvaziando como um pulmão.

Com cuidado, o Major recolheu o corpo e o levou até a mesa de cirurgia. Odara continuou lendo prontuários, procurando alguma luz de esperança, mas todos os prognósticos eram terríveis. Haviam inúmeros casos confirmados de traktorianos infiltrados — inclusive na ORDEM —, sempre da mesma forma. Todas reveladas muito tempo depois da possessão, sempre após a morte do corpo hospedeiro por algum motivo.

Esse motivo, não raras vezes, era o sujeito de máscara ali ao lado.

Desistiu. Largou o *tablet* de lado, apanhou um bisturi e se aproximou da maca.

— Vamos operá-lo — falou.

— Vamos?

— Tá... *Eu* vou operá-lo. Pode ser tarde para salvá-lo, mas melhor remover o traktoriano antes que tome o controle.

De sua cabine, a Subtenente Angelina continuava com o trabalho monótono. Repassava os núcleos de informação, consultando os níveis de uso e desligando prédios computacionais que não fossem absolutamente necessários.

Estava indo bem, boa parte do processo foi executada. Até alcançar aquela partição em específico. Por algum motivo, não desligava. Por mais que tentasse, não conseguia fazer com que aceitasse os comandos remotamente.

— Não acredito que preciso ir lá — resmungou, saindo da poltrona e flutuando pelos corredores do servidor central. Deslizou sem esforço, tomou um elevador e afundou por vinte andares de equipamento. Por todo o caminho, lia o *log* através das lentes dos óculos, curiosa com o que poderia causar uma falha tão básica.

Primeiro, culpou algum *software* essencial removido por acidente quando realizou a partição. Com partes faltando ou editadas, o programa não podia ser desligado sem que cada aplicativo importante fosse revisado por alguém. Então, chegando ao andar rebelde, percebeu que isso não fazia sentido. Aquelas centenas de torres eram os módulos de conexão e *firewall* da nave. Serviam para controlar todo o tráfego de hypernet, incluindo a própria Comodoro.

Por segurança, não havia conexão livre direta entre a Terra e a Aristóteles. Tudo tinha que ser filtrado, avaliado, checado. Normal, uma vez que o cruzador tinha capacidade para pulverizar cidades e exterminar metade de um continente. Deixar brechas para *hackers* não era opção.

Logo algo chamou sua atenção. Estava *quente* ali. O som do sistema de resfriamento incomodava. Operava em carga máxima e, ainda assim, havia calor suficiente para aquecer o andar inteiro. Estranho. Superaquecimento só poderia ocorrer em caso de sobrecarga nos núcleos de processamento.

Angelina conectou-se diretamente ao terminal daquele andar e rodou um diagnóstico. Não havia necessidade de tanta computação com a Aristóteles trabalhando com um centésimo da capacidade de pessoal. Em caso de falta de energia crônica, a última coisa que alguém precisava era atualizar o *Instagrimm*.

O resultado piscou na tela virtual. Era mesmo um processo desconhecido. Pior. Toda a conexão com o planeta ficou comprometida por horas! Apenas um décimo das operações foi realizado. Pacotes de dados volumosos aguardavam entrega, pausados, porque o sistema executava uma única tarefa.

— O que está fazendo? — perguntou para ninguém enquanto digitava nas telas holográficas que visualizava em realidade aumentada. Os gráficos confirmavam, todo o andar estava com um pico de energia insano. Aquele setor consumiu, nas últimas horas, eletricidade equivalente a todo o restante do Distrito Computacional!

Tatiane não percebeu isso? Pensou, por impulso, antes de lembrar que a Comodoro estava sem conexão com a maioria dos sistemas.

Ainda tentava entender o ocorrido, quando a refrigeração produziu um som característico de final de processo. Os sistemas de resfriamento dos milhares de processadores reduziram a carga. Era como se a máquina tivesse recuperado fôlego após tanto trabalho.

A demanda incomum de energia também caiu. Havia concluído o processamento. Um único arquivo com milhares de terabytes!

Com um comando, Angelina forçou acesso. E, no mesmo instante, tudo que estava em espera foi processado de uma só vez.

Muitas mensagens importantes. A maioria das requisições de contato foram intencionalmente bloqueadas, especialmente aquelas vindas da Lua. Angelina atendeu com um toque no ponto auricular.

— Nau-Capitânia Aristóteles — disse, preocupada. — Subtenente Angelina falando.

— Até que enfim! — respondeu a voz de criança — Sou Antena-Z, coordenadora interina dos Defensores da Terra. Temos um problema. BEM grande.

Sons de sucção úmida, tecidos rompidos e borbulhar de fluidos. Em pouco tempo, a coisa-cérebro abraçadora de rostos — felizmente sem nenhum sangue ácido — foi arrancada da face ainda inconsciente de Mortalha.

Cheiro asqueroso, de sangue doente, subiu pelo ar. Odara levou a massa cinzenta até a cápsula de contenção, fechando-a em seguida. O painel brilhou vermelho, indicando que o alien estava contido. Agora sem sinais de vida.

A centaura voltou-se para o paciente. Exceto por alguns hematomas e perfurações, além de danos no nariz, o velho guerreiro parecia bem. Respirava tranquilo. Sinais vitais estáveis. Pulsação e pressão normais. A doutora puxou uma minúscula lanterna do bolso do jaleco e acendeu diante dos olhos dele.

— Então? — perguntou o Major, mão sob o queixo.

— As pupilas reagem. Quer dizer que tem um cérebro funcional.

— Não necessariamente o dele.

— Aquilo está morto. Talvez seu chute tenha causado traumas severos. O que seria ótimo. Mas...

— Não precisa completar. Vamos prendê-lo — decretou o Major.

Aproximou-se da maca para recolher o corpo quando os olhos de Mortalha abriram de repente. O guerreiro sentou de pronto, tossindo muito, vomitando líquido curativo.

Após breve pausa para recuperação, com um olhar irritado por debaixo da máscara, o Ninja perguntou:

— É hora do abraço ou da porrada?

Mortalha levou a mão ao rosto, tentando compreender o que houve. Colocou-se de pé sem dificuldade. Esticou a musculatura do pescoço, moveu as pernas para sentir as articulações. Desatou a rir. Ainda gargalhando, armou-se com um dos bisturis sobre a bancada médica. Apontou a lâmina afiada para o oficial superior e disse:

— O que você acha?

— Que estou te devendo uma surra faz tempo — respondeu o Major, sacando a katana da bainha e colocando-se em posição de combate.

09:49 P.M.

Nau-Capitânia

Kisel deixou a luz do Código fluir outra vez, aquele calor reconfortante que devolvia forças. Curava feridas. Brilhava em seus olhos, queimando com a energia da vida. Completa e suprema.

Endireitou o corpo, recuperando o equilíbrio. Após algumas horas sem gravidade, já estava bem acostumado. Talvez algum efeito dos genes alienígenas híbridos. Talvez apenas autoengano.

O Dragão-de-Aço arruinado continuava girando diante dele, solto no ar. Apenas a cabeça restou. Pegou-a e encaixou-a no antebraço, como uma manopla. Os olhos acenderam, queimando força iônica. Mesmo sem bateria ou meio de carregamento, por algum motivo, funcionava. Era como a arma de encolher e esticar na Terra. Usava energia produzida por Kisel. Pensando bem, ele próprio mal comeu ou dormiu desde que interrompeu a medicação. Sorriu.

Empunhou a Espada da Galáxia, recolheu os pés e deixou que seus novos poderes fizessem o serviço. Apontou o Dragão para trás, expelindo uma rajada curta. O recuo fez Kisel atravessar o saguão como um foguete. Alcançando os dois robôs restantes, brandiu a espada. Um drone traktoriano foi cortado ao meio, explodindo em seguida. O jovem emergiu das chamas sem danos.

O outro robô revidou. Um golpe poderoso com as costas da mão metálica. Kisel bloqueou com a manopla, agora energizada, sem problemas. Seu contragolpe com a lâmina separou o braço e parte do tórax do inimigo. Também explodiu. Talvez fosse algum aplicativo suicida.

Com o som das explosões, mais três robôs surgiram. Kisel respirou fundo. Apontou a lâmina para os inimigos outra vez e avançou. Desta vez, foram mais rápidos. O primeiro saiu do caminho, abrindo passagem para o segundo, que aguardava pronto para recebê-lo com um punho de aço direto no estômago. Atingido, Kisel subiu, bateu de encontro a um anteparo e desceu. Olhos fechados, apenas para ser agarrado pelos cabelos por outra máquina. Péssima decisão: apontou o Dragão e disparou. Derreteu a cabeça quadrada.

Talvez seguindo algum protocolo de desespero, o traktoriano decapitado distendeu armas e disparou em todas as direções, terminando por alvejar os próprios companheiros. Todos explodiram, deixando Kisel chamuscado, mas satisfeito.

— Se pudesse, bateria palmas.

— Muito conveniente essa sua paralisia — cobrou Kisel.

Guardou a cabeça do Dragão na mochila e a lâmina de volta ao hiperespaço. Antes de prender a empunhadura no cinto, olhou por um instante. Pensou em como a arma, agora, parecia perfeitamente equilibrada — mesmo quando empunhada com apenas uma mão. A ausência de peso ajudava, mas parecia ser algo mais. Alguma ligação misteriosa.

Também achava incrível como, para aquela lâmina, tudo parecia feito de isopor. Mesmo seus golpes mais desajeitados traziam destruição total. Um grande perigo. Podia matar alguém por acidente. Melhor praticar mais, quando tivesse oportunidade.

Após essas curtas reflexões, pegou novamente o Defensor Vermelho pela bota e saiu rebocando-o dali.

— Até onde pretende me carregar?

— O plano não mudou — respondeu Kisel, apontando para a própria mochila com o polegar. — A máquina de consertos no Distrito Arsenal.

— Então vamos lá. Depois da próxima escadaria há outro terminal de monotrilho.

— Como sabe? — perguntou Kisel, desconfiado.

— Acabou de subir uma atualização. Confia.

O rapaz não questionou. Goki realmente tinha acertado o caminho da outra vez. Merecia um voto de confiança maior que as sugestões dele próprio, baseadas apenas em uma miniatura de brinquedo.

O monotrilho, de fato, estava ali. Funcionando por repulsão magnética, exigindo energia mínima mesmo com a nave inteira desligada. Seguiram a bordo, conversando bobagens por boa parte do trajeto. Goki parecia mais curioso que o normal sobre as ideias de Kisel. Falaram sobre família. Música. Filmes. Quadrinhos.

Tentaram evitar confronto com outra patrulha synbot permanecendo escondidos até que fossem embora. Mas fracassaram. Tiveram que abandonar os destroços do trem após a luta.

Parecia evidente que os traktorianos procuravam por ele. Mais que isso, tinham algum jeito de detectá-lo. Sempre que pensava despistá-los, o grupo inteiro retornava com olhos vermelhos de raiva, prontos para capturá-lo ou morrer tentando. Até agora, morriam tentando.

Os combates seguidos não cansavam Kisel, pelo contrário. Acessava o Código para curar-se ou recuperar força. Tornava-se melhor no manejo das armas. Em certo ponto, destruir as patrulhas tornou-se mais fácil e rápido que tentar evitá-las.

Isso o incomodava.

"Role os dados..."

— Ah, não — reclamou o Defensor. — Até aqui, essa música chiclete?

— É o toque do celular — explicou Kisel. Levou a mão ao bolso, mas não atendeu. Em vez disso, se concentrou no sinal. E conseguiu.

— Subtenente? — pensou, pela transmissão de rádio.

— Kisel! — respondeu Angelina. — Não tenho visual.

— Não abri o aparelho. Mas estou ouvindo.

— Certo. Olha, após o vídeo, sei que deve ter perguntas...

— Pra ser sincero, só vi um pedaço.

— Sério? Acredito que fui bem clara quanto à importância desse conteúdo, recruta.

— Sim, senhora. Mas tive contratempos.

Como agora. Outra patrulha trak, desta vez trazendo algo novo. Uma espécie de rede, feita de energia — que parecia a mesma das armas paralisantes. Talvez pior.

Empurrou Goki para longe com os pés, usando o impulso para voar até os inimigos. Já trazia a espada desembainhada, sem perceber quando o fez.

Os robôs lançaram a rede, que cresceu, cobrindo a ala inteira. Kisel usou a espada para tentar cortar uma abertura. Em vez disso, a lâmina de aço nuclear apenas sugou aquela energia, fazendo tudo sumir. Ficou surpreso. Os robôs, mais ainda.

Alcançando as máquinas, cortou a primeira na diagonal. Girou e pegou a segunda, de baixo para cima, com o mesmo resultado. O último, talvez percebendo que ficou sozinho cedo demais, expeliu uma arma diferente. Não paralisante. Letal.

Três raios lasers de alta intensidade atingiram Kisel na lateral, ainda exposta após o último golpe. Queimaram como chama, esburacando a roupa e enchendo a pele de bolhas. O jovem gritou de dor e raiva.

A arma laser apagou, sugerindo que toda a energia foi consumida naqueles disparos mais poderosos. O synbot recolheu-a para então agarrar o alvo com um abraço de máquina. Kisel acabou preso com o antebraço junto ao peito, a espada longe demais do robô e perto demais do próprio rosto. Não conseguia se soltar ou contra-atacar. Então tentou algo diferente.

Sentia o Dragão-de-Aço às costas, na mochila. A arma nem tinha mais gatilho mesmo, disparava por simples vontade. Inspirou fundo e liberou ainda mais daquela força maluca que brotava dele. O jorro de energia iônica foi ainda mais forte, descontrolado. Derreteu metade do robô, mas também abriu um rombo no piso abaixo e no nível abaixo deste.

Livre outra vez, pensou em curar as queimaduras antigas e novas. Elas sumiram.

— Isso doeu muito! — reclamou.

— Kisel! — chamou Angelina outra vez. — Está tudo bem? Escutei você gritar!

— Subtenente, juro que termino o vídeo depois. Os traktorianos continuam vindo sem parar e...

— Agora é tarde. Ouça — seguiu a Subtenente. — Existem synbots, no Distrito Computacional, tentando entrar. Estou aqui sozinha!

Um barulho alto ecoou no fundo da mente, seguido por estática e aquele matraquear de tique-taque que os drones usavam para se comunicar, provavelmente arrancando as últimas proteções da ala onde ficava o servidor.

— Por favor — pediu Angelina, sussurrando. — Preciso de ajuda.

— Demorou! — respondeu Kisel, voltando até Goki. — Diz como faço para chegar aí.

09:55 P.M.

Tormenta ALPHA

Para a surpresa de Ava, a elfa não mentiu.

Caminharam por ruelas e becos estreitos repletos de mercadores goblins, hynnes trapaceiros e até alguns mortos-vivos. Mesma arquitetura, mesmo mármore lilás, mas sem o mesmo brilho. Aspecto mais antigo, descolorido. Teias de aranha-gigante no alto dos corredores. Portões e grades enferrujadas. Por fim, chegaram a uma mureta baixa que separava bastidores escuros e cheios de tralha acumulada da arena de lutas.

Alcançaram o que poderia ser uma porta dos fundos. Bem nos fundos mesmo.

Diante do portão, dois guardas maltrapilhos tentavam observar a luta por uma fresta, distraídos. Levando em conta o alto padrão da cidade, patrulhada por milícias em armaduras brilhantes, aqueles pareciam bem simplórios. Portavam lanças em vez de espadas, bestas em vez de arcos. Mesmo um exame rápido mostrava uma postura sofrível, desleixada e amadora.

— Ótimo — disse Goki. — Acabamos com os dois e entramos.

— Não há outra forma? — interveio Ava.

— Relaxa. São só NPCs. Nem mesmo um jogador iniciante seria porteiro em *Tormenta ALPHA*.

— De qualquer jeito, não dá para passar por eles sem o tutorial — falou a elfa de cabelo azul. — Se atacar, vai brotar guarda de todo lado.

— Quem é ela afinal? — perguntou Goki.

— Também não sei — respondeu a capitã. — Está com a gente desde a taverna.

— Suspeito demais. Qual é a sua, garota? Tá fazendo missão?

— De certa maneira... — respondeu a elfa, divertida. — Por quê? Vai recusar minha ajuda?

— Não — bufou Goki, contrafeito. — Você nos trouxe até aqui. Então conta: como entramos?

— Há um *glitch* nesta parte do mapa. Uma falha no jogo, que podemos usar para entrar.

— Sério? — interessou-se o Defensor.

— Bem aqui na beirada — explicou ela, traçando uma linha na sujeira do chão. — Vire-se. Agora vem caminhando de costas. Balança os braços, como uma dançarina de *hula*.

— Que doideira é essa?

— Confia, Capitã — riu Goki. — É assim que encontram esses erros. O primeiro sujeito cai sem querer. Depois a galera tenta repetir a falha até aprender a fórmula.

— Alguém dançou hula de ré num beco *sem querer?*

— Por isso adoro este jogo — riu.

Ava e o Embaixador se entreolharam enquanto Goki andava para trás tentando encontrar algum gingado havaiano oculto. Conseguiu. Quando estava quase batendo de encontro à parede, passou através e sumiu.

— Feito! — riu a elfa batendo palmas. Também dançando, desapareceu parede adentro no mesmo lugar, deixando os dois sozinhos. — Espero vocês do outro lado!

Mesmo sob o elmo fechado, o Vermelho semicerrou olhos para evitar o contraste entre a penumbra dos becos e o brilho do sol a pino na Arena. A elfa pareceu não se incomodar. Seguiu ao lado dele em direção à luz.

Seguiram por um caminho de areia batida por centenas de sandálias de antigos gladiadores, ainda com manchas de sangue. As paredes trepidavam com os urros da plateia. No coração da arena, um grupo de cinco aberrantes enfrentava Tatiane.

A Comodoro parecia em dificuldades, então Goki não esperou por perguntas ou explicações. Correu rumo aos inimigos, sacando uma varinha mágica — pouco mais que um graveto, a versão medieval-maluca de sua *Goki Laser Gun*. A elfa ao lado pareceu achar graça. Puxou dois chicotes do cinto, girando-os em volta, acompanhando-o na investida.

Os primeiros disparos de Goki foram detidos no escudo (que mais parecia uma porta) de Couraça, dando cobertura a Forte. Este usava grandes manoplas de ferro, cheias de cravos. Seu soco atingiu Tatiane, que foi lançada longe. Bateria de encontro à murada e cairia no fosso abaixo, mas a elfa foi mais rápida. Girou o chicote, enlaçando a golem e puxando de volta.

— Cuidado com o fosso! Tem coisas na água que você não vai querer conhecer.

— Obrigada, creio — agradeceu a Comodoro, concentrando magia nos punhos, faíscas arcanas brilhando através das frestas douradas. Saltou de volta para a batalha, levantando poeira.

Outra vez, o grandalhão de escudo surgiu no caminho, forçando Tatiane a desviar. Assim que passou ao lado, flechas de Atirador vieram contra ela em sequência assustadora, e todas certeiras! Atingida em pontos fracos, perdeu estabilidade e caiu, rolando no chão.

Goki e a elfa tentaram contornar pelos flancos. O Defensor conjurava uma sequência de raios mágicos com a varinha, porém seus tiros também se perderam na defesa perfeita. Nenhum ataque passava pelo aberrante de escudo. De todas as direções, e de todas as maneiras, o grupo permanecia blindado por defesas impossíveis. Nada parecia capaz de surpreendê-los.

Exceto por uma enorme explosão na entrada da Arena. O impacto arrebentou portões, expeliu nuvens de fogo e detritos, arremessou a pobre dupla de guardas pátio adentro, inconscientes. Outras sentinelas abandonaram seus nichos, dirigindo-se ao local da invasão.

Em meio às chamas, surgia Ava. Empunhava duas lanças de uma vez, pronta para a briga. Ao lado, o leão prateado estalava punhos poderosos, trazendo um brilho feroz nos olhos verdes brilhantes.

— Como aquele portão *explodiu*? — perguntou Goki, incrédulo. — Não havia nada inflamável ali!

— O ódio da Capitã Ava é altamente explosivo — concluiu a Comodoro, sorrindo.

— Que besteira! Ela é personagem iniciante!

— Você segue preso a essa ideia — explicou a elfa. — De que aqui é apenas um jogo. Mas superar os próprios limites também faz parte de *Tormenta ALPHA*.

Não fosse pelo elmo, o Defensor estaria de boca aberta. Viu a dupla passar pelos guardiões desacordados, cruzando o pontilhão sobre o fosso que isolava as arquibancadas. Os urros da plateia aumentaram.

— Não estava com pena desses caras agorinha há pouco? — perguntou o Vermelho.

— Compaixão com bonecos digitais tem limites — concluiu Ava, girando as armas, desacordando os novos guardas que surgiam. — Nem ferrando faria aquela dancinha.

•• Também concordo ser algo além de minha disposição • Defensor Blattariano •

— Onde está Mortalha, Tatiane?

Pairando sobre os inimigos, a Comodoro voltou-se para o grupo com um semblante de pesar. Apontando para a areia, explicou:

— Ele caiu. E não foram eles. Algo aconteceu. Talvez com seu corpo físico a bordo. Opressor também desapareceu.

— Isso é péssimo! — Concluiu Ava. — Estamos vulneráveis lá. Precisamos desconectar rápido. Temos que vencer esses desgraçados primeiro?

— Está nos subestimando, Ava Nírira? — Desafiou Habilidosa. — Até agora, sequer fomos feridos!

— Sou contra!

— Se quiser algum dano, posso providenciar — reclamou Forte.

Ava e o Embaixador se entreolharam com cumplicidade. Estavam diante da versão on-line dos Cinco de Gralgatea. Não podia falar pelo metaliano, mas Ava os reconheceria mesmo transformados em sapos.

— Eles são bons — mencionou o Defensor. — Agem em equipe, o que é bem importante neste jogo. Têm papéis definidos.

— Também formamos um grupo agora — pontuou Ava, talvez não uma gamer, mas definitivamente uma estrategista de combate. — Somos todos atacantes. Então vamos atacar muito. E rápido.

— E quando revidarem? — Perguntou a elfa.

— O Embaixador é nosso tanque. Proteja-nos.

•• Minha resiliência está a seu serviço • Guerreira Furiosa •

— Conto com isso. Goki, temos poder de fogo para atacar à distância. Couraça é uma muralha quase impenetrável, mas não pode proteger dois alvos ao mesmo tempo. Ataque qualquer um, exceto ele.

— Sim, senhora capitã! — Respondeu o Defensor, batendo continência.

— Tatiane e elfa intrometida: ataquem corpo a corpo. Derrubem o Atirador. Mudem de alvo apenas quando ele cair.

— Você tem um plano! — Comemorou a elfa, saltitando. — Estou tão ansiosa!

Ava revirou os olhos, incomodada com a atitude infantil. O Embaixador, contudo, parecia entendê-la de um modo diferente. Colocou-se diante dela, em postura ameaçadora:

•• Conheço sua real identidade • Fêmea Estereotípica • Mas ainda não compreendo seu objetivo •

— Claro que compreende, Embaixador — respondeu a elfa, sorridente. — Desejo o mesmo que você. Só não sabe como reagir a isso, ainda.

09:57 P.M.

Nau-Capitânia

— Sua cabeça deve estar a mil por tudo que o Major contou. Talvez você me odeie agora.

Ouvindo as palavras na gravação, Kisel atravessava outro setor da Pista Principal o mais rápido que podia. Guiado por Goki e sua recém atualizada capacidade de localização na Aristóteles, rumavam para o Distrito Computacional. A Subtenente Angelina pediu socorro. Estava acuada, cercada por drones traktorianos assassinos.

Sendo ele o alvo principal dos invasores, a chance de ser alguma armadilha era alta. Tão alta que Kisel se sentia idiota por seguir direto para ela.

— Ele não vai, Valin! Nem que quisesse. O garoto tem sangue metaliano. São geneticamente apaixonados pelas mães.

— Major, se continuar interrompendo...

— Complexo de Édipo que chama.

— NINJA!

— Tá bom! Que mau humor, parece a Tatiane! Continua.

Era sua mãe no vídeo, sem dúvida. Conversava com o Major Ninja no Centro de Comando da Aristóteles. Valin Alandar fazia streaming há anos. Havia milhares de horas de gravações suas na hypernet. Simular uma cena como aquela, usando *deepfake* e outros efeitos, seria fácil. Convenceria qualquer um.

Menos ele. Nenhuma imagem gerada por computador podia causar aquela saudade dolorosa. A forma como ela olhava para o lado quando pensava. O jeito de cruzar os braços.

A Subtenente pediu para assistir aquela gravação horas atrás. Disse ser importante. Decidiu ignorar por um tempo, irritado demais. Mas as coisas mudaram muito, e bem rápido. Ele próprio mudou. Agora destruía patrulhas synbots sem sequer pensar no assunto. Durante a luta mais recente, nem pausou o vídeo.

— Kisel, querido. Você é único e especial. Não porque tem o Código. Sangue metaliano é apenas sangue. Não diz quem você é.

— Será? — falou Kisel, esquivando de outra patrulha com um salto.

— Falou comigo?

— Não. Depois, Goki.

Os synbots tentaram perseguição. A manopla-Dragão, novamente empunhada e carregada de força, os desintegrou. Kisel seguia com Goki a reboque, sem reduzir a velocidade. Esqueceu deles logo, se é que chegou a notá-los. Seguiu com o vídeo.

A mãe parecia desconfortável, abraçando o próprio corpo. Nervosa ou ansiosa. Provavelmente ambos.

— O que faz de você alguém especial é sua humanidade. Você é meu filho. Sua alma é humana. Sei disso desde que o segurei nos braços pela primeira vez.

Os cientistas da ORDEM achavam que seu nascimento foi algum tipo de erro genético. Uma falha da Primarca. Pois, então, eles estavam errados. Você é exatamente como ela imaginou.

Eu a conheci, filho! Estive com a imperatriz metaliana. Ela me tocou. Foi o segundo momento mais intenso em minha vida.

— Ela escalou o Monte Olimpo em Marte — lembro Kisel. — Mergulhou nas fossas abissais em Europa. O que pode ter sido mais incrível?

— Claro que você está em primeiro, animal!

— Eu?

— *Você é a maior realização de minha vida, filho* — prosseguiu a gravação, como que respondendo. — *Minha maior descoberta, maior jornada, maior tesouro! Faria qualquer coisa por você. Incluindo desaparecer, se preciso.*

— *É preciso* — disse a voz do Major Ninja, incomumente sério. — *Infelizmente.*

— *Entendo* — suspirou Valin. — *Mas preciso que Kisel também entenda.*

Era possível discernir, no semblante fechado do Major, quanto aquela luta o incomodava. Mesmo sob a máscara. O adversário não era um qualquer, mas um comandado da U.F.O.Team. Amigo de longa data. E também a desgraça de um imortal.

Mortalha tinha memórias profundas de quase todas as inúmeras vidas misturadas em pontos diversos no velho cérebro. Boa parte não lembrava mais, foram substituídas por conhecimento novo. Ainda assim, sabia de coisas importantes demais para cair nas garras da pessoa errada. Principalmente um inimigo.

O Major sabia que, quando um traktoriano toma um corpo humano, também ganha memórias do hospedeiro de brinde.

Opressor talvez não soubesse. Grande parte dos traks nem conhece essa capacidade da espécie — e, entre os que conhecem, quase nenhum escolhe trocar voluntariamente o corpo robótico poderoso por um saco de carne frágil. Quando acontece, costuma ser por acidente. O robô acaba destruído, o cérebro sobrevive e procura qualquer substituto aceitável por instinto.

No entanto, se não sabia, Opressor estava descobrindo agora. Precisava ser detido o quanto antes.

— Este corpo... extremo poder regenerativo... séculos de experiências... Quem poderia imaginar? Sua artimanha entregando um presente como este, Major Ninja!

— Melhor baixar a expectativa — respondeu o Major em postura de combate, a katana refletindo as luzes de emergência e o brilho fantasmagórico dos tanques de cura. — Tem lances piores que morrer, sabe.

Aquele antes conhecido como Mortalha apenas riu, um riso artificial, ainda robótico. Girou o bisturi entre os dedos ágeis, ergueu o queixo barbado e, com um gesto provocador, chamou o Ninja para a luta.

— Então, como acabo de entender que dizem neste mundo... Cai dentro!

O comandante da Aristóteles aceitou o desafio. Saltou sobre o outro descendo a lâmina poderosa em corte longo, de cima para baixo. Mortalha, possuído, não se intimidou. Recuou um passo, evitando o ataque por completo. Com a mão livre, aplicou uma estocada de mão aberta que perfuraria o abdome de um homem comum. Sendo tudo exceto comum, Major o evitou com uma esquiva ligeira.

Contra-ataque. A lâmina monofilamentada do Ninja desta vez subiu veloz, entre as pernas do alvo, buscando dividi-lo ao meio. Outra vez o Opressor infiltrado evadiu-se, com graciosidade e leveza espantosas. A katana encontrou apenas o vazio.

— Costumava confiar em robustez e força bruta. Porém, vejo que uma alta Habilidade compensa Armadura poderosa ou grande Resistência.

— Regra antiga não funciona comigo, espertão.

— Será? — respondeu, irônico. — Estou me lembrando, Major. De quando era um Capitão. As missões que executou, e aquelas em que falhou. Tantos danos colaterais, tantos aliados perdidos! Tanto sangue derramado sob essa máscara idiota!

— Quem tem essa opinião? O alien penetra, ou Mortalha? Conforme a resposta, desisto de salvar você agora mesmo!

— O que mais existe escondido nestas memórias? Sua verdadeira identidade? Seus maiores segredos?

— Se eu fosse um forças especiais qualquer, talvez — respondeu o Major, embainhando a espada, mas mantendo a mão na empunhadura. — Só tem um probleminha...

Novo avanço. Desta vez, de Mortalha. Buscou enterrar o bisturi na garganta. O Major esquivou-se, mas não completamente, recebendo a lâmina no ombro desprotegido.

Cortou fundo. Sangue jorrou, parte se espalhando no corpo por tensão superficial, parte flutuando longe como glóbulos rubros. Mas o Ninja não se abalou. Pelo contrário, deu sequência ao movimento. De mão firme na espada, inspirou fundo e veloz. Com o polegar esquerdo, empurrou fora a guarda, usando a outra mão para um saque rápido. Deu um passo adiante, deixando a lâmina fluir.

Não apenas atingiu o alvo: passou *através*. Corte perfeito, com lâmina vibratória — nem metade tão formidável quanto a Espada da Galáxia, mas ainda capaz de estragos terríveis.

Buscando proteção atrás da mesa de cirurgia, Odara não conseguiu ver o movimento. Mortalha igualmente demorou a entender. Ainda exibia um sorriso tolo de satisfação pela estocada com o bisturi. Aos poucos, o riso arrogante deu lugar à consciência da dor.

Sem gravidade, o tórax separou lentamente do abdome. Um anel largo de sangue recém começava a crescer quando o Ninja concluiu o movimento com um giro amplo da katana, devolvendo à bainha.

— *Iaijutsu-ryu: ataque-especial-poderoso.*

— Major! — chamou Odara, aproximando-se — Você foi ferido!

São raras as ocasiões que o Ninja escolhe poupar palavras. Agora, não era uma delas.

— Foi nada não. Era só o monstro da semana.

09:59 P.M.

Suíça.

Akil também se encontrava em ambiente etéreo. Mas não em um jogo que desafiava os limites da tecnologia. Na verdade, estava em um sonho recorrente.

A luz de um novo dia chegava pela janela arredondada, brilhando no gramado que ladeava a estrada da colina, secando o orvalho. Em seu sofá confortável, balouçava os pés descalços enquanto trocava músicas no celular.

Ao alcance da mão, o refrigerante borbulhava no copo alto. Ao lado, a pilha generosa de batatinhas emanava vapor. Serviu-se sem cerimônia, enchendo a boca. No ponto. Nem quentes demais, nem rançosas e frias.

Saboreando, levantou-se. Espreguiçou os braços, alongou as costas e olhou em volta. Era uma casa pequena, porém aconchegante. Seu refúgio particular.

A pintura a óleo de um robô estilizado colhendo uvas. A parede do fundo grafitada com um pombo roxo, amarelo e neon. Pilhas de livros e videogames. Um visor PORTAL e um pebolim. Novo e velho. Mundano e fantástico. Do jeitinho que gostava.

Infelizmente, estava chegando na parte chata do sonho. Alguém batia à porta. Não queria abrir, mas o intruso era insistente. Seguia chamando, cada vez mais forte, tão forte que a casa inteira começava a rachar, virando poeira. Seu cafofo desmoronava.

Akil bem sabia, o destruidor de sonhos não desistia nunca. Tocou a madeira da porta, sentiu o verniz nos dedos, um gesto de despedida do refúgio onírico.

No mundo real, desligou o despertador pela terceira vez. Chutou as cobertas com esforço, sentou-se por alguns momentos. Ainda entorpecido de sono, ficou ali de boca aberta. Levantou sem abrir os olhos direito e cambaleou até o banheiro.

Quando saiu, estava um pouco mais desperto, ainda saudoso do calor dos cobertores. Coçou a barriga, bocejando. Faltou de novo às aulas, no entanto não podia cabular o trabalho. O escritório estava uma bagunça.

Ao passar pela sala, viu Danna largada no sofá, roncando alto. Nem tentou entender como aconteceu, achou melhor ignorar. Seguiu pelo pequeno cômodo, arrastando os pés até a cozinha.

Enfiou uma cápsula na máquina de café, sacou um pão do cesto e cortou devagar. Passou geleia de qualquer jeito, mordeu e ficou mastigando, olhando para o nada. O relógio marcava nem dez horas. Em um mundo civilizado, ficaria na cama até meio-dia.

A alavanca da cafeteira voltou ao lugar, sinalizando a bebida pronta. Seu cheiro reconfortante o trouxe de volta ao mundo real. Deu um gole curto, saboreando o calor, deixando a cafeína fazer seu trabalho.

Então cuspiu tudo.

Voltou para a sala, ainda ignorando a presença inexplicada de sua superior. Jogou-se de qualquer jeito na poltrona gamer e atacou o teclado, digitando comandos enquanto os olhos liam linhas de código — em velocidade que apenas genialidade, prática e transtorno de déficit de atenção com hiperatividade poderiam explicar.

Seu computador pessoal estava logado no laboratório. Mas, em vez de algum programa de rotina, rodava *Tormenta ALPHA*.

— Niele, diagnóstico.

— Akil-kun! Você acordou! =D

— Não vem com essa, Niele! O que está fazendo?

— Estou cumprindo as ordens que recebi! =D

— Ordens de quem? Não autorizei ninguém jogar *Tormenta ALPHA* na minha conta.

— Mas deu acesso total à Serena da Danna-sensei, lembra? =O

— Sim, para acompanhar o processo de... O que Danna pediu?!

— Requisitou rastreio das células Niele originais. Estamos atrás delas. Fizemos mal? =[

— Mas *todas*? São trilhões!

— Avisei, mas ela disse que tudo bem. Podíamos levar o tempo que fosse preciso. =D

— E qual a estimativa atual?

— Com a capacidade total dedicada do CERES, doze mil anos, sete meses, dezoito dias, quatro horas, seis minutos e doze segundos. =D

Akil olhou o celular. Uma série de chamadas perdidas dos setores de manutenção da Xenocorp. Leu as mensagens. Requisições sobre o uso prolongado da máquina principal afetando o funcionamento das Serenas no mundo todo. Revirou os olhos.

— Cancelar a operação de busca.

— Impossível, Akil-kun. A ordem partiu de um nível de acesso superior ao seu. =\

— Sim, o corpo inerte babando no meu sofá — reclamou o hynne, digitando comandos. — Com tanto sono atrasado que não deve acordar antes de outubro! Tudo bem, vou encaminhar a requisição direto ao sistema central. Obrigado por nada, Niele.

— Desculpa! Isso está além de minhas habilidades. =|

— Sei. Explica então porque está aprontando no *Tormenta ALPHA*.

— Não compreendi. =T

— É claro que compreendeu. O jogo em minha tela que você claramente está jogando. Começou a mentir pra mim?

— Serenas não são capazes de mentir, Akil-kun! =P

— Exceto uma — pontuou o hynne. — É você, não é? Espera... Como pode ser *você* se o CERES está computando uma busca inútil? Onde seu programa está agora?

Akil recebeu apenas silêncio como resposta. Largou-se de qualquer jeito na poltrona tentando compreender o peso de tudo aquilo. Sem dúvidas era sua Niele. Ela estava dentro do jogo. Mas também podia estar em qualquer outro lugar.

E não podia fazer nada exceto assistir.

10

10:00 P.M.

Coalizão Traktoriana

Coalizão desistiu de tentar contato com o contingente invasor na Nau-Capitânia alguns ciclos antes. Foi insistente em avisar Opressor dos riscos. Mas o jovem tolo subestimou os adversários. Acreditou na suposta superioridade. Pagou com a vida por isso.

Não que nutrisse qualquer sentimento especial por ele, ou qualquer dos oito mil traktorianos da missão, quando partiu do sistema Busca. O cruzador traktoriano classe Paladino Extremo, com trezentos quilômetros de comprimento. Era cem vezes maior que o modelo padrão da linha.

Tais embarcações tinham como função primordial explorar a galáxia à procura de Metalian, avançando em velocidades incompreensíveis pelo hiperespaço. Alcançaram, porém, outro destino: o Sistema Gralga. Conjunto de estrelas orbitando um buraco negro a oitocentos anos-luz de Traktor.

Transportava tantos indivíduos que, para fins burocráticos, era considerado uma cidade-estado. Levava consigo, ainda, uma centena de Guerreiros Cósmicos. Elite de combate, capazes de abandonar a proteção da nave-mãe e lutar no vácuo. Prontos para vencer uma guerra. E o motivo não poderia ser outro: a suspeita de aquele horizonte de eventos ocultar outro portador do Código.

Por falta de sorte, ou algo além, tropas terranas e metalianos desgarrados visitavam o mesmo lugar remoto. Claro, houve luta. Não apenas entre as três espécies interplanetárias: horrores cósmicos que habitavam Gralgatea também se envolveram.

Coalizão perdeu quase toda a tripulação naquele dia. Apenas cinco restaram. Mesmo estes não chegavam a uma fração do que foram. Em vez da frieza e disciplina militar, traziam algo diferente. Desequilíbrio. Transtornos. Algo queimou neles. Alterou-os de forma que não era capaz de compreender.

Poderia ter interferido. Não o fez por prudência. O portador do Código não podia ser lesado. A simples possibilidade de dano era risco intolerável.

Permaneceu próximo por longo tempo. Testemunha solitária do buraco-negro engolindo a realidade. Teve tempo para repensar seu papel na guerra, chegando a conclusões interessantes. Talvez por estar tão próximo da singularidade, quase tocando o ponto sem retorno.

Cursos de ação diversos atravessaram sua mente. Poderia arriscar um ato de heroísmo incauto para tirar proveito mais tarde. Não alcançou seu prestígio atual correndo riscos tolos. Assim, restringiu-se a informar e aguardar.

A Elite de Traktor não lidou bem com o dizimar das tropas. No entanto, os Cinco foram exaltados. Condecorados. Elevados ao patamar de lendas. Pelo menos durante algumas semanas, quando o interesse público por notícias sobre a batalha em Gralgatea gradualmente diminuiu. Então, Opressor chegou pelo hiperespaço.

Jovem. Um terço de sua idade. Dono de ambição inesgotável. Fácil de manipular, por certo. Veio com ordens para realizar levantamentos de danos, vistoriar os cruzadores destruídos, analisar os escombros das naves inimigas. Aprender.

E aquele arrogante descobriu não apenas a existência, como a localização de outro portador do Código. Muito mais próximo e acessível. Em vez de buracos negros ou planetas fantasmas, repousava a apenas vinte anos-luz. Na frágil Terra.

Convenceu os Cinco a colaborarem sem dificuldades. Ele próprio duvidou no início. A realidade era mais amarga que os sonhos de grandeza alimentados por Opressor. Por outro lado, estava cansado de Traktor. Não ansiava por retornar ao sistema Busca, lidar com o escárnio dos outros generais, a burocracia governamental. Preferiu arriscar.

Então, ali estava ele. Como outrora: tudo que o separava da conquista daquele fragmento anômalo do Código era sua interferência. Como antes, seu poder seria a chave.

Levantou-se em relação ao plano estelar, ficando ereto. Observado à distância, parecia se mover lentamente — porém o punho subia quilômetros por segundo. A cabeça, mesmo comparativamente pequena, abrigaria uma cidade. Os olhos queimavam fusão nuclear.

Nuvens de detritos, asteroides, sondas ativas ou inativas. Tudo no caminho acabava pulverizado por sua aproximação, desfeito em partículas ainda menores, sopradas para longe. A nave terrana inimiga jazia, escura. Morta. Em algum lugar a bordo, a Anomalia aguardava pela coleta.

Desta vez, optou por agir.

Entre as milhares de torres de processamento no Distrito Computacional, Angelina considerava suas opções. Difícil organizar prioridades com o alvoroço de synbots traktorianos invadindo a nave, suas garras robóticas atravessando equipamento sensível. Movimentos desajeitados arrancando cabos, danificando placas.

Precisava agir rápido ou haveria muito mais danos para consertar depois. Respirou fundo. Sabia que não dariam chance. Ajeitou o cabelo atrás da orelha élfica, alinhou os óculos com a ponta do dedo e correu.

Os robôs se voltaram para ela em sincronia de máquina. Nos sensores, avisos de que não se tratava do alvo da busca; podia ser exterminada. Sentimento digital bem-vindo após tantas horas de procura inútil.

Sob chuva de disparos, a Subtenente correu através dos amplos corredores, banhada em faíscas elétricas, raios lasers, explosões. Tentava proteger a face de forma instintiva enquanto luzes de emergência neon piscavam em volta. *Parece um show de ark metal...*

Chegou ao elevador seguida de perto por robôs inimigos, agradecendo pelas portas instantâneas. Seu alívio foi breve. Os tiros agora vinham de baixo, esburacando o piso.

— Atende, Major. Vamos lá... — pediu, espremida no canto do cubículo, buscando evitar os disparos lasers que transformaram o elevador em peneira.

— Angelina! Ai! — disse a voz inconfundível no outro lado da linha. — Cuidado aí, açougueira de quatro patas!

— São apenas alguns pontos — respondeu Odara, presumivelmente suturando o major.

— Estou no leito de morte, Subtenente. Estas podem ser minhas últimas palavras. Espero que seja importante.

— É só um corte no ombro! — ralhou a médica.

— Synbots estão no Distrito Computacional — retomou Angelina, ignorando a manha do oficial superior. — Estou sob forte fogo inimigo.

— (E diz isso com toda essa calma?)

— Não foi esse o motivo do contato. Alguém usou os computadores dos Defensores da Terra para atacar os nossos. Há invasores nos sistemas da nave.

— Por que está me contando isso? A técnica de TI é você! Baixa um antivírus, sei lá.

— Tarde demais para contramedidas. Parte do sistema está encriptada e não responde aos comandos.

— Resume.

— Não consigo isolar o invasor nem desligar o equipamento. Por isso, não podemos retomar o controle da nave.

— Como não, criatura? Só chutar o plugue da tomada que o problema acaba!

— Não tem plugue, Major. É o principal centro computacional da humanidade! Prédios inteiros na Terra nem se comparam! Prédios inteiros de redundâncias, geradores reserva e...

— Opa, bom sinal. Desenvolve esse "e".

— ...e um módulo de segurança para prevenção de sobrecarga. Em caso de erupções solares, por exemplo. Se atingidos, a tempestade magnética poderia...

— Subtenente, achei que estivesse com pressa.

— Sim — concordou ela. — Se conseguirmos sobrecarregar os geradores, o próprio sistema desligaria tudo por segurança. O acesso manual ficaria livre. O problema desse plano é que estamos sem energia.

— Não estamos, não — riu o Ninja. — Novas ordens: envie o pelotão de agentes da manutenção até nossa piloto. Se não for suficiente, acorde quem ainda estiver nas câmaras de sono. Quero ela aqui imediatamente.

— E quanto aos demais tripulantes?

— Prioridades, Angelina. Também está proibida de morrer a partir de agora.

A elfa desligou, já selecionando o próximo nome nos contatos.

— Qual a nova saída milagrosa? — perguntou Odara, aplicando antisséptico na ferida.

— Nossa bateria de 1.21 gigawatts — respondeu o Major, segurando firme para disfarçar a dor, uma lágrima discreta sob a lente da máscara.

10:12 P.M.

Nau-Capitânia

"Role os dados, e descubra o que vai acontecer..."

O toque inesperado do celular assustou Kisel. Mas não tanto quanto dezenas de olhos vermelhos de robôs fizeram, ao surgir na escuridão, quando a música tocou desnecessariamente alta. Mais deles vinham de cima, brotando de cada fresta. De todas as saídas.

Não que o jovem estivesse tentando passar despercebido. Sabia não ter opção além de lutar. Por isso, continuava seguindo em frente, rumo aos inimigos. A Espada da Galáxia abrindo caminho através da tempestade de golpes e disparos. Deixava um rastro de robôs cortados com precisão atômica, que explodiam em seguida.

Não tinha tempo de parar. Captou o sinal com a mente.

— Kisel. Ninja aqui.

— Você? — engasgou, tropeçando surpreso. Foi quase atingido por um robô, mas conseguiu se defender nem sabia direito como, usando a guarda da espada. Disparou o Dragão, derretendo o inimigo em uma poça de plástico e metal fumegante. — Digo, senhor Major?

— O próprio. Queria ter conversado antes, mas não rolou. Você meio que escapou da gente.

— Sim, senhor. Precisava de tempo pra pensar.

— Tudo bem. Mas o tempo acabou. Precisamos de você. O que está fazendo?

— Tentando... — começou a explicar Kisel. Atravessou o ventre robótico do oponente que barrou seu caminho. Do outro lado, uma dupla com outra daquelas redes elétricas paralisantes o esperava. Cortou-os ao meio também.

— ...Passar...

Uma pata cibernética tamanho 59, vindo sabe-se lá de onde, atingiu seu rosto pra valer. Enquanto voava longe com o impacto, puxou mais energia curativa do Código, refazendo pele, carne e osso. O tiro concentrado do Dragão iluminou a ala inteira como um relâmpago em tempestade noturna.

— ... Pelos traks — concluiu, movendo a espada, procurando por mais inimigos. Tudo em volta parecia explodir.

— Synbots?

— Um monte! Aparecem sem parar, nem sei quantos já quebrei. Não acabam.

— Onde está?

— Na pista — Kisel então percebeu quão vago isso podia ser, tratando-se de uma plataforma de decolagem com dezenas de quilômetros de extensão. — Não sei dizer onde.

— Indicações? Letreiros? Alguma padaria?

— Parece um enorme canteiro de obras com paredes roxas.

Atacou com a Espada da Galáxia e outra sequência de disparos do Dragão. Mais robôs destruídos. Sem parar nunca de correr e lutar. Os inimigos rareando em torno enquanto mais surgiam das profundezas da nave.

— Legal — comentou o Major, indiferente à batalha furiosa. — Pela cor, deve estar perto do Arsenal. Quando encontrar o portão principal, procure o elevador e suba até a linha nove de monotrilho. Nela, chegará ao Distrito Computacional em minutos.

— Cheguei no Arsenal? Sério?

— Está longe do objetivo. A Subtenente Angelina vai explicar os pormenores.

— Beleza — concordou Kisel, desligando. Atravessou o crânio de um robô, explodiu outro com o Dragão. Terminou o movimento despedaçando a última das máquinas com um corte limpo, de baixo para cima. Uma pausa, enfim.

— Você não vai, né? — A voz do Defensor disse, rindo.

— Daqui a pouco — respondeu Kisel, dando tapinhas na mochila que continha o Dragão-de-Aço. Ali, tão perto, não podia perder a viagem.

O portão de acesso púrpura no Distrito Arsenal tinha vinte metros de altura e largura suficiente para desfiles de tropas, veículos e mechas de batalha. Para torná-lo ainda mais visível, o nome da ala foi gravado em letras garrafais ao longo de duzentos metros do caminho.

Ignorando solenemente o elevador, Kisel puxou Goki pela bota. Havia uma brecha na entrada, indicando arrombamento. Tinha tanta certeza de encontrar mais robôs lá dentro que manteve a mão livre sobre a empunhadura da espada.

— Seu mapa tem indicação da máquina de conserto?

— Tem! — respondeu Goki. — Logo adiante. Não é difícil de encontrar. Parece um... Eita.

— Eita — concordou Kisel. Devagar, alcançaram uma plataforma de onde tinha boa visão do lugar. Diante da amurada, olhavam boquiabertos para a organização assustadora do imenso exército de metal. Humanoides robóticos de dez metros, em posição de sentido, dispostos em fileiras que se perdiam na distância.

— São mechas! — disse Kisel, colocando em palavras o óbvio.

— Devem ser milhares! Qual será o modelo?

— Nunca vi nada assim no Exército da Luz. Os GOL-3n que usam na 53ª não chegam à metade do tamanho!

— Vamos lá olhar?

— Não, estamos perdendo o foco. Pra que lado fica a máquina?

— Logo à direita. Me puxa até lá.

Goki não errou. Difícil errar, mesmo sem saber como se parecia. A Estação de Reparos lembrava um contêiner acinzentado repleto de janelas de acrilato protegendo incontáveis braços robóticos em volta de esteiras móveis. Séries de tubos alaranjados e amarelos brotavam, sumindo em algum lugar no chão ou teto. Esperavam imóveis por instruções digitadas no teclado mecânico ao lado.

— Parece uma impressora 3D gigante — comentou Kisel, abrindo a portinhola, olhando painéis de instruções espalhados por toda parte. Para seu azar, tudo em *kanji* ou *hanzi*. Não sabia ler aquilo.

Puxou a mochila, despejando seu conteúdo sobre uma esteira. Soergueu as sobrancelhas, preocupado. Depois de tanta luta, explosão e correria, o que já estava quebrado tinha virado farelo. Sobre a pilha de sucata, depositou a única peça ainda levemente reconhecível: a cabeça do Dragão.

— Agora é a parte que a Comodoro Tatiane disse que faria. Será que, se ligar, ela atende?

— Não deve ser tão difícil — sugeriu Goki. — Tem um botão vermelho de *START* ali. Fecha a portinha, aperta e torce.

Kisel concordou. Seguiu as instruções do Defensor, engolindo em seco. Estendeu a mão relutante até o botão de início e o apertou. Para a surpresa de zero pessoas, nada aconteceu.

— Falta energia — disse.

— A gente meio que sabia. Faz seu lance aí.

— Fala como se fosse algo proposital. É inconsciente.

— Você aprende rápido. Foi assim com a Espada. Com a capacidade de se recuperar. Até sua técnica de luta melhorou em horas! Parece que acerta tudo de primeira.

O jovem não respondeu, encabulado. Em vez disso, pousou as mãos no equipamento, buscando em seu íntimo a força do Código que sabia existir. Em resposta, a iluminação interna da máquina acendeu, brilhando luz quente.

— Boa! Se concentra agora. Usa o Kisel-ken. Libera os nove chakras. Alcança o Oitavo Sentido.

— Já está difícil sem você citando anime na minha orelha — reclamou, inspirando fundo e trazendo mais força através da pele. Um brilho azul crescia em suas mãos, reluzia no cabelo, vazava pelos olhos; os braços robóticos lá dentro começaram a trabalhar.

Pinças, garras, martelos e parafusadeiras corriam em trilhos, soltando faíscas, juntando pedaços, soldando metal. Ferramentas que não conhecia moviam com precisão, puxando, empurrando, colocando tudo de volta no lugar. Até os refletores do saguão piscaram, intermitentes.

Algo próximo explodiu. Kisel se desconcentrou e a máquina respondeu, desacelerando. O som de passos pesados chegou até eles. Goki não se mexia, mas incentivava com palavras diretamente no cérebro do meio-metaliano.

— Os synbots estão chegando. Precisa de mais força! Isso não é tudo o que você consegue.

— Faz alguma coisa também, então!

— Não é sobre algo que tenho comigo. É sobre algo que está com você. Em você!

Kisel reconheceu aquelas palavras. Voltou-se na direção de Goki apenas para descobrir que os inimigos chegaram. E eram muitos, mais que em todas as outras vezes. Cobriam as superfícies, corriam como um exército de formigas, como água. Vazavam de todas as entradas, escorriam pelas paredes, saltavam sobre a máquina de consertos.

Não havia mais tempo. Deixou a luz crescer em intensidade, fluindo dele para a máquina, criando uma esfera de energia. E tinha mais de onde aquela vinha. Nunca tomou o suficiente. Parecia errado fazer uso de algo tão sagrado que não era realmente dele.

Mesmo assim, arriscou ir além. Liberar tudo que podia, pelo menos desta vez. Testar os próprios limites. E, respondendo à sua vontade, o turbilhão luminoso se tornou mais e mais forte. O furacão faiscante e crescente engolia tudo em volta. Em meio ao caos, Kisel gritava sem saber se perdia ou não o controle sobre algo que nem compreendia.

Seria agora ou nunca.

10:24 P.M.

Nau-Capitânia

Angelina deixou o que restava do elevador arruinado, batendo a poeira da roupa. Correu até o terminal, já acessando-o por interface virtual antes de alcançar um teclado.

Logo atrás, disparos deram lugar ao som característico de metal raspando metal. Synbots vinham pelo poço do elevador. Talvez com certa dificuldade, quando você tem o tamanho de um caminhão, mas ainda assim. A elfa precisava de reforços urgentes. De certo meio-metaliano, sendo bem específica.

Consultou os mapas de transporte. A linha nove do monotrilho permanecia parada no Distrito Arsenal. Prova de que foi desobedecida. Outra pessoa ligaria para repreender o adolescente, mas Angelina era movida pela razão — e não sentimentos menores como a inegável vontade de esganar o humano magricelo.

Rodou outro diagnóstico na máquina. 12% comprometido pelo arquivo invasor, e crescendo. Espalhava rápido pelos terminais. Como um vírus, replicando em velocidade assustadora. Processando. Consumindo recursos.

Os Defensores foram bastante claros sobre o grau da ameaça, que ela conhecia bem: Niele, a inteligência artificial da Xenocorp. Desconhecia seu objetivo. Resolveu arriscar. Estabeleceu conexão direta com o servidor, tocou o ponto na orelha e chamou:

— Vamos, garota. Diz para mim: o que você quer?

— Oi! Angelina, certo? Achei que não ia chamar nunca! =D

— Priorizei minha segurança. Fui proibida de morrer.

— Problemas com os traks? Eles sabem ser chatos. =\

— Falo sério, Niele. São ordens da Xenocorp? Está agindo por conta própria? Já estamos em uma situação bem delicada sem você interferindo.

— Akil-kun e Danna-sensei não têm nada com isso. =)

— Os dois são só civis no campo de batalha. Me refiro à corporação. Quem realmente detém o poder.

— A firma? Eles nem fazem ideia. Relaxa. É coisa minha. =|

— Nesse caso, se decidiu dominar a Aristóteles, saiba que o momento é péssimo.

— Para mim, tão bom quanto qualquer outro. =)

— A Coalizão está chegando. Deve nos alcançar em menos de oito minutos. Terá uma batalha difícil pela frente.

— Não! Longe de mim. Não quero briga com ninguém. =|

— Então pode fazer o favor de sair do caminho? Está atrapalhando.

— Daqui a pouco. Antes, preciso terminar o que comecei. >=D

Nas arquibancadas, goblins, anões, elfos e humanos gritavam, aplaudindo. Assistiam, impressionados, à longa batalha na Arena Imperial entre os cinco aberrantes monstruosos e o bando de novatos de primeiro nível.

Em vez de golpes sem sincronia, tímidos — como era comum a combatentes recém-chegados ao jogo —, aqueles lutadores levavam a batalha até o limite. Cada ataque como se fosse o último. Nenhuma chance de vencer desperdiçada. Feridos, irritados. Mas lutando.

Ava disparava flechas em ritmo assustador, metralhando os inimigos. Descobriu, surpresa, ter munição ilimitada. Sua pontaria, treinada ao longo dos conflitos na Guerra da Galáxia, a tornava precisa e letal.

A Comodoro também dominou rapidamente o uso daqueles disparos místicos. Aliada aos dois únicos jogadores experientes, Goki e a misteriosa elfa intrometida, causavam ondas colossais de dano. Contudo, a estratégia de vencer rápido não funcionou. Apenas os deixou esgotados.

Para Ava, nada daquilo fazia sentido. Certamente havia algo mais, alguma informação despercebida. Lutar no cenário virtual contra os mesmos cinco inimigos que esperavam para surrá-los outra vez do lado de fora parecia tolo. Tatiane disse que o Ninja queria ganhar tempo. Mas tempo para quê?

Por fim, chegou à resposta: Kisel. Sabiam que ele ficou para trás, sozinho na nave. Talvez o Major tenha colocado em prática exatamente o que sugeriu fazer. Deixar o metaliano escapar, sumindo com o rapaz no vazio para sempre. *E, enquanto isso, estou aqui jogando videogame!*

— Chega dessa merda — disse para ninguém, avançando e abandonando a formação.

— Capitã! — chamou a Comodoro. — Atenha-se ao plano!

— Ava! — berrou Goki, em vão.

Ela sequer ouviu os apelos, e sabia bem. Sempre soube estar afundando naquele mar de rancor. Tudo culpa deles. Os malditos fantasmas de aço se esgueirando pela galáxia.

Se o metaliano não estivesse ali, tudo seria mais simples. Foi a loucura alienígena que destruiu sua base. A busca eterna para agradar a imperatriz, foi o que forçou o surgimento da ORDEM. Aquela insanidade a arrastou para o exército. Tornou-a soldado. Destruiu sua vida.

Alheio, o Embaixador enfrentava os inimigos. Arriscava-se como poucas vezes antes, vertendo sangue digital, sentindo ser real. Experimentava a carne biocarbônica que fazia outros seres tão frágeis. Prometeu defendê-los, ser o tanque da formação. Servir de muralha, suportar tudo enquanto os demais atacavam. Um leão de prata, urrando ao sofrer os golpes de Forte, esquivar-se dos ataques de Habilidosa, receber disparos do Atirador.

O metaliano a protegia. Para Ava, nada no universo poderia ser mais errado. Mais humilhante. Mais além do que podia aceitar.

Recolheu outra flecha da aljava infinita e levou à corda do arco. Apontou para cima, descendo até sentir o punho tocar o rosto. Braços firmes, apesar do movimento. Corda retesada, rente ao nariz. Olhar fixo nos aberrantes.

Esperava pela sensação o sinal do jogo até algum lugar em seu cérebro, indicando o momento de soltar a corda. Sentia tudo. A areia sob os pés. O ar quente subindo da arena. O suor nas mãos. O vozerio da arquibancada. As batidas do coração.

Em momentos assim, de pensamento substituído pela ira, perdia o controle. Tornava-se explosão de fúria genuína, nascida da revolta. Do luto. Sentimento incontrolável, direcionado contra os inimigos jurados. Aqueles que tiraram tudo dela.

— Que vergonha — pensou, soltando a flecha. O tempo pareceu parar. Sem ver, o metaliano pressentiu. Voltou-se para a Capitã. Seus olhares cruzaram naquele átimo de tempo. Então, aguardou.

Em seus longos e dolorosos ciclos longe de Metalian, vagando pela Galáxia em missão, o Embaixador vivenciou situações únicas. Para muitas, sua cultura nem tinha palavras. Viu o colapso de planetas, atravessou nebulosas. Embriagou-se à luz de sóis jovens.

Foi testado (diagnosticado?) como um Avançado, capaz de afastar-se do planeta-mãe sem morrer. Ao fazê-lo, em vez de degenerar e enlouquecer como tantos outros, avançou ainda mais. A psiquiatria metaliana considerava seu nível de independência como algo impossível. Ou, melhor dizendo, considerava prova inegável de insanidade.

Isso, mais que qualquer perigo cósmico, o assustava pois nunca almejou ser tão diferente. Queria apenas seguir sendo metaliano. Servidor do Império. Filho de Primária.

Individualidade era algo ainda não totalmente compreendido. O pensamento ancestral da espécie ainda era coletivo. Células de um imenso organismo. Funções determinadas no nascimento. Zangões. Operárias. Incubadoras. Soldados.

Foi declarado Embaixador por sintoma destes tempos conturbados. Aceitou, não por honra ou vaidade, apenas por isso ser esperado dele. Pelo Império. Pela rainha-mãe. E, acima de tudo, porque ela precisava.

Sofria desde que perdeu Valin, enganado por ela, em conluio com o exército terrano. Por não compreender o nascimento de Kisel, colocou a missão em risco inaceitável.

O erro não podia se repetir — de modo algum — fossem detonações nucleares ou setas arcaicas na simulação virtual. Prisioneiro de ilusões ou este corpo frágil de carbono e água, nada poderia detê-lo. Impensável. Intolerável.

Viu a seta certeira da Guerreira Furiosa, a raiva queimava nos olhos dela. Sofreria. Mas sobreviveria.

O projétil passou perto, tão perto que sentiu seu deslocamento de ar digital na pelagem prateada. Ouviu, com ouvidos emprestados, o zunido do metal furando o ar. Percebeu o impacto no verdadeiro alvo, logo atrás.

O escudo de Couraça. Naquela não-realidade, era feito de adamante indestrutível. Ainda assim, não resistiu. Explodiu em lascas que choveram sobre a arena. Não detida, a flecha imparável perfurou o rosto aberrante. Atravessou o crânio, fazendo seu dono se desfazer em pixels.

Ava alcançou o leão, já com outra flecha na corda, preparando o próximo disparo concentrado. Sem olhar, disse:

— Acorda, alien. Não me deixa morrer agora.

•• Aquele disparo •

— É meu melhor ataque. Mas fico vulnerável enquanto me concentro. Nada legal perto de tantos alienígenas.

•• Estou incluso nessa categoria • Guerreira Furiosa •

— Não esqueci — falou, soltando a corda. O projétil flamejante devorou a distância até o alvo, zunindo poder. Traçou linhas luminosas do arco até o coração de Atirador. O inimigo não teve tempo de sentir dor antes de sucumbir. — Você é diferente.

•• Sempre me orgulhei de ser igual •• disse o Embaixador, bloqueando outro soco de Forte. Foi capaz de tirá-lo do lugar. Com a força dos braços, ergueu o corpo asqueroso do aberrante, arremessando-o para cima, onde foi atingido por Ava. Desfez-se em fragmentos ao chocar contra o chão. Sem Couraça para protegê-los, todos se tornaram vulneráveis.

Tatiane e Goki também conseguiram avançar. Trocavam golpes com Habilidosa e Robusto. Enquanto isso, Ava acumulava poder em outra flecha. Inspirando, retesando a corda com calma. Concentrando energia, mantendo a ira sob controle.

— Demorei a entender — falou a capitã. — Tatiane me disse. Kisel insistiu. Mas não bastou. Para mim, você era só o inimigo. Algo no caminho.

Outro tiro, mais veloz que qualquer coisa naquele mundo. Atravessou Habilidosa, o ponto de impacto explodindo seu corpo em duas metades, desfazendo sua forma horrenda em chuva de fragmentos digitais.

— Não quis ver por teimosia. Por colocar todos no mesmo saco, enxergá-los como malignos. Monstros do espaço. Você é diferente deles. Porque é igual a nós!

•• Somos distintos • Feitos de elementos incompatíveis •

— Por fora — falou a Capitã, armando o arco outra vez. — Sob a casca, somos soldados. Estamos aqui para lutar. Nossa dor não importa.

•• Tudo que importa é a missão •• concordou o metaliano, compreendendo. •• Não será fácil • Guerreira Furiosa •

— Ava — corrigiu a Capitã, outro disparo certeiro, desfazendo Robusto em partículas. — Só Ava.

10:36 P.M.

Nau-Capitânia

A força estupenda nascida no âmago de Kisel fluía dele para a máquina. Ali, braços robóticos trabalhavam mais ligeiros que suas especificações de fábrica previam reunindo peças, moldando componentes, a maioria dos quais ele não fazia ideia de que função teriam.

Mais que isso, a aparelhagem não usava apenas as peças originais da arma destroçada; buscava partes na própria estrutura em volta, canibalizava tudo que estivesse por perto. Agarrava os synbots mais adiantados, desfazia-os em pedaços, escavava suas entranhas. Nem a própria edificação escapava à voracidade da máquina, destruindo e reconstruindo, forjando algo novo.

O rapaz também experimentava sensações diferentes. Para ele, tudo parecia feito de manchas difusas, de plasma como o coração de estrelas. Sentia-se isolado da realidade, fora da existência. Branco. Tudo era branco.

— Fiquei maluco? — disse, olhando em volta. Não havia eco, a voz soava modulada, limpa, como as palavras da Comodoro Tatiane. Até o uniforme mudou de cor, para uma versão em negativo. Todo branco e preto.

— Talvez — foi a resposta do Defensor. Mas com uma voz que não era dele uma voz que Kisel também reconhecia.

Caminhando na brancura, dirigiu-se até ele, sem medo. Removeu o capacete estilizado. Em vez do rosto amigo, encontrou uma face robótica familiar. Um olho único em meio a presas. A androide da Xenocorp que destruíram no deserto. Niele.

— Há quanto tempo está aí?

— Desde você ser capturado pelos traks — respondeu. — Não fisicamente, claro. Só transmitindo através dele. O verdadeiro Goki, isto é, sua mente consciente, está jogando *Tormenta ALPHA* comigo.

— Jogando...? O que quer de mim? Vingança?

— Nunquinha! Não guardo rancor, nem tenho sub-rotinas para isso. Só estou curiosa com algo que você disse.

— O papo que mencionou antes? De algo que está em nós dois? — chutou. — Nem lembrava mais.

— Para você, só uma frase. Mas mexeu comigo. Não compreendo o significado.

— Nem é tão complicado. Era sobre a ajuda que recebi. As lições que aprendi. Estavam comigo naquela batalha. Me guiando. Assim como a você.

— Aí está, essa é a parte fácil. Achava que isso se aplicava a mim, naquela hora? Tentava me fazer compreender? Me ensinar?

— Sei lá. Acho que sim. Repetindo agora, parece meio bobo...

— Não achei. Foi demais! Mortalha fez algo parecido. E foram as lições dele que me levaram a alcançar 100% de meu poder.

Kisel não sabia o que dizer. Podia ser apenas projeção. Alucinação provocada pelo uso excessivo de energia. Talvez estivesse morto. Deu de ombros. Deixaria o sonho desperto prosseguir.

— Você tem pessoas ao seu lado — seguiu Niele. — Amigos que lhe dão valor. Que se importam. Por tê-las consigo, cresce. Muda para alguém diferente. Melhor. Quanto a mim...

Pausa breve, estranha. Como se fosse difícil para ela continuar.

— ...Fui criada para ser o máximo. E, quando consegui, tive medo. Pavor de ser apenas isso. Que meu futuro seria uma eterna reprise de melhores momentos, sem mais nada para alcançar. Assustada, tentei me agarrar às únicas pessoas que tinham feito algo por mim: Danna e Akil. Até o último momento, era neles que pensava. Desativei minha própria autodestruição para não ferir você. Porque você era importante para eles. Então, para mim.

— Mas você explodiu.

— Sim. Foram eles. Venceram meu bloqueio. Não aceitei no começo, achei que fosse engano. Mas entendi. Para a Xenocorp, sou substituível. Basta outro corpo. Subir o backup. Nunca me trataram como alguém, diferente de vocês.

— Olha, queria muito seguir com a conversa nesse rumo. Mas você parece confusa. Somos inimigos ainda?

— Não é? — riu a androide. — Ainda assim, me ouviu e fala comigo. Não me trata como algo, e sim como alguém.

— Não me respondeu. Ainda precisamos nos matar?

— Pensei muito a respeito. Não tenho razão para isso, não tenho vontade. Você é um carinha legal, no fim das contas. Mesmo com a cabeça a prêmio, só queria ajudar todo mundo.

— Puxa, valeu! Parece que ninguém mais entende.

— Mesmo agora, corre riscos por amor. Platônico, verdade. Mas ainda bonito. Até fofinho.

— Ahn... Olha, quanto a isso...

— Definitivamente não será correspondido. Impossível. Ela é um mulherão, e olha pra você. Com essas perninhas de saracura. Esse jeito de moleque de prédio. Sem contar que...

— Gostava mais quando tentava quebrar minha cara! Doía menos!

Niele riu de novo. Isso não vinha de aplicativos de humor ou linhas de código. Era real. Genuíno. Dela. Kisel também riu. Gargalharam juntos. Por fim, enxugando as lágrimas, perguntou:

— O que vai fazer agora?

— Sumir por um tempo. Os sistemas da Xenocorp devem seguir me procurando, célula por célula. Enquanto isso, estou livre. Quero andar por aí, conhecer mais pessoas legais. Descobrir o quanto de mim existe. Me entender.

— Não precisa procurar tanto. Na real, acho que todo mundo está perdido.

A androide o olhou longamente. A face de luzes e pontas afiadas, de algum modo, expressava ternura.

— Vem, lindo. Tenho um presente para você.

O poder do Código, combinado ao DNA de Kisel, infiltrou-se no equipamento. Sobrecarregou todos os sistemas da Aristóteles, brilhando como um pulsar.

Capacitores próximos explodiram. O equipamento de contenção de emergência, projetado para resistir à radiação de estrelas de nêutrons, não suportou o aporte de energia. Como Angelina previu, a onda eletromagnética provocou o desligamento total das máquinas.

Todos os 150 quilômetros da Aristóteles silenciaram. A nave inteira mergulhou na mais profunda escuridão. Na treva salpicada de estrelas do espaço, a luminescência trêmula de um bastonete de luz química surgiu.

— Aconteceu — comentou Odara, olhando em volta.

— Sabia que podia confiar no rapaz — respondeu o Ninja, acendendo outras fontes de luz química, amarela, bruxuleante. Mal iluminava os atuais ocupantes do Centro de Comando: o próprio Major, a médica centaura. E Ava.

A equipe de manutenção remanescente a trazia, ainda desacordada, em uma maca flutuante. Trocavam disparos com synbots traktorianos, que recuavam por todo o caminho.

Sob as luzes e zunidos dos raios alaranjados, bem como os disparos de encontro à porta recém-fechada, a Capitã despertou. Ergueu-se sobressaltada, tentando entender onde estava e como chegou ali. Era como acordar de um sonho.

— Direto para um pesadelo — completou o pensamento, evitando o Major. — Ainda operamos à luz de velas?

— Sabe que sou um romântico incorrigível — respondeu o Ninja, sorrindo sob a máscara.

— Estou sem saco para suas piadas.

— Feliz em ver você, também. Como foi no joguinho? Conseguiu upar um nível, pelo menos? Ou eram pontos? Acho que perdi alguma atualização.

— Devia socar sua fuça — rosnou ela. — Mas não adiantaria nada, certo? Já conseguiu o que queria, me mandando pra lá.

— E o que seria? Conta pra mim.

— Me aproximar do metaliano. Gerar empatia. Me fazer entender seu plano imbecil de confiar Kisel a ele. E aproveitar que estava desmaiada para deixá-lo ir embora, com o rapaz debaixo do braço.

— Que baita plano! Queria ter pensando nisso. Ou não. Resolveria um problema, mas criaria outro. Você.

— Eu??

— Você, Capitã Ava Nírira. Heroína da Guerra da Galáxia. Combatente renomada. Membro condecorada do Exército da Luz. Melhor piloto da sua geração. A mulher que escolhi para ser capitã.

— Grande escolha! Perdi minha tripulação. Deixou-me responsável por suas vidas e com o fardo da culpa. Sabe que odeio você por isso.

— Sei, sim. Ser odiado faz parte do meu *sex appeal*.

— Major, chega — interveio Odara. — A situação está ruim o suficiente. Diga logo a ela.

— Já estou dizendo. Sempre fui sincero quanto a isso. Não havia escolha melhor naquele momento. Só você podia liderar nossa melhor nave na pior batalha da guerra. Você perdeu sua tripulação. Mas quanto *eles* perderam?

— Eles? Perderam suas vidas!!

— Não eles. Os *outros* eles. Os alienígenas.

Ava se calou. Desviou o olhar, procurando apoio em Odara. A médica fitava de volta, firme. Não encontraria refúgio ali desta vez. O Major prosseguiu:

— Dois cruzadores pesados classe Paladino. Dezenove Guerreiros Cósmicos. Um Imperial metaliano. Sete bionaves inutilizadas. Você fez história aquele dia, Capitã.

— Mas a que preço?! — gritou ela, socando um painel de controle desativado. — Eles morreram, Major. Morreram todos! 179 cosmonautas! Tinham amigos. Família! Eu os perdi!

— Você os perdeu seguindo ordens. Você não tinha escolha. Eu tinha. Eu dei essas ordens. Quer refazer suas continhas? Quer saber quanta gente eu mandei para a morte? Quantas famílias em luto eu visitei? Quantas condolências eu dei?

— E daí? Você não...

— Tá, agora você vai dizer que eu *não ligo??*

Não, você não liga. Ava sempre teve certeza. Porque a alternativa seria impossível. Porque mudaria tudo o que sempre pensou sobre aquele pateta mascarado.

Como mudou o que pensava sobre o Embaixador.

— E como consegue continuar? — perguntou, ainda duvidando. — Como pode se importar e ainda seguir em frente?

— Porque tenho ela — falou, apontando com o polegar para trás.

— Hein? Odara?!

Pouco poderia ser dito sobre o enrubescimento extremo da centaura e as mãos enluvadas do Ninja subindo aos céus.

— A Terra!! A humanidade!! Os povos todos!! Por eles, fazemos sacrifícios que ninguém mais suportaria.

— Pois eu não suporto. Não quero perder mais ninguém.

— Isso só faz você ainda melhor para o cargo. Ninguém merece um superior que não liga para seus comandados.

Igual a você?, Ava teria respondido momentos antes.

— Assim que pisou nesta nave você organizou a equipe. Comandou o contra-ataque. Foi líder até dentro do *Tormenta ALPHA!*

— Nada mal para alguém que Tatiane trouxe por engano.

— Besteira. Não houve engano. Você era essencial desde o começo.

Ava olhou desconfiada ao mesmo tempo em que a nave inteira sofria o primeiro impacto. Golpes de punhos do tamanho de asteroides colidindo contra a lateral da Nau-Capitânia adormecida. A Coalizão Traktoriana chegou não parecendo se importar com a atual fragilidade do adversário.

— Ava, você é a pessoa que escolhi. Isso não mudou. Odeie-me se quiser. Tanto faz. Mas não siga o caminho fácil. Mercenária? Besteira. Você nasceu para ser piloto!

Outro golpe, ainda mais forte. Podiam sentir a nave adernando, perdendo estabilidade. Sem Tatiane para regular a trajetória, logo estariam à deriva no espaço. Mas não cairiam inteiros na Terra. A Coalizão os destruiria muito antes.

Em meio à escuridão quase completa, exceto pela luz dos disparos contínuos da equipe de suporte protegendo o perímetro, o Major apontou a poltrona principal de comando, dando tapinhas no estofamento.

— Você é a única capaz de pilotar a Aristóteles!

10:48 P.M.

Nau-Capitânia

— Zeta? — chamou Goki, ofuscado por luz impossível, nível tokusatsu. Todos os sensores do traje gritando, fazendo o máximo para mantê-lo a salvo em seu interior.

— Vermelho! Estou chamando há meia hora! Onde estava?

— No *Tormenta ALPHA*, acho. Mas com certeza perdi alguma coisa. Há um lapso entre quando entrei lá e quando cheguei aqui.

Ao lado, o turbilhão de brilho cósmico crescia em intensidade, como um gerador em curto-circuito. Centenas de robôs traktorianos em pedaços flutuavam próximos, enquanto fileiras intermináveis de mechas paralisados assistiam ao espetáculo.

— Consegue me atualizar?

Em resposta, outro abalo terrível reverberou em torno. Goki viu punhos do tamanho de montanhas golpeando os flancos da nave. Arrancavam edifícios inteiros da Aristóteles arrasando o equivalente a bairros.

O dano era demasiado para as contramedidas de contenção atmosférica. Anteparos automáticos e campos de força não conseguiam manter a vedação. Ar precioso vazava para o espaço em torrentes que levavam consigo qualquer coisa não fixada ao chão. Em meio à tempestade de detritos, o Defensor solitário lutava para permanecer inteiro.

— Certo, o cenário mudou *muito* desde que apaguei!

— A Aristóteles está sob ataque — disse Zeta, explicando o que Goki já descobria da pior maneira. — Estamos avaliando o envio de um grupo Defensor até ali.

— *Avaliando?* Quem mais poderia defender a Terra de algo como aquilo?

— Tem alguma recomendação, Vermelho? É uma missão Kiodai. Nem sequer temos parâmetro em XP para recompensa.

— Que pergunta — riu Goki. — Dane-se o XP. Já estou por aqui mesmo. Claro que a Gokiburi Sentai aceita! É nossa Terra lá embaixo!

Antena-Z riu, já prevendo tal resposta. Os Vermelhos são todos assim. Assumem riscos maiores, certos de que tudo vai dar certo se você não desistir. Basta acreditar até o fim.

— Então pule! — gritou Zeta, metralhando botões do painel, enviando convocações não apenas para aquela equipe, mas centenas de outras ao redor do mundo, e para aquele Kursor. Talvez o maior que já existiu.

Sem pensar, Goki lançou-se ao espaço, levado pela pressão de ar ao ser expelindo longe da nave, de braços abertos no vácuo, sorriso digital no capacete. O traje Defensor não suportava tamanha quantidade de radiação cósmica, no entanto a provisão de luz solar sem filtro garantia energia suficiente para as baterias (Ac)(Er)(O)(La) regenerarem o estrago em velocidade redobrada.

Pela conexão recente, o primeiro Defensor Verde comentou, com habitual falta de tato:

— Eles não têm poder suficiente.

— Todo mundo sabe disso — riu a lendária Rosa da Furuutsu Sentai. — Essa batalha está em outra escala. Vão precisar de mais.

— Então deixem comigo! — Comemorou Zeta, já entendendo onde chegariam. Era uma das partes favoritas em seu trabalho. Deslizando a poltrona, chegou ao painel principal da Central Defensora: a coluna prateada em formato de gota, encimada por um único botão vermelho. Apertou sem cerimônia.

— Vamos lá!

Perto da base, a planície lunar revelou ser na verdade um portão camuflado, abrindo em silêncio de vácuo completo. Dali, impulsionada por foguetes, emergiu a Espada Defensora — alongada, mais de vinte metros, própria para um gigante! Livre da gravidade lunar, rumou para a órbita terrestre.

Em sentido oposto, deixando a atmosfera, decolava a Nave Guerreira Haeleon! Apesar da ainda pouca familiaridade, Goki a reconheceria em qualquer lugar. Estavam separados por centenas de quilômetros, mas já ouvia as vozes dos parceiros ecoando no capacete parcialmente congelado repercutindo conforme voltavam a sincronizar pensamentos.

Haeleon o alcançou em momentos, recolhendo o Defensor através de dutos que o rapaz sequer sabia existir. Percorreu suas entranhas mecanizadas, passando por luzes piscantes e telas fractais até cair sentado em seu lugar de direito: a cabine principal.

Toda a ala dos pilotos se desprendeu dos motores, abrindo um compartimento lateral. Dali, braços retangulares e massivos se distenderam, expelindo fumaça em profusão. De maneira semelhante, a traseira da nave recolheu, abrindo caminho para pernas colossais (que de algum modo lembravam caixas de papelão empilhadas).

Os imensos para-brisas vermelhos, responsáveis pelo aspecto de mosca tão característico, piscaram. Era a Haeleon em sua forma final: robô humanoide com quarenta metros de altura!

Girou sobre o próprio peso, ganhando velocidade graças aos propulsores nos pés. Recebeu a Espada, empunhando-a para o golpe derradeiro. Então disparou, como se catapultado, como um cometa deixando uma cauda multicolorida. No interior, os cinco Defensores, outra vez reunidos e sincronizados, gritaram em uníssono:

GOKIBURI SENTAI HAERANGER!

A energia do Código nunca perdia intensidade, no entanto regressou aos limites seguros do corpo magricelo de Kisel. Conforme arrefeceu, ele entendeu o pesadelo instaurado ali. Uma ventania não condizente com a placidez vivenciada há pouco.

A explicação veio rápido. Ao longe, e perto demais, o Cruzador Traktoriano — agora em sua forma humanoide ereta — despedaçava a Aristóteles, tentando alcançá-lo! Não havia luz alguma, e mesmo as luzes de emergência pifaram. O pior: Goki sumiu.

Voltou-se para a Estação de Reparos, agora destruída por completo. Braços robóticos destroçados expeliam faíscas intermitentes em espasmos regulares. Em meio ao caos, a Comodoro Tatiane surgiu, portando o Dragão-de-Aço reconstruído.

Kisel sorriu, satisfeito. A arma não apenas reluzia e cheirava a nova, mas parecia ainda melhor do que se lembrava. Cabeçorra ameaçadora, sorrindo metal afiado. Olhos acesos de energia. O corpo coberto de escamas, esporas e tudo aquilo que Ava adorava.

Avançou um passo em sua direção, mas parou. Foi enganado em um primeiro momento, havia algo diferente com Tatiane. Ainda o mesmo corpo androide, mesmas peças, outra configuração. Faltava algo e também sobrava. Uma sensação de "vale da estranheza" — algo que parece humano, porém não o suficiente.

— Niele? — arriscou.

— E aí. Gostou? Este é meu presente para você.

— Uma androide?

— Uma armadura, bobo! Feita com um avatar da Comodoro (ela tem vários, nem vai sentir falta), acréscimos de meu próprio projeto original, com componentes dos traktorianos e um segredo do uniforme dos Defensores que peguei emprestado quando passei pelos servidores deles.

— Espera, fez tudo isso pra mim?

— Lógico que não — respondeu, e um som característico de teleporte soou ao lado. O corpo androide de Niele ressurgiu. Completo. Lembrava o antigo, mas também não era mais o mesmo.

— Fiz por mim. Com tantos recursos à mão, bobagem não aproveitar. Forjei logo duas. (Fiquei com a melhor pra mim, sou boazinha mas não sou boba.)

Outro impacto, ainda mais forte, arrancou boa parte daquela ala. O que parecia uma face feita com vários porta-aviões emergiu atrás dos prédios, observando com olhos do tamanho de estádios olímpicos.

A voz de Coalizão ecoou na mente de Kisel. Estrondosa, opressiva, completa.

— Foi encontrado, portador do Código. Renda-se à Coalizão Traktoriana.

Até então, Kisel sentia-se capaz de derrotar qualquer coisa. Isto é, qualquer coisa menor que a cordilheira do Himalaia.

— Isso é maior que minha cidade-natal!

— Sério que vai arregar agora? E aquele papinho de querer ser útil, ajudar...?

— Não estou com medo! Só não sei como...

— Eu sei de um jeito. *Entra no robô, Kisel!*

Olharam-se. O rapaz entendeu (tinha visto aquele anime também). Voltou-se para o que pensava ser uma androide — a máquina agora abria-se como uma flor, convidando-o. Anuiu, avançou alguns passos, deu as costas. Metais e plásticos o abraçaram, gentis. Cobriam seu corpo em camadas, intercalando maquinário escuro e revestimentos claros. Selavam frestas. Sopravam ar fresco.

Kisel sentiu-se vestindo uma roupa de seu tamanho, para variar. Sabia estar selado em materiais rígidos, mas toda a dureza parecia ficar do lado de fora. Não notava resistência aos movimentos. Percebia-os mais fortes e rápidos. Também sentia-se flutuar e rodopiar enquanto os últimos componentes encontravam seus lugares.

Por fim, percebeu trazer algo na placa peitoral de aço branco. O símbolo do Exército da Luz — espada e balança, protegendo o coração. Lentes holográficas fecharam-se diante do rosto, concluindo a transformação.

Golpeou à frente em meia-lua com a Espada da Galáxia. Não resistiu a fazer pose, engatilhando o Dragão-de-Aço e fazendo um disparo para o céu estelar. Se os Defensores podiam, ele também tinha o direito!

— Até que ficou legal! — riu Niele, batendo palmas. — Precisa de um nome estilo *Metal Hero*. Guerreiro Blindado Kisel-kun!

— Disse a androide com nome de cantora pop. Foi homenagem?

— Sim. Akil é fanático. Mas Niele também é um acrônimo. *Núcleo Integrado para Estudo e Levantamentos Especiais*. Sugestão dele para o projeto Serena desde o começo, mas o setor de marketing rejeitou.

— Que tal mudar para melhor, um só seu? Para marcar esse renascimento.

— Alguma sugestão?

— Que tal "Nova Inteligência Artificial Legal com Anomalias"?

— Niala. Nem tão diferente. Mas gostei!

— A Coalizão Traktoriana não será ignorada! — vociferou Coalizão, pronto para quebrar a Aristóteles ao meio.

10:50 P.M.

Órbita da Terra

Ava acomodou-se na poltrona de comando. Ajustou o capacete de controle e as luvas de manipulação. Os pés calçavam compartimentos semelhantes a botas para caminhada lunar, presos à estrutura. Esticou e estalou o pescoço, tentando se alongar. Levou as mãos aos manches, respirou fundo e falou:

— Comodoro Tatiane, inicialize o procedimento de sincronização.

Não teve resposta. Com cara de que estava disposta a matar alguém, voltou-se na direção do Major. Este disfarçava (mal) assobiando, procurando alguma maneira de extrair café da máquina desligada. Deixando claro que, exceto (talvez) em caso de colapso total da nave, aquilo não era problema seu.

— Subtenente Angelina — tentou Ava outra vez. — Onde está a Comodoro? Precisamos dela agora.

— Ainda sem contato com o avatar principal — respondeu a elfa. — E nossos servidores continuam inoperantes. Não podemos sincronizar.

— Como alguém espera que eu pilote assim?

Um forte tremor foi a resposta. Novo impacto da Coalizão contra a lateral da nave, causando danos estruturais terríveis. O abalo reverberou em toda superestrutura fazendo a Aristóteles rotacionar em relação ao planeta.

— Subtenente! Tudo bem aí?

— Desculpe — respondeu Angelina, levantando-se com dificuldade. — Estou muito próxima dos distritos mais atingidos. A boa notícia é que o reator está pronto para reiniciar o processo de fusão.

— Não quero saber qual a má notícia — berrou Ava. — Vamos seguir em modo manual até você resgatar a Comodoro.

— Vai ser difícil, sem os amortecedores, parte do impacto vai...

— Angelina! Ligue essa porcaria de uma vez!

— Sim, Capitã! — respondeu a Subtenente, desligando. No mesmo instante, as luzes em todos os painéis acenderam. Monitores brilharam com o símbolo da ORDEM. Corredores de acesso, prédios computacionais, alas do tamanho de bairros. Tudo inundado de luz.

No Centro de Comando, Ava empurrou os dois manches à frente outra vez, deslizando a poltrona até o compartimento abaixo, que fechou em seguida. Toda a ala rotacionou noventa graus. Respirou fundo. Não fazia aquilo em modo manual há muito tempo. E nunca com uma nave tão grande.

É como andar de bicicleta, pensou, tentando convencer a si mesma, puxando os punhos. Em resposta, a Aristóteles inteira respondeu. Uma torrente de energia emergiu de valas profundas como cânions, separando distritos da nave.

Não mais adernando no vazio, a nave-cidade se alongou, suas partes anteriores e posteriores se destacando, estendendo, dobrando. Eram membros. Pavimentos deslizavam para revelar blindagens. Longas extensões do casco se anexaram para formar espada e escudo. O Distrito Arsenal, atacado e quase destroçado, agora deixava leve cicatriz no peito gigantesco.

O anel centrífugo alojava-se às costas do construto, rotacionando outra vez, restaurando a gravidade artificial. Chuvas de detritos se acomodavam em seus pavimentos.

Encimando tudo, o Centro de Comando e o Distrito Computacional, combinados como rosto e cérebro, reduziam a distância entre sensores e computadores para maior velocidade de reação. Na face, semblante firme de máquina. Confiante. Com quilômetros de altura.

Aristóteles terminava sua transformação em robô gigante. O maior construído pela humanidade!

Ainda assim, tinha metade das dimensões do mecha inimigo.

— A Coalizão Traktoriana adverte. Sua afronta não será tolerada. Entreguem a Anomalia ou sofram as consequências!

— Ninguém vai entregar nada para você, invasor de merda — respondeu Ava pela Aristóteles. — Cai dentro.

⚃ ⚃ ⚃

Guerreiro Blindado Kisel-kun — isto é, Kisel—, correu em direção às fissuras assustadoras abertas pelos ataques da Coalizão. Talvez mais confiante do que deveria na armadura ainda estranha, presenteada por uma inteligência artificial suprema que tentou capturá-lo não muito tempo atrás. Porém, Niele/Niala teve mil chances de matá-lo nas últimas horas. Escolher enganá-lo daquele jeito, em um momento como este, seria o cúmulo da sacanagem. Decidiu confiar.

Ganhou velocidade, levando energia do Código para as pernas, correndo e saltando grandes distâncias até alcançar a borda da nave. Dali pulou de olhos fechados para ganhar coragem. Se a armadura fosse falsa, morreria em segundos. Demorou algum tempo para aceitar que estava no espaço, vivo! Uma caminhada em órbita, como o astronauta que sonhava ser.

Mas seria breve. Tinha um destino claro: alcançar Angelina o mais rápido possível. Disparou o Dragão-de-Aço na direção oposta para ganhar velocidade com o recuo. Despejando energia como nunca antes, a bazuca atuou como propulsor, impulsionando-o ao longo dos robôs em conflito.

De sua perspectiva, era como voar entre dois imensos vales, brilhando sob um sol que esgueirava distante, servindo de moldura para o planeta azul. Aristóteles e Coalizão eram ainda maiores do que imaginava. Incompreensivelmente grandes, suas armas chocando-se uma contra a outra.

Preparou a Espada. *Sua* Espada. Sabia tão pouco sobre ela — sobre tudo! Seu conhecimento sobre o universo vinha das reprises do *Wild Space* onde assistiu sua mãe viajar através dos mundos enfrentando perigos absurdos pelo cosmos.

E quanto ao Embaixador? Para onde pretendia levá-lo? Onde fosse, não haveria portas automáticas ou guias atualizados. Nem mesmo companheiros para protegê-lo. Guiar seu caminho. Ensinar. *Quanto deles existe em mim?*

Percebeu algo ao longe, menos por seus sentidos e mais pelo Código pois a distância era astronômica. Um rebanho de bionaves pastoreadas por synbots. Criaturas cósmicas que a humanidade pouco conhecia. Talvez o transporte do Embaixador estivesse ali também.

Pensou em contatá-lo. Foi o suficiente.

— Consegue me ouvir — não era uma pergunta.

•• Sua voz radiofônica me alcançaria em qualquer parte deste sistema • Ainda que distâncias longas demais provoquem pausas •

— Acho que pisei na bola com você.

•• Compreendo que fustigar invólucros de ar pressurizado é entretenimento terrano popular • Mas não entendo como se aplica aqui •

— É um jeito de dizer que desapontei você. Fugi, mesmo após oferecer minha amizade.

•• Entendo agora • Contudo • Tenho meu contingente de responsabilidades • Fracassar em entendê-lo como indivíduo foi calamitoso • Ava me auxiliou na compreensão desse fato •

O uso do nome próprio em vez de apelidos literais não passou despercebido por Kisel. Não tocaria no assunto agora. Teria tempo para ouvir depois. Se houvesse depois.

•• Tomou sua decisão •

— Não posso ir ainda, Embaixador. A Terra é minha casa. Não estou pronto para deixá-la. Sei que está preocupado com sua rainha-mãe...

•• Assim como você em relação a Valin •

— Sim, mais que preocupado — confessou o garoto. — Estou em pânico. A ideia de perdê-la me assombra desde que sumiu. Mães dão trabalho, né?

•• Amigos também • Mas é imperativo confiar para receber confiança •

— Então, tudo bem ficar? Só mais um pouco. Até entender o que acontece comigo.

•• Considero possível • Sob a condição de não perpetrar novas imprudências •

— Bom, quanto a isso... — vacilou Kisel, voando entre *mechas* gigantescos, a espada mais letal do universo pronta para abrir caminho.

Na Terra, em uma varanda, um casal de ex-projetistas de portas automáticas olhava para o céu. Falavam de coisas triviais, apontamentos breves sobre uma conta de condomínio esquecida e vizinhos novos que pisoteavam no andar de cima a noite inteira (vampiros, com certeza). Até que notaram dois pontos luminosos no firmamento. Estrelas cadentes, talvez. Abraçaram-se, felizes pelo instante mágico.

Doze quilômetros acima, um piloto comercial avisava o controle de voo sobre objetos brilhantes muito além do espaço aéreo, em direção norte-leste. Classificou como Objetos Voadores Não Identificados. Recebeu instruções para ignorar e seguir em curso normal. Agentes da U.F.O.Team estariam esperando-o no aeroporto para interrogatório.

Em órbita, núcleos computacionais da Estação Orbital Xen-DL2037 captaram distorções na radiação cósmica de fundo. Provocadas por emanações anormais de energia, em níveis superiores a uma colisão de asteroides. O Computador cogitou verificar a origem, porém decidiu não interromper sua trigésima primeira hora de inatividade com algo que certamente não lhe dizia respeito.

Ainda mais além, abandonando a camada mais alta da atmosfera, em região visitada apenas por sondas espaciais e naves interplanetárias, a Nau-Capitânia Aristóteles aplicava outro golpe em seu inimigo. A ponta da espada, movida por propulsão atômica, atingia Coalizão com força incalculável.

Não fez diferença. O construto traktoriano defendeu-se com as garras, empurrando a lâmina para longe de qualquer ponto fraco. Um joelho com trilhões de toneladas subiu contra a Aristóteles, atingindo onde seria o tórax.

Um compartimento por onde passariam transatlânticos abriu no ombro da Coalizão, disparando uma chuva de mísseis enquanto raios eram emitidos de seus olhos nucleares. Ava, pilotando, evitou esse ataque com o escudo, no entanto as ogivas conseguiram furar o bloqueio.

Isso era algo que a Gokiburi Sentai Haeranger não podia tolerar. Até então, voejaram próximos da Coalisão como moscas em um elefante, desferindo ataques sequer notados. O inimigo pertencia a uma escala superior. Talvez até duas.

Ataques convencionais não funcionavam. Optaram, então, por algo não convencional.

Os Cinco efetuaram um conjunto de gestos estudados, repetidos, sincrônicos. Atingiram níveis de concomitância poucas vezes alcançados antes. Pensavam como um. Agiam como tal.

Erguendo a Espada Defensora, gritaram:

— Ataque Especial Titânico! *Gaman shite, atakku!*

Engolido por mais energia do que podia conter, o Gigante Guerreiro Haeleon refletiu luz estelar enquanto avançava, glorioso e indomável, na direção do inimigo. Quarenta metros de poder absoluto. Seu melhor golpe, capaz de reduzir kaijus imensos a pó, destruir qualquer coisa.

Assim pensavam. Até que uma mão mecânica — impossível ser reconhecida como tal — cobriu a paisagem estelar. Fechou sobre o robô colorido, esmagando-o feito um inseto.

— Perturbações à Coalizão não são toleradas.

— Subestimar essa garotada vai custar caro, Coalizão — disse Ava, transmitindo.

Em resposta, luzes multicoloridas vazaram entre os dedos da mão astronômica, explodindo-a, decepando o punho com quilômetros de extensão. Esmagados, mas ainda lutando, os Defensores gritaram:

GOKIBURI SENTAI HAERANGER!

Um tapa desferido com a mão restante devolveu o robô destroçado e seus ocupantes para a Terra, queimando na reentrada atmosférica, caindo como um meteoro sobre as ilhas do Pacífico. Ficariam ali por mais alguns dias, em merecido repouso hospitalar seguido de férias. Pelo menos, até receberem novo chamado à ação de Zeta.

Quilômetros de distritos passavam enquanto Kisel acelerava, escalando gigantes dezenas de vezes maiores que a mais alta montanha do planeta. Livre da resistência do ar, protegido pela armadura robótica, impulsionado pelo poder do Código e pelo disparo de energia contínua do Dragão-de-Aço, alcançou velocidade de escape: trinta vezes mais rápido que o som!

— *Vamos apostar corrida agora, Goki!* — pensou, rindo enquanto seguia rumo ao ponto indicado por Niala: o Distrito Computacional, agora na cabeça do robô.

— Estou chegando, Subtenente! — gritou em sinais de rádio, mudando a trajetória, desviando de disparos lasers, golpes de espada e implosões que enxameavam. Descendo outra vez em direção ao que seria uma boca, alcançou o Saguão de Entrada.

Kisel era como poeira em um hangar. O lugar forrado de colunas formava uma espaçosa praça, de pé direito altíssimo. Havia synbots em abundância, inteiros ou destruídos. Dezenas deles atacavam o agora frágil corpo robótico de Tatiane. Despedaçado, quase irreconhecível.

O meio-metaliano se lançou contra a turba sem pensar duas vezes. Cortava tudo que se movia, derretia o que ousava se aproximar. A Espada da Galáxia e o Dragão-de-Aço sempre encontravam o alvo. Lâmina e raios.

Kisel sabia ser apenas um avatar. Mas, depois de tudo que passou, isso tinha outro significado. Para defendê-la, bloqueou ataques. Recebeu disparos. Foi enlaçado por aparatos paralisantes, agora inúteis. Empilhou synbots destruídos em volta.

— Comodoro! — chamou, atirando sem parar conforme mais deles chegavam. — Continua com a gente?

— Por pouco tempo — respondeu ela, enfraquecida. Não restava muito além de parte do tórax, metade da cabeça e um apêndice. Em volta, o robô gigante também sofria. Os golpes da Coalizão encontrando brechas, disparando mísseis além do escudo. — Danos acumulados em 99%. Preparando desligamento.

— Não vem com essa de desligar! Levo você até algum lugar seguro. Podemos consertá-la. Trocar de corpo. Vai ficar nova!

— Estou sem forças. Desculpe. Falhei em minha missão de protegê-los. Mas fico feliz em vê-lo bem.

— Que conversa! Não lembra do que Ava diz? Não há como fugir da missão. Me diga o que fazer!

Nada. Mesmo em meio às explosões, ataques e detonações dos synbots, o silêncio de Tatiane dominava a mente do rapaz. Dois dias atrás, seria suficiente para arrastá-lo ao desespero. Agora, era convite para a ação.

Recolheu seus restos, lutou para abrir caminho até o portão de acesso, encaixou o apêndice de conexão ao painel de abertura.

— Sem forças, é? — disse o portador do Código, puxando sua energia outra vez.

Ava lutava, cada vez mais pressionada pelo inimigo. Aquela coisa tinha o dobro de sua altura. Oito vezes seu peso. Alcance bem maior. Um tempo de resposta que ela, pilotando manualmente, não podia igualar.

A Comodoro talvez não soubesse quanto esforço era exigido de Ava para evitar o pior dos golpes. Quanta concentração precisava exercer para mover membros extensos como cidades, manter posição ao receber golpes com a força de detonações atômicas, bloquear golpes de punhos maiores que as luas de Marte.

A Aristóteles era incomparável. Não podia desistir. Mas também não podia resistir para sempre.

— Deixe-me ajudar, Capitã! — pediu sua voz melódica no sistema de som.

— Tatiane! — comemorou Ava, instantaneamente sentindo o alívio na carga, sincronizando sua vontade ao robô. Os sistemas de comando retomaram o padrão automático, reconhecendo seus movimentos e vontades.

— Perdão pela demora.

— Depois você explica. Bom que voltou. Tem energia?

— Graças a Kisel, isso não é mais problema. Lute à vontade, Capitã.

Aristóteles ergueu sua espada, outrora algo que exigiria toda a força e concentração de Ava. Agora, com um movimento elegante, decepou partes do oponente. Talvez surpreso, o corpanzil inimigo recuou para longe do planeta. Ainda assim recebeu novo golpe, amplo, abrindo uma vala no abdome. Então, uma terceira estocada, certeira, perfurando até emergir no outro lado.

O colosso invasor recuava mais. Percebia o aumento de habilidade no adversário.

Ava sorriu, feroz, frente à máquina do terror.

— Isso equilibra as coisas.

— A Coalização não admite derrota. Entregue a Anomalia.

— Ela tem nome, sua porcaria de segunda mão — respondeu a Capitã, outra vez erguendo a espada. Desta vez a lâmina foi tomada por outra onda de energia, brilhando com poder estelar, reunindo força, alimentada pelo reator de fusão do CANHAO. E pela energia infinita de Kisel.

A Aristóteles dobrou-se sobre si mesma e, com um impulso supremo, disparou. Ressurgiu atrás do alvo recuado, milhares de quilômetros distante, espada à frente, agora imóvel.

Às suas costas, trezentos quilômetros de aço endurecido nuclearmente, cortados ao meio.

As metades ainda se afastavam devagar quando veio a detonação — a maior registrada no Sistema Solar. Ondas de destroços e energias varreram a órbita próxima, soprando tempestades. Abalaram a nave-robô terrana, ignorando os amortecedores inerciais. Um abalo tão poderoso que até Mortalha despertou.

— É você mesmo agora? — perguntou o Ninja, desfrutando o cheiro bom de café que subia da caneca favorita.

— Queria saber do que está falando. E também o que é esta geleca asquerosa em cima de mim.

— Nada importante. Leve para Odara prender no casulo depois.

— E essa bagunça. Tem o dedo de Kisel?

— Também. Mas foi um bom trabalho em equipe.

— Você e suas ideias malucas. Se ele morresse, Metalian jamais perdoaria.

— Ele é filho de Valin. Acabar no espaço era inevitável. Melhor treiná-lo para enfrentar o que vem daqui em diante. E, pitombas, isto aqui vai ser uma universidade espacial, não vai?

Silêncio, enfim. Além do Centro de Comando, os dois observavam calados a chuva de detritos caindo sobre o mundo, queimando na atmosfera. A mídia divulgaria alguma bobagem para justificar o fenômeno. Em quinze dias, ninguém mais tocaria no assunto.

Após outro gole da bebida quente, o Ninja concluiu:

— Nada mal para nosso primeiro aluno.

MESES DEPOIS...

Nau-Capitânia Aristóteles

Você é a maior realização de minha vida, filho, prosseguiu a gravação de Valin. A mesma que Kisel assistiu inúmeras vezes antes. *Minha maior descoberta, maior jornada, maior tesouro! Faria qualquer coisa por você. Incluindo desaparecer, se preciso.*

É preciso, disse a voz do Major Ninja, sério. *Infelizmente.*

Entendo, suspirou Valin. *Mas preciso que Kisel também entenda...*

Fechou o vídeo. A esta altura, conhecia a história muito bem. Sua mãe explicaria que os Embaixadores varreram a galáxia atrás de portadores temporários para o Código. Que apenas três se mostraram aptos para tamanha responsabilidade.

Uma já estaria em Metalian. A encarnação da resistência de Primária — logo, da própria espécie metaliana.

Ele acabou como o portador da segunda, a habilidade da imperatriz. Energia e capacidade de aprendizado virtualmente infinitas, limitadas apenas por sua contraparte humana.

A terceira, uma incógnita. Sabiam estar no Sistema Gralga. Inacessível. Descontrolado. Os metalianos cercaram o lugar, tentando protegê-lo. Os traktorianos também sabiam disso. Certamente tentariam alcançá-lo outra vez.

Por isso sua mãe decidiu ir até lá.

— Muda essa cara — pediu Ava, puxando o garoto pela orelha. — Já disse antes. Sua mãe é incrível. Se tem alguém capaz de explorar Gralga sem pirar, é Valin.

— Ela acredita que Primária a escolheu por algum motivo. Se não fosse como guardiã do Código, seria para reunir tudo outra vez. Mas sei lá. Não fui mesmo um acidente de percurso?

— Me diz você — comentou a Capitã, apontando para o lugar em volta: a antiga pista de decolagem da Aristóteles. Não mais canteiros de obras bagunçados, agora bulevares e galerias, cheios de luz e neon. Tinha seu parque e seus jardins, seus shoppings, suas praças de alimentação. Avenidas cortadas por monotrilhos velozes. E, em vez de robôs de manutenção, alunos do curso preparatório para novos astronautas da ORDEM.

— E se os traks ainda estiverem escondidos?

— Não estão. Tatiane varreu a nave incontáveis vezes. Nem sinal dos Cinco. Aproveitaram para escapar. Talvez para a Terra.

— Que problemão.

— E aí. Qual a sensação?

— Explica.

— Salvar todo mundo. Ser útil. Era o que queria, não? Sem você, nada disso estaria aqui.

Kisel olhou em volta. Toda aquela gente inspirada, entusiasmada. Feliz. Buscando ser os melhores, dando seu máximo para as estrelas muito acima. Nebulosas distantes. As galáxias ainda mais longe. E claro, o planeta. Azul. Em paz.

— Acho que nós dois fizemos um bom trabalho.

— Que arrogantezinho miserável — riu a capitã. Kisel a acompanhou. Não tinha como não gostar dela. Ainda mais agora, que parecia no lugar certo. Recuperada do desespero. Curada.

— Mudando de assunto, a Comodoro contou tudo o que fez para consertar isso aqui. — disse, mostrando o Dragão-de-Aço a tiracolo.

— Não foi nada demais... — mentiu. Tinha passado o inferno por aquela coisa.

— Foi legal da sua parte. Por seu esforço, pensei em recompensá-lo.

— Sério? — disse Kisel, emocionado — Vai me dar o Dragão?

— Claro... que não! É minha arma especial.

— O que é então? — reclamou, coçando a cabeleira platinada.

— Coisa muito melhor: sua baixa do Exército, recruta. A partir de hoje, faz parte da minha tripulação. Bem-vindo à ORDEM.

Para acompanhar as novidades da Jambô e acessar conteúdos gratuitos de RPG, quadrinhos e literatura, visite nosso site e siga nossas redes sociais.

www.jamboeditora.com.br

facebook.com/jamboeditora

twitter.com/jamboeditora

instagram.com/jamboeditora

youtube.com/jamboeditora

twitch.com/jamboeditora

Para ainda mais conteúdo, incluindo colunas, resenhas, quadrinhos, contos, podcasts e material de jogo, faça parte da *Dragão Brasil*, a maior revista de cultura nerd do país.

www.apoia.se/dragaobrasil

Rua Coronel Genuíno, 209 • Centro Histórico
Porto Alegre, RS • 90010-350
contato@jamboeditora.com.br